O ATLÂNTICO EM MOVIMENTO

SIGNOS DA DIÁSPORA AFRICANA NA POESIA CONTEMPORÂNEA DE LÍNGUA PORTUGUESA

Prisca Agustoni

O ATLÂNTICO EM MOVIMENTO

SIGNOS DA DIÁSPORA AFRICANA NA POESIA CONTEMPORÂNEA DE LÍNGUA PORTUGUESA

MAZZA edições

Capa:
Túlio Oliveira

Formatação:
Elizabeth Miranda

Revisão:
Édimo de Almeida Pereira, Lourdes Nascimento e Ricardo Neto

Agustoni, Prisca.

A284a O Atlântico em movimento signos da diáspora africana na poesia contemporânea de língua portuguesa / Prisca Agustoni. – Belo Horizonte : Mazza Edições, 2013.

232. p. ; 16 cm.

ISBN:

1. Ensaios brasileiros. 2. Ensaios literários. I. Título.

CDD: B869.4
CDU: 831.124.3(81)-4

Mazza Edições Ltda.
Rua Bragança, 101 – Bairro Pompeia – Telefax: (31) 3481-0591
30280-410 Belo Horizonte – MG
e-mail: edmazza@uai.com.br
www.mazzaedicoes.com.br

Impressão e acabamento: Yangraf Gráfica e Editora

Agradecimentos

Este livro é resultado da pesquisa financiada pela CAPES através de uma bolsa de doutorado, pesquisa realizada na PUC-Minas entre 2003 e 2007 e que recebeu o Prêmio Capes de Teses 2008. À mesma instituição, por viabilizar a pesquisa e a publicação dos seus resultados, meus sinceros agradecimentos.

Meus sinceros agradecimentos para a Professora Doutora Maria Nazareth Soares Fonseca, pelo entusiasmo, a competência e a humanidade na parceria do diálogo e do pensamento; para os amigos Sandra Dalcantoni e Domingos Diniz, por me receberem tantas vezes na Bahia de Belo Horizonte; e para meu companheiro na vida e na palavra, pela cumplicidade e pela torcida amorosa, que soube ser pai e mãe da nossa Iara nas horas em que eu me dedicava à pesquisa.

Os tempos estão sempre contidos no ritmo.

Quincey Jones

SUMÁRIO

INTRODUÇÃO

A história da relação literária entre os países africanos de língua portuguesa e o Brasil vem sendo abordada recentemente em alguns cursos universitários no Brasil, como os da Universidade Federal Fluminense, da Universidade Estadual do Rio de Janeiro, da USP e os da PUC Minas, entre outros. No entanto, o levantamento das relações históricas, no que diz respeito ao processo de imigração "forçada" para o Brasil da mão de obra escrava africana, levado à frente por Portugal durante os séculos XVI, XVII, XVIII e XIX, está mais do que documentado em inúmeras pesquisas de fundamental relevância, tanto no Brasil como em outros países, desde as primeiras décadas do século XX. Nesse sentido, os estudos sobre a escravidão e seus impactos na sociedade brasileira em formação têm incentivado uma reflexão mais profunda e detalhada do fenômeno nos cursos de pós-graduação brasileiros, como no caso da USP, que é pioneira na área da antropologia.

Em termos históricos, pesquisas mais recentes revelam, com inequívoca clareza, que o sistema escravocrata não conseguiu impedir totalmente a construção de núcleos familiares escravos no interior do próprio sistema colonial brasileiro, contrariamente ao que antes se pensava. O ensaio de Robert Slenes, *Na senzala uma flor* (1999), comprova, por meio de estudos de casos diacrônicos, a construção de núcleos familiares escravos, talvez precários e escassos, no entanto existentes, em diferentes regiões do Brasil, a modificar definitivamente o olhar eurocêntrico que percebia, na ausência desses núcleos escravos, a incapacidade destes de sustentar qualquer vínculo afetivo. Slenes observa que, com a construção de núcleos familiares, os escravos passaram a desenvolver ideias relacionadas com a posse de bens materiais. No entanto, a maior mudança teria ocorrido no mundo simbólico. É o caso da posse do fogo para a comunidade escrava, analisada por Slenes, sendo útil para muitos fins práticos, como aquecer os barracos durante a época fria, espantar os insetos etc. No entanto, muito mais do que por esses fins práticos, a posse do fogo representa um importante papel simbólico, por transpor em solo brasileiro práticas culturais procedentes do contexto africano originário, agora readaptadas.

Particularmente significativa, a esse respeito, é a ligação entre a ideia do fogo ritual, símbolo da mediação entre o povo e os ancestrais, comentado por Slenes em se referindo ao contexto dos povos bakongo do Norte de Angola e da região do baixo rio Zaire, e a leitura que ele faz da presença constante desse mesmo fogo nos barracos dos escravos no Brasil. Se esse fogo sempre era visto, pelo olhar dos europeus, com desconfiança e até como prova de ignorância dos escravos (Slenes traz inúmeros exemplos dessa visão etnocêntrica), ao mesmo tempo ele ajuda a esclarecer os sentidos produzidos por muitas das expressões utilizadas na época colonial, como "o preto sente-se infeliz e fica até doente, se lhe tiram seu foguinho" (1999, p. 249). É só pensar no sentido etimológico da palavra *lar*, que em latim (*lares*) se refere aos espíritos protetores dos ancestrais, para entender melhor o porquê da tamanha importância que o fogo tinha para os escravos. Como escreve Slenes (1999) na conclusão de seu livro,

> no Brasil, o fogo doméstico dos escravos, além de esquentar, secar e iluminar o interior de suas "moradias", afastar insetos, e estender a vida útil de suas coberturas de colmo, também servia-lhes como arma na formação de uma identidade compartilhada. Ao ligar o lar aos "lares" ancestrais, contribuía para ordenar a comunidade – a *sanzala* – dos vivos e dos mortos (p. 252).

As investigações de Slenes, como as de outros historiadores, aportam relevantes esclarecimentos e mudanças no que diz respeito à maneira como é preciso olhar, diacronicamente, a sociedade colonial referida. É claro que, para conseguir esse resultado, os pesquisadores tiveram que mudar o foco ou ponto de vista a partir do qual entrar nos lares escravos do século XIX, revendo a hermenêutica da história oficial, já que mudou o eixo de interesse das suas pesquisas. Essa mudança de tendência foi resultado da valorização apregoada pela Escola dos Anales, que abriu o caminho para o estudo da vida privada e do cotidiano da sociedade. Nesse sentido, o voltar-se para o estudo do cotidiano dos escravos revelou uma quantidade significativa de elementos que ajudam a reler e a reavaliar a experiência da escravidão tanto para a sociedade como um todo quanto para os indivíduos que a vivenciaram.

Citamos esse exemplo para introduzir este livro, pois pretendemos fazer, de alguma forma, a hermenêutica do cânone literário brasileiro e lusitano, uma vez que o objetivo é analisar a vigência, na poesia contemporânea brasileira e africana de língua portuguesa, de elementos decorrentes da diáspora negra. Para tanto, será oportuno sustentar as investigações a partir de textos críticos que operam uma "leitura paralela" ao discurso do cânone, textos que consideram abordagens interdisciplinares para construir um quadro mais amplo dos fenômenos culturais e das hibridações que cruzaram e cruzam ainda hoje o Atlântico.

A proposta desta obra surgiu, portanto, da constatação histórica da inequívoca relação entre o Brasil e países africanos como Angola, Moçambique, Cabo Verde, assim como com outros países do continente africano – Senegal, Costa do Marfim, Benin, Nigéria –, cuja língua oficial não é o português, e de onde proveio uma porcentagem importante de escravos, fato comprovado por trabalhos históricos como o já citado. Se determinadas práticas culturais dos escravos foram reproduzidas por eles e por seus descendentes em solo brasileiro, como imaginar e quantificar a contribuição da visão de mundo dos escravos e de seus descendentes, no campo da filosofia, da arte, da poesia, enfim, no processo de construção da identidade cultural dos países tocados pela escravidão, nos dois lados do Atlântico, na nossa sociedade contemporânea? E em que medida essas contribuições ficaram restritas à população negra, uma vez que o processo de mestiçagem inaugurou o rosto de países múltiplos e de imaginários plurais e híbridos?

Com evidência, em geral associa-se de forma implícita a contribuição da herança africana nos países colonizados com a população afrodescendente, por razões históricas e ideológicas, isto é, pelo fato de a população afrodescendente ser detentora (em termos de linhagem histórica) desse patrimônio ou, ainda, por esta manifestar uma "identificação associativa" (HALL, 2003, p. 26) com as culturas africanas de origem. No entanto, não há por que se esquecer de que todos os componentes da população de um país convivem com determinadas marcas culturais estabelecidas, mesmo contra a vontade, por processos históricos locais ou universais. Não fosse desse modo, não se explicaria a frequente reapropriação da mitologia grega na literatura brasileira: ou será que somos todos gregos? O exemplo da mitologia grega ajuda a entender a maneira como determinados parâmetros culturais são "escolhidos", entre outros, para representar, forjar aleatoriamente ou menos a imagem ideal de uma cultura. Na realidade, já na cultura europeia, o mundo grego foi eleito como a origem do saber universal, uma origem considerada "pura e única", desconsiderando o fato de que a própria cultura grega tem raízes plurais, por ter entrado em contato com diferentes povos e culturas, vivenciando, portanto, a transculturação, de acordo como ela é concebida por Fernando Ortiz (1978), ou seja,

> las diferentes fases del proceso transitivo de una cultura a otra, [ya que transculturación] no consiste solamente en adquirir una distinta cultura [...], sino que el proceso implica también necesariamente la pérdida o desarraigo de una cultura precedente [...] y además significa la consiguiente creación de nuevos fenómenos culturales (p. 95).[1]

Com isso, queremos sublinhar a importância do espaço abstrato do "imaginário" na construção da representação da identidade cultural – incluindo também a literária – de um determinado grupo de pessoas. Nesse sentido, é fundamental

[1] "As diferentes fases do processo transitivo de uma cultura para outra, [já que a transculturação] não consiste unicamente em adquirir uma cultura diferente [...], mas o processo implica também necessariamente a perda ou desenraizamento de uma cultura anterior [...] e, além disso, significa a seguinte criação de novos fenômenos culturais". A tradução é nossa, como todas as que serão feitas no livro.

pensarmos (ou repensarmos) o processo da escravidão e seus desdobramentos como paradigma de uma herança cultural cujas marcas estão inscritas nos diferentes âmbitos que dizem respeito à cultura brasileira e à africana.

É fundamental, ainda, pensarmos no processo de escravidão considerando não apenas os influxos que este teve na sociedade e na cultura brasileiras, desde a chegada dos navios negreiros ao país. É necessário nos lembrarmos também de que houve um ponto de partida, no qual se instalou uma sensação de perda, decorrente da espoliação humana e cultural imposta aos vários países africanos de onde os escravos foram embarcados em direção às Américas. Além disso, é importante levarmos em conta o fato de que entre os litorais da África e das Américas se desenrolava uma longa travessia, permeada por diferentes relações de negociação e conflitos. Esses fatos nos permitem pensar ser indispensável considerar, para nossa investigação, poetas contemporâneos brasileiros e africanos, já que tanto os primeiros quanto os segundos estabeleceram entre si fortes laços históricos e culturais decorrentes do processo da escravidão; ou seja, o trânsito constante de pessoas, objetos e símbolos entre o continente africano e o americano proporcionou o estabelecimento de uma via de circulação cultural que, apesar das rupturas e violências impostas pelo regime escravocrata, mantém-se viva.

Fazendo coro ao pensamento de Benedict Anderson (1989) quando afirma que as nações são "comunidades imaginadas", é nossa intenção verificar de qual maneira o conceito de "identidade" dele decorrente determina uma produção poética diaspórica, levando em conta a análise de Stuart Hall (2003, p. 27), para quem, "na situação da diáspora, as identidades se tornam múltiplas".

Se, por um lado, o fenômeno da escravidão é considerado como uma cicatriz histórica ainda aberta seja no continente americano seja no africano, por outro, ao longo dos séculos, ele gerou um discurso, uma construção simbólica acerca da violência e de outras consequências dele decorrentes. É o que defendem teóricos como o antilhano Édouard Glissant em seu Le discours antillais (1981), ou, ainda, o cubano António Benítez-Rojo, em La isla que se repite (1998), obras nas quais são investigadas as repercussões estéticas registradas séculos após a escravidão no Caribe.

Muito mais do que a perspectiva histórica que resgata a ligação entre os dois continentes, o africano e o americano, interessa-nos, neste trabalho, descortinar o impacto da escravidão (e seus desdobramentos socioculturais) no discurso literário contemporâneo, por estarmos vivendo num mundo mais do que nunca atravessado por novas migrações, por vezes forçadas, e cruzamentos de informações. Assim, interessa-nos trabalhar com a produção poética resultante desses movimentos diaspóricos de pessoas, informações e signos cruzando o Atlântico na época contemporânea, na tentativa de sobrepor ao discurso de violência produzido por signos que circulam no campo semântico da expressão "navio negreiro" e da colonização – signo cuja busca de significação ainda não se esgotou – um outro discurso, capaz de transfigurar a dor e a dominação e gerar um interessante palimpsesto composto por mensagens díspares que possam dar conta, talvez, da realidade também plural que veio a criar-se no Brasil ao longo dos séculos.

Nesse sentido, para desenvolver a análise das poéticas consideradas nesta obra, apoiamo-nos nas reflexões de Stuart Hall sobre a formulação de um conceito de diáspora que rejeita a "concepção binária de diferença", construído através de "fronteiras de exclusão" (2003, p. 33) e que se caracteriza por uma ideia de diferença cujas fronteiras funcionam como "lugares de passagem" e possuem "significados que são posicionais e relacionais, sempre em deslize ao longo de um espectro sem começo nem fim" (2003, p. 33). A concepção de Stuart Hall sobre a diáspora se fundamenta no conceito do "deslocamento", fenômeno entendido na sua acepção moderna não apenas como "deslocamento físico", de uma região para outra, de um continente para outro – o que caracteriza o fenômeno da escravidão –, mas principalmente como um deslocamento cujos efeitos e consequências podem ser experimentados inclusive sem que o sujeito viaje ou saia de casa. Hall se refere a um conceito mais ontológico do ser deslocado e, para tanto, cita, como uma das características da diáspora moderna, o *Unheimlichkeit* heideggeriano, ou seja, o sentimento que o sujeito experimenta de "não estar em casa".

Nessa linha de pensamento, Stuart Hall se refere mais especificamente à diáspora africana, no ensaio "Que 'negro' é esse na cultura negra?" (2003), explicando que trabalhar com as tradições diaspóricas africanas (ou afrodescendentes) nos obriga a considerar as questões de transmissão e herança da cultura africana da origem, lembrando que ocorreram, sem dúvida, no processo da diáspora, "dispersões irreversíveis" (p. 343). No entanto, o teórico acredita que o patrimônio cultural resultante da diáspora se caracteriza e singulariza, de alguma maneira, em cada região ou contexto cultural, exatamente pelas "condições diaspóricas nas quais as conexões foram forjadas". E acrescenta que

> a apropriação, cooptação e rearticulação seletivas de ideologias, culturas e instituições europeias, junto a um patrimônio africano, conduziram [em países como o Brasil] a inovações linguísticas na estilização retórica do corpo, a formas de ocupar um espaço social alheio, a expressões potencializadas, a estilos de cabelo, a posturas, gingados e maneiras de falar, bem como a meios de constituir e sustentar o companheirismo e a comunidade (p. 343).

Se essa "rearticulação" de ideologias e culturas à qual se refere Stuart Hall foi possível, especificamente no Brasil, em decorrência do processo histórico colonial, isso indica a existência de outras consequências no que diz respeito à paulatina construção de uma estética diaspórica, caracterizada pelos elementos indicados por

Stuart Hall, entre outros, uma estética cujas marcas queremos rastrear nos textos de poetas contemporâneos que se expressam em língua portuguesa.

Nesse sentido, é preciso introduzir aqui alguns elementos desenvolvidos pelo teórico Paul Gilroy no livro O Atlântico negro (2001), já que nos referimos à ideia de diáspora não como uma "via de mão única", isto é, como um fenômeno fixo e unilateral, mas, ao contrário, segundo o pensamento de Gilroy, como uma fenda histórica e sígnica aberta ao longo da história e que permite hoje – como permitira outrora, embora dominado pelo manto da dor e da escravidão – o trânsito de informações, códigos, palavras, ritmos e resistências entre os dois continentes. Em relação a esse último aspecto, o teórico francês Serge Gruzinski investe na mesma direção, em O pensamento mestiço (2001), ao afirmar que a colonização, como qualquer outro processo que põe em contato culturas diferentes, não implantou no continente americano unicamente uma lógica de mundo composta pelos binômios "dominação versus submissão", "dominador versus dominado". Ela possibilitou a existência de uma plataforma, dentro do sistema "cultura", onde relações e signos tinham que ser negociados, postos em jogo, defendidos ou eliminados, sem dúvida, na maioria das vezes, por meio de uma coerção violenta.

A concepção da diáspora como uma "via de mão dupla" nos parece interessante porque dá visibilidade à tensão implícita nesse duplo movimento, de ida e volta, de esquecimento e de lembrança, de enraizamento e de errância, no qual os valores culturais não são simplesmente o que são, e que faz da contradição, das oposições e da diferença um fértil corredor de passagem das ideias e dos signos. Por conta disso, caberá a nós rastrearmos essas contradições presentes na obra dos autores aqui reunidos, lembrando, desde já, que cada um deles traçou e está traçando um caminho literário autônomo, peculiar, que não despreza a tensão como um dos desdobramentos inevitáveis desse tipo de dicção literária.

Nessa perspectiva, a ideia da diáspora com que pretendemos trabalhar não está caracterizada pela circunscrição dos agentes literários ou artísticos a um determinado espaço físico ou a um determinado discurso de reivindicação racial. Na reflexão sobre os deslocamentos desenvolvidos na época atual, os movimentos diaspóricos não podem ser reduzíveis geograficamente a determinados países ou a determinados movimentos ideológicos, pois constituem um fenômeno global e, muitas vezes, desterritorializado. Vale lembrar ainda que, retomando a análise de Gilroy, o navio negreiro que atravessou o Atlântico, nos séculos XVI, XVII, XVIII e XIX, deve ser lido como um sistema vivo em movimento (2001, p. 38), como uma máquina moderna que compõe um microssistema de hibridez cultural, por transitar entre África, Europa, América e Caribe, mas sem poder ser assumido como metonímia de nenhum desses lugares fixos. Eis porque Gilroy (2001, p. 31) se refere ao universo por ele investigado, o "mundo atlântico negro", resultante da diáspora negra, em termos de um mundo caracterizado por "formas culturais bilíngues ou bifocais originadas pelos – mas não mais propriedade exclusiva dos – negros dispersos nas estruturas de sentimento, produção, comunicação e memória", ou seja, não como propriedade exclusiva dos escravos e de seus descendentes. Se esta afirmação pode parecer provocadora para quem defende ainda hoje uma abordagem essencialista no que diz respeito à produção literária de uma suposta "literatura negra ou afro-brasileira", vale citar um parágrafo no qual o autor explicita seu ponto de vista:

> A rede que a análise da diáspora nos ajuda a fazer pode estabelecer novas compreensões sobre o *self*, a semelhança e a solidariedade. [...] Juntas promovem algo mais que uma condição adiada de lamentação social diante das rupturas do exílio, da perda, da brutalidade, do *stress* e da separação forçada. Elas iluminam um clima mais indeterminado, e alguns diriam, mais modernista, no qual a alienação natal e o estranhamento cultural são capazes de conferir criatividade e de gerar prazer, assim como de acabar com a ansiedade em relação à coerência da raça ou da nação e à estabilidade de uma imaginária base étnica (GILROY, 2001, p. 20).

Nesse sentido, o espaço passa a ser considerado como um circuito comunicativo, um solo fértil e compartilhado por todos aqueles que nele fazem transitar os signos, mais além dos absolutismos ou anelos de purezas étnicas. Da mesma forma, a folha de papel torna-se para o poeta um instrumento a serviço não só da memória, mas também do desejo de ruptura, no qual é possível gravar novos códigos, novos deslocamentos, não necessariamente relacionados com o universo simbólico do escravo.

O termo "diáspora", na acepção que adotamos aqui, pode ser empregado como uma metáfora de deslocamentos, de desterritorializações que, por sua vez, desloca e amplia a própria noção de afastamento geográfico – por motivações sociais, políticas ou econômicas – de um lugar concreto em direção a outro. Isso significa que o conceito de diáspora será empregado em nossa análise na intenção de abarcar criticamente os fatos e as proposições estéticas que se referirem aos deslocamentos efetuados na linguagem. De outro modo, isso significa dizer que não lidaremos com este conceito apenas na acepção histórica de diáspora negra (relativa ao tráfico dos escravos) ou diáspora africana (relativa às diásporas e migrações contemporâneas decorrentes das questões políticas e sociais vigentes nos países africanos).

Se na análise da obra de alguns poetas o emprego da expressão "diáspora negra" faz sentido, em outros – ou até nos poetas que se afastam dessa perspectiva, mas que se exprimem também por meio de múltiplas facetas estéticas – esta mesma expressão assume de maneira mais evidente os sentidos ligados ao campo semântico de "desarranjo" e de mistura de elementos culturais, ainda que estes pertençam a uma ordem social pautada pela fixidez. Por isso, quando se considera o sentido abrangente de diáspora não se trata de procurar a estrutura de uma identidade fechada ou de uma ancoragem definitiva em elementos estabelecidos no papel ou na história, mas de construir na linguagem o desarranjo, o deslocamento de signos, provocando a multiplicação de leituras e de possíveis significações para a cultura, de modo geral, e para a literatura, de modo particular.

Nessa linha de interpretação, as poéticas aqui analisadas falam sobre "lugares intervalares, identidades híbridas, negociação de identidades em culturas multifacetadas e abertas à relação com o outro" (HANCIAU, 2005, p. 139). Essa acepção permite que articulemos um modo abrangente para aplicar o conceito de diáspora, ou seja, como fato histórico-social que interfere na linguagem e faz dela um lugar onde se configuram os oxímoros e as tensões que a constituem. A esse respeito, é oportuno recordar que a própria etimologia grega da palavra "oxymoron" remete à ideia da "loucura aguda da linguagem" (HANCIAU, 2005, p. 129). Conforme assinala Maximilien Laroche (1988, p. 89), a oximorização consiste em aglutinar, deliberadamente, os contrários para criar novas identidades, isto é, palavras que associam aspectos contrários para evocar uma realidade original. Esse procedimento remete, portanto, à ideia de uma escrita mestiça, cujas características são enumeradas, pela crítica literária, de diferentes maneiras, tais como nos seguintes termos: misturar, entrecruzar, cruzar, telescopar, superpor, justapor, interpor, imbricar, dobrar, colar, fundir (HANCIAU, 2005, p. 131).

Eis porque é nossa intenção desvincular o discurso relativo a uma estética da diáspora negra – cuja marca fundamental é a pluralidade – do discurso da ideologia racial, que se ancora numa ideia de raiz única. Vale ressaltar, a esse respeito, o fato de que alguns dos autores africanos que consideraremos neste trabalho não são "negros". No entanto, é preciso dizer que com isso não se quer reduzir ou minimizar a importância histórica desse discurso de engajamento ideológico, mas apenas destacar qual é o recorte específico que nos interessa para o presente trabalho de investigação. Vale observar, a esse propósito, que o Atlântico do qual estamos falando não se refere unicamente ao espaço geográfico, mas assume toda a significação do imaginário do tráfico escravo, que fez desse oceano o palco onde ocorreram os episódios conhecidos. Nesse sentido, o Atlântico desborda os limites do mapa, sua metáfora sendo válida também para falarmos da poesia dos autores moçambicanos, cujo país é banhado pelo Índico.

Diante disso, será necessário esclarecer as peculiaridades desse discurso, que se refere a uma estética da diáspora negra. Todavia, é oportuno frisar que, às vezes, se torna difícil estabelecer os limites de diferenciação entre os traços que delineiam a estética da diáspora negra e as características mais gerais pertencentes à lírica contemporânea. Em função da complexidade desse fato – e mesmo da escassez de análises que o demonstrem por meio de uma crítica detalhada – tomaremos as ambiguidades inerentes a tal fato como parte integrante do nosso trabalho. Por conta disso, estaremos atentos à possibilidade de que, por vezes, determinados elementos identificados como sendo de uma dicção poética diaspórica poderão ser também, mediante as necessárias explicitações teóricas, relacionados às experimentações da lírica contemporânea.

Nessa perspectiva, tentaremos mostrar como o lugar de convergência dessa estética contemporânea da diáspora negra está sendo identificado (cada vez mais, e isso de forma mais consciente ou menos consciente pelos próprios autores) com o trabalho realizado com a linguagem, ou seja, no modo, e mais em particular, no ritmo pelo qual é representado um determinado conteúdo, um ritmo que se define, muitas vezes, pela interferência da matriz textual decorrente da oralidade, da mesma maneira como Paul Zumthor descreve, no livro *Introdução à poesia oral* (1997, p. 39), a influência de certos procedimentos linguísticos ou de certos temas próprios às obras escritas nos poetas orais. Muito mais do que na identificação de temáticas previamente tidas ou rotuladas como sendo "negras", ou "afrodescendentes", a análise proposta neste ensaio vai considerar os elementos que fazem com que o teórico Benítez-Rojo (1998) tenha qualificado a escrita diaspórica como sendo "polirrítmica", sincopada, tensionada, bifurcada. Com evidência, também há temáticas mais recorrentes, exploradas pelos autores por remeterem a um contexto cultural particularmente significante, como, por exemplo, a frequente revisitação das mitologias orixás por parte de alguns poetas brasileiros. No entanto, parece-nos que a polirritmia da escrita diaspórica constitui a ponte que do Brasil nos leva à África e permite que a África frequente o Brasil.

No capítulo dedicado à "Literatura negra no Brasil", do livro *Literatura e identidade nacional* (2003), a crítica Zilá Bernd comenta que

> "a força do texto literário está mais naquilo que esconde ou camufla, que naquilo que exprime de forma demasiadamente óbvia", acrescentando que "o surgimento da grande poesia – que dispensaria adjetivos – [está vinculado a um tipo de escrita] heterogênea, ambígua, opaca e imprevisível" (p. 118).

A preocupação com um aprimoramento da linguagem e de referentes menos explícitos ou estereotipados foi o critério fundamental para reunir, analisar e pôr em diálogo textos de autores que se voltam para essas questões, tanto no Brasil quanto nos países africanos de língua oficial portuguesa.

Nessa perspectiva, acreditamos que seja possível, hoje, a partir de textos críticos e teóricos que tenham trabalhado com a questão do trânsito e da transferência de signos diaspóricos pelo Atlântico (não apenas no Brasil), voltarmo-nos com interesse, e até com certa urgência, para essa literatura que já existe, uma literatura que faz da garimpagem uma modalidade de trabalho. Essa noção de garimpagem se aplica tanto ao processo de escavação no interior da linguagem literária, pelas características que muitos dos autores aqui considerados imprimem à língua portuguesa, quanto ao sentido de revisão da história, já que todos esses autores escrevem a partir de determinado contexto histórico-social, reavaliando-o, contestando-o, devorando--o e fazendo dessa devoração uma reinvenção portátil e particular da própria cultura e do instrumento que a veicula, ou seja, a língua.

Não se trata, no entanto, apenas de retomar a brilhante proposta de Fernando Pessoa, para quem "minha pátria é minha língua", já que não estamos falando da identificação com uma pátria única, mas do contato entre vários espaços possíveis e móveis – visto que o Brasil é composto por pessoas provenientes de culturas diferentes – como múltiplas eram e (ainda) são as línguas faladas em cada país africano e mesmo no próprio Brasil. Prova desse plurilinguismo brasileiro está no trabalho do antropólogo e poeta António Risério, expresso no livro *Oriki orixá* (1996), que tenta traduzir para o português alguns orikis da tradição cultural africana dos orixás. Também podemos perceber este plurilinguismo brasileiro graças aos espólios das várias línguas africanas que ancoraram no Brasil, considerando os termos e as expressões que se incorporaram ao português falado no país e que são provenientes de diferentes línguas africanas.[2]

Nesse sentido, acolhemos a proposição de Gilroy, de que é interessante analisar os signos do Atlântico negro não a partir de abordagens nacionalistas ou etnicamente fechadas. Ou melhor, como observou também Stuart Hall (2003, p. 345), é preciso favorecer "a lógica do acoplamento, em lugar da lógica da oposição binária". Esta observação estará dando consistência a uma análise, sob uma perspectiva literária, dos signos e elementos culturais diaspóricos presentes na produção poética contemporânea de autores não necessariamente "negros" ou "afrodescendentes", ou que, sendo negros, não tenham necessariamente construído um discurso poético voltado para a reivindicação ideológica a partir daquilo que Zilá Bernd (2003, p. 117) já identificou como sendo "a poesia do revide", isto é, uma poesia em que o poeta cai "numa perversa armadilha que é a de encerrar-se num círculo vicioso que o impede de inovar, de ir em busca das enormes riquezas contidas na oralidade africana que poderiam vir a oxigenar essa poesia".

Um dos objetivos principais deste livro consiste precisamente na aproximação – por vezes ainda pouco trabalhada – da poética de autores brasileiros e africanos, para identificar afinidades, pontos convergentes e divergentes e verificar como esses autores lidam com as lacunas geradas pelos movimentos diaspóricos ou de desterri-

[2] A esse respeito, ver: Yeda Pessoa de Castro (2001) e Nei Lopes (2003).

torialização, ora tentando preenchê-las (como no caso em que o poeta atua como o demiurgo e deixa escoar através de si a voz de sua coletividade), ora enfatizando-as, potencializando-as para transformá-las em material criativo (como no caso em que os poetas se servem dessas lacunas para assumirem a fragmentação e a mistura de registros e vozes como sendo próprios da experiência diaspórica ou "deslocada").

A estratégia de análise será tanto comparativa, por meio da posta em diálogo das obras dos autores, como investigativa, com a finalidade de destacar a maneira como opera na obra de cada autor específico – afetando-a – a estética da diáspora africana, seja na estruturação rítmica, seja no estranhamento dentro da língua portuguesa canônica, ou nas referências às mais variadas fontes culturais. Nesse sentido, será interessante avaliar em que medida alguns dos autores tentam ultrapassar as fronteiras do cânone literário e linguístico por meio do aproveitamento e da inserção, na poesia contemporânea, de elementos culturais que agem como desestruturadores, tais quais a oralidade, mencionada na citação de Zilá Bernd, ou o manancial da tradição popular, ao qual alguns autores recorrem para criar seus poemas.

No já mencionado ensaio sobre a diáspora, Stuart Hall se refere à lógica cultural dos mundos colonizados em termos de "estética diaspórica" (2003, p. 34). E, para defini-la melhor, o autor cita um fragmento da teórica Kobena Mercer, que pode servir para delinearmos o perfil da escrita diaspórica em língua portuguesa:

> Numa gama inteira de formas culturais, há uma poderosa dinâmica sincrética que se apropria criticamente de elementos dos códigos mestres das culturas dominantes e os "criouliza", desarticulando certos signos e rearticulando de outra forma seu significado simbólico. A força subversiva dessa tendência hibridizante fica mais aparente no nível da própria linguagem (incluindo a linguagem visual) onde o crioulo, o *patois* e o inglês negro destabilizam e carnavalizam o domínio linguístico do "inglês" – a língua-nação do metadiscurso – através de inflexões estratégicas, novos índices de valor e outros movimentos performativos nos códigos semânticos, sintático e léxico (MERCER *apud* HALL, 2003, p. 34).

Essa concepção da "estética diaspórica", aplicada ao contexto da literatura de língua portuguesa, norteará o nosso trabalho investigativo como eixo teórico principal. Com evidência, nem sempre as poéticas aqui investigadas responderão perfeitamente a esse modelo, manifestando a exigência de se recorrer a outras perspectivas teóricas, tanto relativas à diáspora como a outros aspectos que possam caracterizar peculiaridades estilísticas, linguísticas ou temáticas de cada poeta. Na tentativa de melhor compreender o trabalho poético empreendido pelos autores aqui abordados, será necessário consultar, quando houver possibilidade, a obra crítica específica sobre cada poeta, isto é, deveremos nos apoiar, por vezes, em análises previamente realizadas por outros pesquisadores sobre a poética relativa a cada poeta. No entanto, nem sempre será possível encontrar material crítico suficiente, já que os poetas ainda estão construindo a própria trajetória literária, e essa dificuldade será válida principalmente se considerarmos a perspectiva a partir da qual serão lidas as obras, tendo em vista a questão da circulação – nem sempre explícita – em seu interior dos signos relativos à diáspora africana. Nesse sentido, ao longo da investigação será por vezes necessário construir uma análise sustentada na leitura dos poemas mais do que propriamente em embasamentos teóricos específicos relativos à questão da diáspora.

Isso se deve ao fato de que os múltiplos aspectos que envolvem o conceito da diáspora têm sido abordados principalmente em teorias relativas ao campo dos estudos culturais. De fato, teóricos como Stuart Hall, Paul Gilroy ou Serge Gruzinski concentram suas reflexões nas áreas da sociologia, antropologia, multiculturalismo etc. Em razão disso, a aplicabilidade de conceitos como "diáspora", "hibridação", "polifonia poética" na literatura torna-se possível graças aos trabalhos teóricos de Édouard Glissant, por exemplo, no que tange à literatura de língua francesa, ou Benítez-Rojo, no que diz respeito ao Caribe, e principalmente a Cuba, seu foco de maior interesse. No âmbito da literatura de língua portuguesa ainda não há um exaustivo trabalho teórico que enfoque as produções literárias sob esta perspectiva. Decorre disso a nossa escolha por privilegiar um recorte que englobe poetas brasileiros e africanos de língua portuguesa para que se possa realizar um estudo comparado. A delimitação do *corpus* se fez, portanto, com atenção à visão de que a literatura da diáspora africana de língua portuguesa cria ligações e parentescos estéticos, rítmicos supranacionais. Eis porque, em muitos dos autores mencionados, encontra-se o desejo, explícito ou não, de superar os laços étnicos, nacionais, ideológicos que, mais frequentemente, são expressos por meio da poesia engajada ou panfletária, circunscrita a determinada época histórica ou social de determinado grupo, nação ou causa.

Os poetas considerados nesta obra são os que, a nosso juízo, apresentam em suas poéticas uma proposta inovadora – dentro do panorama literário escrito em língua portuguesa –, que procede de uma aplicação peculiar da "estética diaspórica". Trata-se dos brasileiros Ricardo Aleixo, Ronald Augusto e Edimilson de Almeida Pereira, além do moçambicano Luís Carlos Patraquim e dos angolanos Ruy Duarte de Carvalho e Paula Tavares. Estes nomes constituem o conjunto principal de autores que serão aqui considerados, embora outros poetas gravitem ao redor desse núcleo, por apresentarem elementos afins à estética diaspórica, como é o caso dos brasileiros Adão Ventura e Oliveira Silveira, que também serão considerados ao longo do ensaio à medida que as investigações avançarem de acordo com o recorte temático privilegiado.

Vale explicar que a análise dos textos literários aqui proposta, sob o enfoque da diáspora africana e do trânsito dos signos diaspóricos (mais do que do trânsito dos indivíduos na diáspora), pretende ser uma contribuição a essa área dos estudos culturais que destaca a literatura como objeto de estudo. Em face da relativa carência de estudos que abordem os signos da diáspora africana no repertório poético de língua portuguesa, nosso procedimento de análise terá como roteiro dois pontos de apoio, a saber: 1) o diálogo com os teóricos mencionados nesta introdução; 2) a proposição de uma linha interpretativa a partir da leitura crítica das poéticas pertencentes aos autores mencionados.

Em linhas gerais, o diálogo com os teóricos nos permitirá o aproveitamento de conceitos abrangentes, tais como os de "língua *versus* linguagem", de Édouard Glissant, ou o de "détour", do mesmo autor, assim como os vários conceitos que Benítez-Rojo propõe para entender e interpretar a cultura do Caribe e que, no nosso caso, serão aplicados aos contextos que nos interessam.

O primeiro capítulo será dedicado principalmente ao debate sobre esses conceitos e às reinterpretações dos signos decorrentes da diáspora e dos diferentes contextos históricos e sociais nos quais estes signos circularam e circulam. Para fazer isso, serão considerados os desdobramentos estéticos desses signos nos textos dos autores, tentando definir em que medida determinado autor realiza as diásporas e os trânsitos. Esse mergulho nos textos poéticos possibilitará também o levantamento de interpretações sobre aspectos peculiares das obras dos poetas, revelando elementos ainda pouco considerados.

No segundo capítulo, será analisada a presença do tema do sagrado (e seus desdobramentos) nos textos dos poetas mencionados, ora como referência explícita aos orixás (como fizeram Ricardo Aleixo, Oliveira Silveira, Ronald Augusto e Edimilson de Almeida Pereira), ora como matriz de um dizer mítico, que encerra em sua lógica as linearidades e as quebras de um discurso que se nutre tanto do transcendente quanto do imanente.

Apenas para introduzir o assunto, é possível, desde já, apontar algumas características comuns à produção poética dos autores escolhidos, tal como a riqueza polifônica que os textos manifestam, tanto na construção poética, como na introdução de "outros sons" dentro do texto, provenientes da rua, da oralidade e das variantes linguísticas do português moçambicano e angolano. Essa característica relacionada à palavra falada é de extrema importância, pois acarreta uma série de outras especificidades estéticas compartilhadas pelos textos poéticos em questão. Nestes mostra-se, de fato, uma tendência para o desdobramento, ou deslizamento metonímico da letra para as formas cênicas, rituais e mitológicas, fenômeno muitas vezes decorrente da inscrição, no corpo da escrita, da desorientação provocada pela palavra falada, ou melhor, pelo ritmo e pela estrutura sintática da oralidade, com tudo aquilo que a ela está relacionado, não apenas a voz, mas também a mímica, a gestualidade e a ritualidade.

Isso remete às análises de Stuart Hall (2003, p. 342), para quem os sujeitos negros podem dizer: "temos trabalhado em nós mesmos como em telas de representação", e tal afirmação é particularmente válida para a obra de poetas como Ronald Augusto ou Ricardo Aleixo, para quem o corpo, com as suas múltiplas potencialidades tridimensionais, atua como uma "mídia primária", no sentido de que, se bem explorado, é um recurso que envolve os cinco sentidos simultaneamente. Nessa direção, os dois poetas exploram bem, em seus textos e *performances*, os limites entre palavra e corpo. No entanto, a afirmação de Stuart Hall é válida também para refletirmos sobre as obras de Edimilson de Almeida Pereira e Ruy Duarte de Carvalho, pois a poética desses autores está enraizada em contextos culturais populares que fazem da palavra contada, encenada, ritualizada o *modus vivendi* e a filosofia de um determinado grupo social.

No terceiro e no quarto capítulos, os textos serão analisados a partir da perspectiva da metáfora da mineração como expressão de um processo de construção da poesia sob forma de palimpsesto. O diálogo que poetas como Edimilson de Almeida Pereira, Ruy Duarte de Carvalho e Paula Tavares realizam com as culturas populares de suas respectivas regiões, ao invés de fechar suas obras dentro de um prisma de escrita "local", faz com que elas se abram para novos questionamentos que dizem respeito à modernidade, já que, como assinala Stuart Hall (2003, p. 45), "hoje em dia, o 'meramente' local e o global estão atados um ao outro, não porque este último seja o manejo local dos efeitos essencialmente globais, mas porque cada um é a condição de existência do outro".

No quarto capítulo, analisaremos, ainda, uma outra modalidade de poética que reintegra elementos da diáspora africana, mais precisamente a modalidade que une a herança da oralidade tradicional com a oralidade da tecnologia e das artes plásticas. As obras dos *performers* Ricardo Aleixo e Ronald Augusto serão analisadas em função dessa aproximação entre o tradicional e o experimental, no intuito de destacar a maneira como os poetas reaproveitam matrizes culturais relativas à diáspora africana e as fazem dialogar com signos decorrentes de outras matrizes culturais ou de outros suportes semióticos. Esta tendência responde aparentemente às características de uma poética "global", uma vez que os poetas exploram recursos decorrentes de movimentos de vanguarda e de experimentações resultantes de estéticas urbanas cosmopolitas. Essa linha de criação sustenta a análise de Canclini (1996, p. 124), para quem "os referentes de identidade se formam, agora, [...] em relação com os repertórios textuais e iconográficos gerados pelos meios eletrônicos de comunicação e com a globalização da vida urbana".

Com evidência, os poetas abordados neste livro podem transitar de uma modalidade de escrita para outra, ora lançando mão de elementos decorrentes da cultura popular rural, ora configurando uma poética cosmopolita, na qual os signos da diáspora se misturam com outros signos e geram palimpsestos cujas fontes estéticas aparecem em estado de hibridação.

Nessa perspectiva, é interessante ressaltar que esse tipo de *performance* literária atualiza antigas tensões ideológicas, fundamentais à sustentação do mundo ocidental e que podem ser percebidas na oposição entre a "alta cultura", a letrada (a partir da qual ergueu-se o cânone literário), e a "baixa cultura", a oral. Nesse âmbito, o crítico Ángel Rama lembra, no ensaio *La ciudad letrada* (1984), que

> la ciudad bastión, la ciudad puerto, la ciudad pionera de las fronteras civilizadoras, pero sobre todo la ciudad sede administrativa que fue la que fijó la norma de la ciudad barroca, constituyeron la parte material, visible y sensible, del orden colonizador, dentro de las cuales se encuadraba la vida de la comunidad. Pero dentro de ellas siempre hubo otra ciudad, no menos amurallada sino más agresiva y redentorista, que la rigió y condujo. Es la que creo debemos llamar la *ciudad letrada*, porque su acción se cumplió en el prioritario orden de los signos [...] (p. 25).[3]

Os textos produzidos pelos autores contemplados neste trabalho vão na contramão dessa "ordem prioritária dos signos", ou seja, operam, cada um a partir de estratégias textuais específicas, uma reivindicação de legitimidade daquilo que está fora da "cidade amuralhada" (no sentido apresentado na citação de Rama) apesar da não legitimação canônica do registro estético empregado.

No entanto, à luz dos acontecimentos mais recentes, é preciso relativizar essa aparente "exclusão ou rejeição" do registro estético diaspórico por parte do cânone, pois há indícios evidentes de um progressivo despertar do interesse cultural canônico por esses temas. Estamos nos referindo, aqui, ao interesse manifestado por instituições consideradas canônicas, que ajudam a compor a ordem daquilo que é ou não é considerado canônico. No Brasil, a universidade é um desses órgãos de indiscutível teor de legitimação, que compõe, em todos os campos do saber, sua própria hierarquia de valores. A escola, como um todo, é o lugar onde desde sempre deveriam ser debatidos assuntos de fundamental importância para a construção da identidade humana. Em decorrência da aprovação da Lei nº 10.639, de 9 de janeiro de 2003, por parte do Presidente da República, à época, Luiz Inácio Lula da Silva, assuntos relativos à contribuição dos negros no Brasil tornaram-se uma pauta obrigatória nas escolas brasileiras, exigindo dessa forma a produção de livros de história, cultura,

[3] "A cidade bastião, a cidade porto, a cidade pioneira das fronteiras civilizadoras, mas sobretudo a cidade lugar administrativo que foi a que fixou a norma da cidade barroca, constituíram a parte material, visível e sensível da ordem colonizadora, dentro das quais se enquadrava a vida da comunidade. Mas dentro delas sempre houve outra cidade, não menos murada mas mais agressiva e redentorista, que a regeu e conduziu. É a que acredito que devemos chamar de *cidade letrada*, porque sua ação se cumpriu na prioritária ordem dos signos".

literatura que reavaliem a contribuição dos afro-brasileiros na construção da ideia da nação vigente até hoje.

Um dado interessante é a inclusão do livro de poemas *A roda do mundo*, publicado em 1996 pelos poetas Ricardo Aleixo e Edimilson de Almeida Pereira, na lista de textos obrigatórios para o exame de entrada na Universidade Federal de Minas Gerais. Esse dado não deixa de representar, de alguma forma, um indício da abertura do cânone literário, embora tenha acontecido sob a pressão de uma lei federal.

Voltando às características do registro estético diaspórico, estamos assumindo que este é plural como são plurais as vozes aqui consideradas. No entanto, um ponto comum as reúne: todas partem dos fragmentos, das sobras, dos espólios, da desordem enfim, que se contrapõe à noção de ordem explicitada por Rama, para construir novos arranjos, torná-los prazerosos e significantes. Os autores aqui considerados fagocitam algum elemento que ficou fora da "cidade letrada", para trazê-lo para dentro do cenário contemporâneo das poesias brasileira e africana de língua portuguesa, interferindo nele e questionando-o. A operação resulta numa interessante coreografia de signos, cujo ritmo sintático soa como sincopado, elíptico e, por isso, obscuro.

Essa escrita, que do lamento leva ao prazer do texto, é possível graças àquilo que Michel Leiris (*apud* CANNEVACCI, 1996) denominou como sendo uma "filosofia da mudança", isto é, o processo que faz com que a junção de determinados conceitos se torne primeiramente estranha, logo livre de condicionamentos ou submissões a normas rígidas. Isso permite a existência, em contextos como o brasileiro ou o africano, de uma forma de "dialética quebrada", conforme a denomina o filósofo francês Paul Ricœur (*apud* CANNEVACCI, 1996), uma dialética de ritmos entrecortados.

Dessa forma, a literatura pode se transformar em um palco iluminado, um espetáculo, uma arte cênica, em que o corpo também está envolvido na *mise-en-scène* do virtuosismo e da sarabanda dos signos, mas também na improvisação que, à maneira do *jazz*, cria zonas de estranhamentos e deslocamentos, isto é, lugares em que os signos circulam e transitam deslocando as categorias fixas. Esses textos formam aquilo que Antonio Benítez-Rojo (1998, p. 41) chamou de "máquina especializada para produzir bifurcações e paradoxos", destinada a transformar

> La violencia sociocultural que proviene de la vieja plantación [...] en un espejo que refleja a la vez lo trágico y lo cómico, lo sagrado y lo profano, lo histórico y lo poético, Próspero y Calibán, la muerte y la resurección, en fin, el signo bifurcado (BENÍTEZ-ROJO, 1998, p. 368).[4]

A inserção desse palimpsesto de registros e signos díspares na produção literária de língua portuguesa acompanha as trilhas já feitas por autores como Édouard

[4] "A violência sociocultural que decorre da velha plantação [...] em um espelho que reflete por sua vez o trágico e o cômico, o sagrado e o profano, o histórico e o poético, Próspero e Calibã, a morte e a ressurreição, enfim, o signo bifurcado".

Glissant ou Patrick Chamoiseau, na literatura de língua francesa, Derek Walcott ou Edward Kamau Brathwaite, na de língua inglesa, e Nicolás Guillén ou Alejo Carpentier, na de língua castelhana, e pode representar o esboço de um novo caminho da literatura de língua portuguesa – considerando-se os seus aspectos sintáticos, semânticos e de imaginário expressos pela língua – e dos desdobramentos históricos e semióticos decorrentes do percurso que lhe é específico.

É interessante observarmos como de fato muitos elementos decorrentes da diáspora africana estão presentes na cultura brasileira do cotidiano, na culinária, na língua, nas artes plásticas e cênicas, na música, na própria literatura (como no caso da extensa obra de Jorge Amado), tornando-se, por momentos, um ícone da cultura brasileira como sendo a de uma cultura "misturada", "pluriétnica". No entanto, naquilo que diz respeito a um olhar mais atento sobre a produção poética "de prestígio", que não chama para si as massas, parece que os aportes da herança africana não estão sendo identificados ou reconhecidos, por estarem muitas vezes fundamentados sobre suportes da tradição oral, considerada anônima e, portanto, não autoral.

Com esse intuito, vale terminar esta introdução com uma citação, proposta por Stuart Hall, de Peter Stallybrass e Allon White, que remete novamente à divisão existente entre as diferentes camadas da cultura de países que viveram o processo da colonização, como é o caso do Brasil e de Angola, Moçambique, Cabo Verde, São Tomé e Príncipe e Guiné-Bissau:

> Um padrão recorrente emerge: o "de cima" tenta rejeitar e eliminar o "de baixo" por razões de prestígio e *status* e acaba descobrindo que não só está, de algum modo, frequentemente dependente desse baixo-Outro [...] mas também que o de cima inclui simbolicamente o de baixo como constituinte primário erotizado de sua própria vida de fantasia. O resultado é uma fusão móvel e conflitiva de poder, medo e desejo na construção da subjetividade: de uma dependência psicológica de precisamente aqueles outros que estão sendo rigorosamente impedidos e excluídos no nível da vida social. É por essa razão que o que é socialmente periférico é amiúde *simbolicamente* central... (STALLYBRASS; WHITE *apud* HALL, 2003, p. 348).

Com o presente trabalho, pretendemos demonstrar como a produção poética contemporânea em língua portuguesa decorrente da diáspora dispõe de suficiente autonomia para tecer um discurso capaz de provar sua originalidade, suas pontes para o futuro e suas raízes no passado.

Capítulo 1

OS SIGNOS DA DIÁSPORA

O presente capítulo está dividido em duas partes, nas quais serão abordadas questões que dizem respeito à circulação de signos relativos à diáspora negra. É importante ressaltar que o fato de trabalharmos com autores contemporâneos não significa que antes não tenham existido interpretações e reapropriações desses signos, tanto no Brasil quanto nos países africanos de língua oficial portuguesa. Ao contrário, o século XX se caracteriza, entre vários aspectos, pela constante reelaboração desses signos, entre outros signos culturais acessíveis às sociedades ocidentais, em decorrência da chamada "descoberta" da arte africana e afro-americana em diversos campos das vanguardas europeias de início do século XX. No campo da literatura, há uma série de movimentos, surgidos a partir dos anos 1920 – *a Poesía Negra* em Cuba, o *Modernismo* brasileiro, o *Negrismo* das Antilhas, a *Négritude* africana, a *Harlem Renaissance* nos Estados Unidos ou *Black Renaissance*, o grupo brasileiro do Quilombhoje, apenas para citar algumas manifestações nessa área – que tomaram como seu estandarte os elementos relacionados ao "Atlântico negro" e à mestiçagem cultural decorrente de anos de colonização europeia na África e nas Américas.

Na primeira parte deste capítulo procuraremos mostrar, de forma sucinta (pois já existe uma vasta bibliografia a respeito), como esses movimentos e grupos reintegraram elementos da diáspora africana, e em que medida isso pode ter influenciado a produção literária contemporânea, particularmente no Brasil e em alguns países da África de língua oficial portuguesa. Na segunda parte do capítulo, abordaremos o projeto de escrita de alguns autores contemporâneos (situados no eixo geográfico mencionado acima), bem como a proposta estética (e ideológica) deles no tocante ao aproveitamento (ou à rejeição) de determinados elementos da diáspora negra.

O objetivo deste capítulo é precisamente o de, através do panorama histórico, colocar na mesa algumas das cartas que foram empregadas no vasto painel da produção poética em língua portuguesa ao longo do século XX, no tocante à diáspora africana, para podermos entender como os autores contemporâneos capturam representações desses signos diaspóricos, seja percorrendo caminhos já trilhados ao longo dos movimentos que os precederam, seja ultrapassando as fronteiras conquistadas por esses movimentos.

1.1 Breve panorama histórico

No ensaio *Bonjour et adieu à la négritude* (DEPESTRE, 1980), o escritor haitiano René Depestre reavalia os acontecimentos que permitiram a "double permu tation, sémiotique et mythologique"[5] da visão do negro africano e seus descendentes no continente americano durante os séculos da colonização até nossos dias, tendo como ponto de partida o olhar etnocêntrico ocidental. Permutação essa que se tornou possível graças ao estabelecimento de uma hierarquia social baseada no conceito de "raça" e da suposta "superioridade" da raça branca sobre a raça negra. Um dos aspectos interessantes da análise de Depestre consiste no fato de que o autor lê essas características do imaginário colonial como sendo "signos". Sob essa perspectiva, a cor da pele se faz depositária de um significado que lhe é socialmente atribuído, que é mutante e que é preciso decodificar em decorrência da legitimação de um discurso que "naturaliza" o corpo para transformá-lo em signo social que, por sua vez, poderá servir aos interesses (econômicos e políticos) de determinada classe. Aquilo que não passa de um elemento físico (traços somáticos, pigmentação da pele) se essencializa durante os séculos da colonização.

Por essa razão, Depestre considera os negros escravos como "figures ilusoires", ou seja, figuras ilusórias que representam sempre um papel alheio à própria individualidade e identidade (1980, p. 9), ou "êtres invisibles"[6] (1980, p. 92), dos quais foi roubada a identidade e que se encontram no estado de "zombification" (*idem*) em decorrência desse processo de dominação. A perda de liberdade, por parte do negro escravizado, não foi um acontecimento isolado, pois foi acompanhado pela perda do patrimônio cultural – a memória coletiva e o imaginário – que constitui a base da identidade cultural de qualquer sociedade humana. Vale ressaltar que, para Benítez-Rojo (1998, p. 280), a pele, nos países colonizados como no caso do Caribe que ele analisa, é um território em conflito contínuo, por ser receptáculo dessas ambiguidades e da superposição de diferentes olhares.

No entanto, como sabemos, os escravos que chegaram ao continente americano e, particularmente, os transplantados para o Brasil (estima-se que foram quatro milhões),[7] tiveram que tecer estratégias para "réélaborer douloureusement des nou-

[5] "Dupla permutação, semiótica e mitológica".

[6] "seres invisíveis".

[7] Ver: FLORENTINO, 1997.

veaux modes de sentir, de penser et d'agir"[8] (DEPESTRE, 1980, p. 99). Em função disso, é possível afirmar que a reelaboração dos novos modos de ser negro ou afrodescendente ocorreu, tanto para os escravos africanos quanto para os seus descendentes, de diferentes maneiras: em termos sociopolíticos assistimos, durante o período de vigência do colonialismo europeu, tanto no Caribe quanto na América do Sul, a repetidas tentativas de fuga por parte dos escravos em direção a "quilombos", "cumbes" ou "républiques des marrons", tal como sucedeu no vitorioso caso da revolta haitiana, em 1804, fato importante para a definição dos rumos da independência do país. No Brasil, a investigação histórica dedicada ao levantamento dos quilombos, por um lado, revela que essa estrutura de resistência dos escravos se espalhou por diversas regiões do território nacional e, por outro, acrescenta detalhes fundamentais para a compreensão de seu funcionamento.[9]

É interessante levar em conta que do ponto de vista cultural ocorreu também um processo de "marronização", isto é, uma tentativa de subversão cultural desencadeada pelos negros escravizados contra a pressão colonizadora, que pretendia, entre outros fatos, eliminar as diversas manifestações culturais das diferentes etnias africanas. Como indica Depestre (1980, p. 100-101),

> dans la religion et la mythologie, le marronage du programme d'évangelisation forcée des esclaves donna des résultats extraordinaires. Il suscita dans les plantations et les communautés de marrons un réseau clandestin et réciproquement fécondant de correspondances et de complicités mythiques et rituelles entre les représentations et les gestes du catholicisme et ceux des cultes africains yoruba, fon, fanti-ashanti, bantou, congo, etc. [...] Le marronnage des valeurs dominantes leur permit une réélaboration des traditions africaines démantelées.[10]

O impacto desse processo de "marronização" sobre a cultura das áreas colonizadas pelos europeus, no decorrer dos séculos, foi múltiplo, acarretando uma readaptação "americana" de manifestações culturais trazidas da África, em campos diversificados como o são as expressões corporais, a dança, a música, a arte de trabalhar o ferro, a

---

[8] "relaborar dolorosamente novos modos de sentir, de pensar e de agir".

[9] Ver: REIS; GOMES, 1996.

[10] "Na religião e na mitologia, o 'marronage' do programa de evangelização forçada dos escravos deu resultados extraordinários. Instigou, nas plantações e nas comunidades de quilombolas, uma rede clandestina e reciprocamente fecunda de correspondências e de cumplicidades míticas e rituais entre as representações e os gestos do catolicismo e aqueles dos cultos africanos iorubá, fon, fanti-ashanti, banto, congo etc. [...] O 'marronage' dos valores dominantes fez com que eles reelaborassem tradições africanas desmanteladas".

pintura, a escultura etc. Alguns teóricos, como Serge Gruzinski (2001) ou Néstor García Canclini (2003), referem-se à formação de uma "arte híbrida", resultante das misturas de valores estéticos africanos, pré-coloniais e europeus que provoca, em consequência disso, uma visão de mundo e uma produção cultural estritamente "americana".

Apesar desse aspecto, Depestre sinaliza que no campo da linguagem – não se pode esquecer o fato de que, em muitos casos, a língua do colonizador foi literalmente imposta aos escravos – não foi possível operar uma verdadeira reelaboração capaz de desnaturar a própria língua do colonizador a partir de "infiltrações africanas" ou por meio da corrosão elaborada pela inserção de traços característicos da oralidade. No entanto, é preciso observar que se, por um lado, a língua do colonizado ficou sendo a língua de Próspero, por outro, isso não significa necessariamente que Caliban tenha assimilado e aceitado os valores estéticos e normativos dessa língua de colonização.

Se considerarmos as reflexões de Édouard Glissant relativas a essa problemática, entenderemos que existem estratégias específicas utilizadas no discurso dos autores colonizados, às quais o autor martinicano chama de "prática do desvio" (ou "détour"). O desvio seria, para Glissant, a maneira encontrada pelos autores colonizados para enxertar na língua imposta e normativa elementos que forjam um "modelo de construção de uma retórica" que questiona a unicidade normativa dela. Nesse sentido, o colonizado (Caliban) se apropriaria da língua do colonizador (Próspero) para deformá-la, modificá-la:

> Je parle des modèles de construction d'une rhétorique. Nous avons des modèles qui ne sont pas si éloignés des modèles de construction du délire populaire [...] tout le monde me dit à propos de mes romans: c'est du délire ! C'est parce que c'est fabriqué, sans doute, avec les mêmes économies de structures que les types que j'ai entendu délirer, toute mon enfance, sur la savane de Fort-de-France. On peut trouver si on commence à les écouter, des phénomènes de rythmiques, de redondances, de définitions dérisoires, de retour de la phrase sur elle-même qui sont, je le dis, des pratiques littéraires que j'applique (GLISSANT, 1983, p. 18).[11]

A retórica assinalada por Glissant se fundamenta, pois, em elementos da oralidade, e o trabalho do escritor pertencente a um país colonizado consiste precisa-

[11] "Falo de modelos de construção de uma retórica. Temos modelos que não são tão afastados dos modelos da construção do delírio popular [...] todos me dizem, ao falar dos meus romances: trata-se de delírio! É porque é fabricado, sem dúvida, com as mesmas economias de estrutura das pessoas que escutei delirar, durante minha infância, na savana de Fort-de-France. Podemos encontrar, se começamos a escutá-los, fenômenos de rítmicas, de redundâncias, de definições derrisórias, de volta da frase sobre ela mesma que são, digo, práticas literárias que eu aplico".

mente na tentativa de fazer confluir, no texto, a oralidade e a escrita. Esse discurso do "desvio" corresponde à construção de uma poética que se ergue a partir de camadas sobrepostas, "car on ne sait jamais si ce discours, en même temps qu'il livre un signifié, ne se développe pas précisement pour en cacher un autre" (GLISSANT, 1981, p. 355).[12]

Se isso, por um lado, pode parecer válido somente para os autores africanos, que vivem num contexto no qual muitas línguas convivem e são faladas junto com a "língua oficial" imposta durante a colonização, seja o francês, o inglês, ou o português, por outro, é significativo lembrar a peculiar concepção que Glissant atribui ao conceito de "multilinguismo" a partir do qual ele afirma estar escrevendo:

> Falo e sobretudo escrevo na presença de todas as línguas do mundo. Muitas línguas morrem hoje no mundo – por exemplo, na África Negra desaparecem línguas devido ao fato de que aqueles que as utilizam são absorvidos por uma comunidade nacional mais ampla [...] – mas sabemos que escrevemos na presença de todas as línguas do mundo, mesmo se não conhecemos nenhuma delas. Por exemplo, sou pessoalmente impregnado, poeticamente impregnado dessa necessidade, quando, na verdade, tenho uma terrível dificuldade de falar uma outra língua que não aquelas que uso [...]. Mas escrever na presença de todas as línguas do mundo não significa conhecer todas as línguas do mundo (GLISSANT, 2005, p. 49).

Sob a perspectiva de Glissant, a questão do multilinguismo ou da calibanização da língua de Próspero, nos diferentes processos assumidos pelos escritores, não abarca apenas aqueles países (ou momentos históricos) nos quais existe/existia um conflito entre línguas "locais" e uma língua normativa imposta artificialmente, como é o caso mais evidente, até hoje, dos países africanos ou do Caribe, ou como ocorreu no continente americano durante o processo colonial. Parece claro, na citação, que a reelaboração que Glissant realiza no campo da linguagem evidencia um enfrentamento entre modalidades diferentes de pensar a questão da língua e a consciência linguística, abrindo a problemática também para escritores afrodescendentes contemporâneos, que pertencem a um país com uma língua reconhecida como oficial (como é o caso do Brasil) e que perderam os rastros da língua africana de origem.

Para comprovar isso, podemos nos apoiar na produção poética contemporânea de autores brasileiros e africanos de língua portuguesa, como os que consideraremos neste trabalho, os quais introduzem na língua portuguesa um ritmo "diferente", que traz marcas de outras realidades – decorrentes de contextos sociais e culturais até então tidos como "marginais" ou minoritários –, tentando realizar aquilo que já

[12] "Pois nunca se sabe se esse discurso, enquanto nos entrega um significado, não se desenvolve precisamente para esconder outro".

desejara Aimé Césaire, em entrevista realizada com René Depestre (1980, p. 69), referindo-se às intenções subjacentes à escrita do seu livro *Cahier de retours au pays natal*: "pour moi le français est un instrument que je voulais plier à une expression nouvelle. Je voulais faire un français antillais".[13] Essas palavras ecoam as do escritor nigeriano, Chinua Achebe (*apud* JAHN, 1971, p. 311), quando este afirma que

> la lengua inglesa será capaz de soportar el peso de mi experiencia africana. Pero tendrá que ser un inglés nuevo: en estrecha conexión con la patria de sus antepasados y, sin embargo, distinto para que le vaya bien a su nuevo ambiente africano.[14]

Com evidência, Césaire e Achebe não são os únicos autores de um país colonizado a desejar imprimir à língua um ritmo "outro". Nas últimas décadas do século XX, muitos escritores se destacaram no panorama da literatura mundial precisamente por terem forjado uma língua que, sem deixar de ser, por exemplo, francesa, como no caso já citado de Édouard Glissant ou Patrick Chamoiseau, ou inglesa, como no caso de Dereck Walcott, desse conta de uma realidade cultural plural, não eurocêntrica, fixa, estável, unívoca, originária do "centro", mas, ao contrário, caracterizada por uma fundamental dinâmica, afeita a manifestar as oscilações, a complexidade e a obscuridade como sendo elementos inerentes à sua lógica, em oposição aos valores iluministas do "Século das Luzes" caracterizados pelo racionalismo e pela ordem cartesiana. A ideia da obscuridade remete, novamente, às reflexoes de Glissant e ao seu "pensamento arquipélago", isto é, o reconhecimento, por parte do teórico martinicano, da existência de um pensamento "não sistemático, indutivo, que explora o imprevisto da totalidade-mundo, e que sintoniza, harmoniza a escrita à oralidade, e a oralidade à escrita" (GLISSANT, 2005, p. 54). Pela sua característica de se valer de uma linguagem que absorve as constantes transformações, esse "pensamento arquipélago" introduz na linguagem uma "opacidade" provocada pela "desordem inovadora" decorrente da sua natureza "não sistemática". No caso da língua francesa, a importância histórica de movimentos literários como os da *Négritude*, na Paris dos anos 1930, fez com que se tornassem visíveis, já naquela época, preocupações relativas à cultura e à identidade colonial das Antilhas francesas, abrindo-se, portanto, o caminho para as obras inquiridoras de autores como Glissant, Chamoiseau, Confiant, entre outros.

---

[13] "Para mim, o francês é um instrumento que eu queria dobrar a uma nova expressão. Queria fazer um francês antilhano".

[14] "A língua inglesa será capaz de suportar o peso da minha experiência africana. Mas terá que ser um novo inglês: em estreita conexão com a pátria de seus antepassados e, no entanto, diferente para que sirva para o seu novo ambiente africano".

A seguinte confissão literária do poeta angolano Manuel Rui reflete essa linha de pensamento e expressa, talvez, o maior desafio e incentivo que os escritores africanos ou afrodescendentes experimentam hoje ao lidarem com a linguagem literária: o desafio de dizer algo novo a partir do "tradicional", ou seja, do universo contido e expresso pela oralidade que, à sua maneira, exprime a vivacidade de uma língua que é camaleônica, por camuflar, no seu interior, várias camadas de sentidos e por provocar desdobramentos relativos à própria identidade: "eu sou o poeta escrito [...] Da oratura à escrita. De uma língua a outra, já interferida para uma semântica nova: a da minha identidade" (RUI *apud* PADILHA, 2002, p. 292). No campo da literatura produzida em língua portuguesa, principalmente no domínio da prosa, vários autores realizaram essa atividade de "desmantelamento" (ou "détour") no interior da língua do colonizador. De fato, prosadores como os angolanos Luandino Vieira e Boaventura Cardoso, os brasileiros João Guimarães Rosa e Mário de Andrade (sobretudo em *Macunaíma*), o moçambicano Mia Couto, entre outros, surgem como mestres desse estilo de escrita que corrói os paradigmas tradicionais da língua portuguesa oficial, por meio da inserção, ou "tradução", da língua oral no *corpus* do texto narrativo. Dessa tensão que se cria entre registros orais e escritos, que se influenciam mutuamente tanto no processo da escrita como no de encenação do corpo e da palavra em *performances* orais, cria-se a possibilidade de introdução de ritmos e perspectivas inovadores em textos poéticos, como os que analisamos neste trabalho, cuja marca fundamental é a transformação da experiência da dor em experiência instigante, desafiadora.

No depoimento do poeta angolano Ruy Duarte de Carvalho é possível encontrar a mesma preocupação salientada por Césaire anos antes, em relação ao modo de lidar com a língua:

> se é verdade que ao traduzir e adaptar, para a minha língua, fontes da expressão oral africana, eu lhes transferi a marca da minha própria linguagem poética, também é sem dúvida verdade que, ao fazê-lo, eu estaria introduzindo as marcas de um imaginário OUTRO na própria língua portuguesa e na minha própria produção poética, pessoal e intransmissível nos termos da sua força e imagética específicas (CARVALHO, 1995, p. 75).

Nessa linha de pensamento, encontramos um testemunho de Edimilson de Almeida Pereira que, na entrevista realizada pelo jornalista Fabrício Marques (2004, p. 64), afirma ser sua intenção a de "estender o idioma e deixá-lo tão estirado quanto uma corda: se isso acontece, então o idioma ressoa". Dessa forma, o autor pretende "testar os limites do idioma", como consequência da necessidade que ele tem sentido, como poeta e como pesquisador, ao longo dos anos:

> me dei conta da impossibilidade de registrar a fala por meio da escrita, sobretudo as falas que me tocavam, permeadas de desobediências às normas de

facilitação da comunicação e, paradoxalmente, tão comunicativas. Os refrões da infância [...] ou os cantos que escutei durante a pesquisa [...] me despertaram a atenção para uma prática de metalinguagem que se esconde em meio à linguagem figurada. [...] A partir daí, procurei pensar a fala e a escrita não em termos de oposição, mas de provocação. O que há de diferenças entre uma e outra – seja nos conteúdos ou nas formas – é o que nos motiva a procurar uma outra maneira de expressão poética, algo entre a fala e a escrita (PEREIRA *apud* MARQUES, 2004, p. 64).

Com evidência, a oralidade representa, para todos os autores aqui reunidos e preocupados com a questão da renovação da linguagem poética em países que vivenciaram o processo de colonização, uma das fontes principais de inspiração e razão de desafio. Essa constante escuta e volta à oralidade poderia parecer paradoxal, na atualidade, já que uma das maiores lutas travadas pelos escravos e seus descendentes foi a de conseguir o direito de ter acesso à aprendizagem da escrita, como demonstraremos adiante ao nos referirmos ao caso do poeta cubano Juan Francisco Manzano. No entanto, é preciso lembrar que esse retorno à oralidade não corresponde apenas a um desejo de resgate ingênuo e inocente das matrizes culturais africanas, mas a uma conscientização, por parte dos poetas, de que o aproveitamento de técnicas decorrentes da oralidade possa compor a retórica (assim nomeada por Glissant) capaz de operar a "subversão da língua".

Assim, torna-se necessário considerar a apropriação da oralidade, por parte dos poetas, não somente sob a ótica do "resgate" das matrizes culturais africanas, já que estamos assistindo globalmente a um deslizamento das práticas comunicativas em direção à oralidade como forma de comunicação (veiculada pela tecnologia); por essa razão, a oralidade está se convertendo num recurso ou suporte estético usual, inclusive para quem pretende elaborar uma linguagem literária urbana. Ao mesmo tempo, o aparecimento, na cena mundial, de culturas que não adotam preferencialmente a escrita como modalidade de expressão, privilegiando o caminho oferecido pelas artes plásticas, pelo cinema, pela dança – Glissant e Stuart Hall citam, a esse respeito, em ensaios diferentes, a peculiaridade da pintura "naïve" no Haiti e na Jamaica como exemplo de expressão híbrida e decorrente da estética diaspórica –, reforça a possibilidade de lançar mão da oralidade como instrumento para operar a subversão da língua escrita.

Se partirmos do princípio estabelecido pelo próprio Depestre (1980, p. 105), que nos parece fundamental, de que "le marronage, sous ses divers aspects, se pratiqua dans la clandestinité",[15] torna-se evidente que o grau de interferência vivido pela língua, levado a cabo por esses autores, tal como foi feito pelo próprio Césaire,

[15] "O 'marronage', sob seus diversos aspectos, se praticou na clandestinidade".

também deve ser investigado a partir de elementos que decorrem de uma operação cultural clandestina, quase invisível, imperceptível, tramada em silêncio. Nesse sentido, a ideia da garimpagem, da mineração no interior da língua (conforme analisaremos no terceiro capítulo) torna-se uma metáfora pertinente para expressar esse sutil processo de escavação nos meandros do imaginário, realizado com o objetivo de criar aquele "imaginário outro" ao qual se refere Ruy Duarte de Carvalho no trecho citado acima.

A esse propósito, o conceito de "clandestinidade" nos parece particularmente apropriado para lidar com os signos decorrentes da diáspora africana, porque estes, na maioria das vezes, têm-se infiltrado nas diferentes manifestações culturais diaspóricas de maneira "clandestina" ou "pouco visível". Um exemplo claro nos é oferecido por ritmos musicais como o samba, o *blues* ou o *jazz*, nos quais o tempo que falta e produz a "quebra", ou seja, a síncope, apela para que essa mesma falta seja preenchida. Isso nos revela como esses ritmos não são "autossuficientes" e definitivos como um dogma, mas estão abertos para a mudança e para o diálogo com o corpo, com as palmas, com a imaginação. Em contrapartida, a construção de uma linguagem literária "nova" se fundamenta sobre uma série de procedimentos retóricos que, sempre para Glissant (2005, p. 143), são "pouco visíveis e perceptíveis".

No entanto, para refletirmos sobre esse princípio de "marronage" que atua no interior dos códigos coloniais, é útil lembrar que o processo de aprendizagem do alfabeto e da leitura foi vedado aos escravos, tanto no Brasil como em outros países afetados pela escravidão. Em função disso, os escravos que puderam aprender a ler, o fizeram graças à colaboração de um protetor, geralmente pertencente à elite branca, como ocorreu com o poeta Cruz e Sousa, ou por alguma iniciativa própria, na maioria das vezes na clandestinidade. Vale lembrar, a esse respeito, o caso exemplar do escravo cubano Juan Francisco Manzano (1797-1853), que se tornou um poeta romântico após ter aprendido a ler e a escrever recuperando pedaços de papel jogados no lixo na fazenda onde trabalhava como escravo doméstico.[16] Manzano usou o artifício de colocar uma folha em branco sobre o texto lançado fora, fazendo decalques e decalques das letras escritas nesses papéis rasgados, até que a sua própria mão aprendesse a fixar o alfabeto, as sílabas, as palavras, o código oficial da língua castelhana. A experiência de Manzano, relatada no seu texto "Autobiografia" (2000),[17] faz desse processo de superposição de signos um interessantíssimo e silencioso palimpsesto, alimentado na resistência de um gesto, repetido inúmeras vezes, testemunha de um tempo e de uma sociedade escravocrata em que a violência não era apenas aquela imposta ao corpo, mas também aquela que vedava o acesso à leitura, à escrita, à fala, isto é, à construção de uma identidade pessoal. Nesse sentido, a resistência dos es-

[16] Para mais detalhes sobre a vida e a obra de Manzano, ver: AZOUGARH, 2000.

[17] Ver: AZOUGARH, 2000.

cravos, manifesta em diferentes campos, como vimos no caso de Manzano em Cuba, tornou-se particularmente significativa pelo fato de o processo de escravidão ser tão coercitivo no que diz respeito à construção de uma identidade pessoal.

O caso de Juan Francisco Manzano não é isolado, nas Américas, mas constitui uma rara exceção à norma, pois em geral o negro (escravo ou descendente de escravo) não aparece nas literaturas a não ser no binômio estereotipado que o Romantismo alardeou, ou seja, o do "bom servo submisso" *versus* o "selvagem violento", imagem que refletia o olhar distorcido do colonizador. Essa visão estereotipada do negro se difundiu pelas literaturas do continente americano, sendo possível encontrá-la em novelas ou poemas de autores cubanos, venezuelanos, colombianos, peruanos.[18] O Brasil não foge à regra, pois são inúmeras as aparições desse protótipo de escravo nas narrativas românticas e naturalistas do século XIX.

A partir desse período, em concomitância com o início das sublevações independentistas das nações do continente americano e com a abolição da escravatura em várias delas, a literatura passa a incorporar e a manifestar essas tensões sociais. Como consequência direta disso, o negro, o mulato, o mestiço, o escravo ou liberto – componentes fundamentais e incontornáveis das jovens nações do continente – tornaram-se tema recorrente, embora tratados, quase sempre, sob o enfoque costumbrista e eurocêntrico presente nos relatos documentais e ficcionais anteriores.[19] De fato, é na virada do século XIX para o XX que acontece uma verdadeira "descoberta do negro" ou do "tema negro", em parte devido ao impulso das vanguardas europeias que influenciaram as produções literárias em todo o continente americano. Paralelamente ao movimento das vanguardas, assistimos, nessa época, à emergência de diferentes movimentos culturais que reivindicavam um espaço de igualdade para as minorias étnicas e/ou culturais americanas, como é o caso da Harlem Renaissance nos Estados Unidos, do Indigenismo haitiano ou do Negrismo do Caribe. Os ensaios "americanistas" do final do século XIX preanunciavam, de alguma forma, essa reviravolta de interesse em relação aos "elementos específicos dos povos americanos" (MARTÍ, 1990, p. 23). No Brasil, pode-se dizer que o Modernismo representa, a partir de suas especificidades, também um apelo para um mergulho na pluralidade de um país ainda desconhecido.

Com o fortalecimento das novas disciplinas, entre elas a sociologia e, em particular, a antropologia, os sujeitos sociais, comunidades, etnias até então ignoradas

[18] Ver, a esse respeito, o ensaio *El negro en la novela hispanoamericana* (BUENO, 1986).

[19] Existem ensaios que tratam exaustivamente da representação do afrodescendente na literatura americana durante os séculos XVIII e XIX, entre os quais: Shirley Jackson (*La novela negrista en Hispanoamerica*, 1986), William Luis (*Literary Bondage*: Slavery in Cuban narrative, 1990) e David Brookshaw (*Raça e cor na literatura brasileira*, 1983).

pelos estudos científicos se transformam em novos focos de interesse, temas de pesquisa e observação minuciosa. Ao citar alguns desses estudos, podemos ver como o fenômeno assumiu amplitude universal no mundo ocidental: em Cuba, Fernando Ortiz compõe uma obra importantíssima de investigação antropológica, analisando a população negra; no Brasil, Edson Carneiro deixa um acervo enorme de registros sobre o folclore da população brasileira; antes disso, Leo Frobenius se encarrega de percorrer vastos territórios africanos para pesquisar as etnias do continente.

No entanto, se é verdade que no início de século XX há um grande interesse pelo "tema negro", é preciso dizer que este ainda não deixa de ser visto como uma figura passiva, um fetiche do Ocidente branco que precisava de novas fontes de inspiração para renovar uma arte e uma sociedade mergulhadas na decadência decorrente da Primeira Guerra Mundial.[20] Essa construção imaginária e ideológica da figura do negro como um ser passivo faz com que a sua representação literária e social seja escassa e que sua entrada no cenário artístico como sujeito seja tardia.

A própria antropologia abordará de forma mais incisiva e profunda as raízes culturais da diáspora negra só a partir da década de 1950, sendo que essas raízes, anteriormente, eram tratadas apenas no âmbito das manifestações folclóricas. O que acontece durante a década de 1920 na Europa, e, por tabela, nas Américas, é um súbito interesse pelas culturas que passaram a ser chamadas de "primitivas" (ou seja, comunidades indígenas e populações afrodescendentes). Por outro lado, frente a uma crescente tentativa de nacionalizar a expressão artística, fenômeno também significativo nessa década, o novo olhar sobre o negro e o mestiço tornou-se uma saída para identificar um paradigma nacional, de acordo com as palavras do escritor cubano Alejo Carpentier (1988, p. 244):

> Les yeux et l'écoute s'ouvriren vers le vivant et le prochain [...] la possibilité d'exprimer le créole avec une nouvelle notion de valeurs s'imposa dans les esprits [...] Les valeurs folkloriques furent exaltées. Tout à coup, le noir devint le centre de tous les regards [...].[21]

No entanto, esse "novo olhar" não representou uma verdadeira circulação de signos relativos à diáspora negra, uma vez que espalhou uma moda de temas negros,

---

[20] É muito interessante, a esse respeito, a consulta a artigos que analisam o que ocorreu com as artes plásticas na Paris do começo do século XX, quando pintores como Picasso, Matisse, Gauguin, Modigliani e outros se inspiraram em máscaras negras para criarem suas pinturas inovadoras. Ver: HARRISON; FRASCINA; PERRY, 1998.

[21] "Os olhos e o ouvido se abriram em direção ao vivente e o próximo [...] a possibilidade de expressar o crioulo com uma nova noção de valores se impôs nos espíritos [...] Os valores folclóricos foram exaltados. De repente, o negro se tornou o centro de todos os olhares".

baseada nos "tropos do fetichismo" assinalados por Bhabha (1998), isto é, a metáfora e a metonímia a serviço da invenção de um discurso, na maioria das vezes, estereotipado, baseado num conhecimento pouco profundo dessa realidade, muitas vezes identificada como sendo "exótica". Essas reflexões perpassam a obra de um dos principais realizadores da *poesía negra* cubana, Nicolás Guillén (1987, p. 63-65), para quem:

> Pese al aislamiento físico a que lo sometió la esclavitud, pudo el negro ocupar su sitio – primerísimo sitio – entre todas las fuerzas sociales que integran la criolledad americana [...] A medida que crece la responsabilidad social del arte, y sobre todo después del cataclismo de 1914, va saliendo más a flor de pueblo el negro en Cuba. Paulatinamente deja de ser una decoración, un motivo de risueña curiosidad, y se mete en el papel verticalmente humano que le corresponde. Para algunos, esa salida es *moda*, porque no alcanzan el profundo sentido que tiene la aparición del hombre oscuro en el escenario universal, su imperativa, indetenible necesidad; para el resto es, además, *modo*: modo entrañable de lucha en que hoy se debaten oprimidos y opresores en el mundo; modo patético del sufrimiento nacional cubano; modo expresivo de la esclavitud popular en la Isla; modo, en fin, de su más recóndita y dolorosa naturaleza.[22]

O emprego dos temas negros mais a partir do modismo, e menos do "papel verticalmente humano" que cabe ao sujeito negro, torna-se evidente ao mapearmos a maioria dos textos *negristas* produzidos naquela época, em diferentes latitudes do continente. Apesar do projeto de revalorização crítica do negro, o modismo parece sobressair em obras de importantes poetas, tais como Emilio Ballagas e Ramón Guirao, em Cuba, Luís Palés Matos, em Porto Rico, Adalberto Ortiz, no Ecuador, entre outros.[23] No Brasil, Jorge de Lima, Raul Bopp (principalmente em *Urucungo*), Menotti del Picchia e Bruno de Menezes (no Pará) constituem um grupo de poetas que

---

[22] "Apesar do ilhamento físico ao qual o submeteu a escravidão, o negro pode ocupar seu lugar – primeiríssimo lugar – entre todas as forças sociais que integram a crioulidade americana [...] À medida que cresce a responsabilidade social da arte, e sobretudo depois do cataclismo de 1914, vai subindo mais à flor do povo o negro em Cuba. Paulatinamente deixa de ser uma decoração, uma razão de risonha curiosidade e se coloca no papel verticalmente humano que lhe corresponde. Para alguns, essa subida é *moda*, porque não atingem o sentido profundo que tem o aparecimento do homem escuro no cenário universal, sua imperativa, irrefreável necessidade; para o resto é, além disso, *modo*: modo entranhável de luta em que hoje se debatem oprimidos e opressores no mundo; modo patético da dor nacional cubana; modo expressivo da escravidão popular na Ilha; modo, enfim, da sua mais escondida e dolorosa natureza".

[23] Ver, a esse respeito: PEREDA-VALDÉS, 1953.

se propuseram a falar da população afro-brasileira, mas de um modo criticamente restrito ou "pouco sério". Este último aspecto pode ser observado, por exemplo, numa carta que Bopp (*apud* MASSI, 1998, p. 197) escreveu a Jorge Amado de Mombaça, na qual tece comentários sobre o seu livro *Urucungo* (àquela altura, ainda inédito):

> Agora mando esses troços negros que estão como escravos há muitos anos escondidos no fundo da mala. [...] A maior parte escreveria de 1922, 23, 24. Esotericamente eu tinha intenção de fazer um livro "urucungo", só de gemido de negro. Uma parte: África; pré-histórico, sexual e místico. Outra parte era o cativeiro, troços de lavoura, etc. Depois umas coisas cabalísticas (sambas e macumbas) e no fim uma seçãozinha de "chorados" [...] Em todo caso tenho vontade de acabar com meu ovário lírico. Pra escrever uns troços que ando ruminando. *Coisa um pouco mais séria.* [...] *Eu mesmo não levo muito a sério esse troço.*
>
> Não reneguei a Norato apesar do seu fracasso [...] A maior volta ao mundo que eu dei foi no Amazonas. Canoa de vela. Pé no chão ouvindo aquelas 1000 e uma noites tapuias. Febre e cachaça. O mato e as estrelas conversando em voz baixa. *Esse outro de negro, é um livro fácil.* Fracionado. [...] Tou cá por esses cantos da África equatorial. Vou daqui pra Zanzibar – diz que é exotismo. Vou ver o rei do Zanzibar. E a dança dos gnomos [Destaque nosso].

Diante disso, torna-se explícito o fato de que esse primeiro período negrista, apesar de sua importância histórica e de renovação estilística, não representa uma investida séria ou comprometida com questões mais profundas e radicais relacionadas à diáspora africana, isto é, não representa um posicionamento *a partir de dentro* relativo às dicções e ao papel desempenhado pelo sujeito negro, assim como não há nenhuma quebra na lógica colonial que apontava o negro como sendo "o outro". Trata-se de uma vasta produção literária inspirada na observação, *de fora*, das manifestações mais explícitas e visíveis de caracterizações decorrentes de elementos diaspóricos, tais como a dança, a religiosidade, a fala, a gestualidade etc. Os poetas falam ainda *sobre* o negro, procedimento justificável se pensarmos no fato de que a maioria desses intelectuais eram brancos ligados à burguesia; por isso, evidentemente, não podiam falar no lugar do outro.

Dessa modalidade poética fazem parte, de acordo com Zilá Bernd (1988, p. 65), os "autores adaptados aos padrões culturais do Ocidente", isto é, autores para os quais o negro permanece como segunda pessoa do discurso, após o eu lírico do poeta que se torna uma presença constante por meio das suas observações sobre o outro. A posição do enunciador, que de fora observa o outro, assume nesse discurso uma força legitimadora, que veicula a imagem estereotipada do negro como sendo a imagem oficial, fiel à "hegemonia discursiva que se impõe na Europa desde o século XVI com as narrativas de viagem dos colonos" (BERND, 2003, p. 52), que relatavam impressões de um mundo "exótico" no Novo Mundo, povoado por índios e africanos considerados "selvagens".

É interessante observar como o conceito de exotismo se sustenta a partir de um paradoxo. De acordo com Todorov (1983), para poder elogiar o outro, é preciso conhecê-lo, mas ao mesmo tempo não há conhecimento profundo do outro no qual impera uma visão exótica. No que diz respeito a essa "redescoberta das temáticas negras" na literatura do início do século XX, entende-se a importância da representação que os próprios negros ou afrodescendentes poderiam ter dado de si mesmos, por eles não explorarem uma imagem "exótica" e superficial da própria comunidade e das suas manifestações culturais.

No caso específico do Brasil, a ausência de vozes negras durante o Modernismo brasileiro – vozes que poderiam ter enriquecido de forma mais contundente, se não modificado radicalmente, essa "redescoberta" de temáticas negras – explica-se pelo fato de que os poetas negros em atividade estavam empenhados em percorrer um caminho "de resgate" da imagem positiva da população negra mediante um processo de assimilação dos códigos tidos por canônicos, aos quais não haviam tido acesso, e que eram precisamente os códigos que o Modernismo repudiava. A política de branqueamento levada a efeito pelas elites da sociedade brasileira no começo do século XX direcionou poetas como Lino Guedes, por exemplo, para uma poética que pretendia resgatar uma imagem do negro forjada de acordo com os valores da sociedade branca dominante. Nessa poética, é interessante notar que a preocupação em oferecer uma imagem renovada do negro tomou a frente de outras questões relativas à construção de uma identidade própria. Isso fez com que a vertente descortinada por Lino Guedes desconsiderasse aspectos fundamentais relativos ao trânsito de signos da diáspora negra no interior da produção poética elaborada pelo próprio autor afrodescendente.

Isso nos mostra como a presença, ou melhor, o surgimento do negro como "sujeito enunciador" (BERND, 1988, p. 47) é decisivo para o estabelecimento da "literatura negra", em oposição a uma literatura de "temática negra". Ou seja, uma literatura que pudesse finalmente falar *do* negro e de um negro que afirmasse e reivindicasse para si com orgulho essa identidade, rejeitando com veemência os estigmas da visão colonial que lhe atribuía caracterizações negativas. Na literatura brasileira, o precursor dessa postura ideológica e estética, calcada na semântica do protesto ou da paródia, foi Luiz Gama.[24]

É importante lembrar, a esse propósito, que nem sempre a autorrepresentação feita por um autor negro reflete a voz e a visão de mundo do sujeito negro, na medida

[24] Ver, a esse respeito, AZEVEDO, 1999.

em que o discurso pode carregar as ambiguidades e os condicionamentos decorrentes de uma visão impregnada por valores do sujeito não negro, como o são, por exemplo, as inflexões raciais negativas que marcam o discurso do senhor de escravos em relação à população negra. No entanto, paralelamente ao avanço das reivindicações sociais e políticas relacionadas à população afrodescendente, torna-se cada vez mais apurado o discurso relativo a esses valores, e faz-se mais agudo o olhar que escrutina o "lugar" a partir do qual o autor está falando.

De certa maneira, a reviravolta fundamental para a percepção do papel atuante do negro na cultura - decorrente do seu papel na sociedade - ocorre com o surgimento da reconstrução de um universo de valores próprios, composto por representações de um negro que se autodefine e rejeita as atribuições que lhe foram impostas ao longo dos séculos. É oportuno dizer que a *Négritude* contribuiu para essa mudança por meio de uma progressiva conscientização sobre a urgente necessidade da valorização e da reafirmação dos signos relativos à diáspora negra, paralelamente à assimilação e à exploração dos recursos que, até então, tinham sido reservados à elite, tais como o emprego da língua francesa (no caso de poetas como Césaire, Sénghor, Damas etc.), em detrimento da língua nativa, e da paródia de determinadas obras literárias tidas como "canônicas" pelo mundo ocidental para oferecer uma versão densa de valores culturais do mundo negro. No entanto, o objetivo vislumbrado pelos autores da *Négritude* não era a assimilação pura desses recursos, pois eles não queriam ter apenas o direito de usá-los, uma vez que foram obrigados a aceitar e a aprender os códigos linguísticos e culturais impostos pela colonização, mas sim se servir deles para esboçar um ato de rebelião, no sentido de compor um profundo questionamento da cultura europeia que os dominou durante séculos. Ao mesmo tempo, existia uma preocupação muito séria em relação à manutenção de tradições e valores originais, vinculados aos contextos culturais anteriores à chegada dos colonizadores.

É evidente que, dependendo de onde é enfocada essa problemática, ela assume conotações diversificadas. Para um africano ou um adepto do movimento da *Négritude*, a questão da língua foi central nas reflexões sobre a maneira como responder às imposições coloniais. A escolha da língua imposta ou da língua nativa é determinada por uma opção consciente de comunicabilidade e de recepção da mensagem. Entre apostar numa obra de alcance local, recusando totalmente a língua do colonizador - como preconizava Frantz Fanon, para quem o escritor devia aprender com o povo e não com a metrópole -, e apostar numa obra que pudesse obter alcance universal, admitindo dessa maneira a "traição" às raízes da própria cultura, surge o dilema da identidade do intelectual engajado numa reivindicação coletiva (a do seu povo), mas empenhado num trabalho que é principalmente de cunho estético e para o qual a liberdade de opção estética é um elemento fundamental.

Na medida em que contribuíram para a resolução desse dilema, o Negrismo cubano e o Indigenismo haitiano passaram a ser considerados como precursores da *Négritude*, apesar das limitações já salientadas. Os dois movimentos revelaram uma maneira possível de "expressar literariamente o mundo social e pensamentos não europeus, em uma língua europeia" (DAMASCENO, 1988, p. 20). A maior conquista que a *Négritude* alcançou, e da qual os autores contemporâneos que analisaremos nesta obra farão bom proveito, foi a liberdade de expressar conteúdos que integram elementos, características culturais ou preocupações referentes à diáspora negra por meio do uso de uma língua literária que corrói a língua canônica. Diante disso, é válido citar o fragmento no qual Benedita Gouveia Damasceno (1988, p. 25), em sua análise da *Négritude*, levanta três pontos que serão importantes para a nossa reflexão:

> O efeito literário da Negritude, a libertação das cadeias de linguagem, a demonstração de que os sentimentos essencialmente africanos podiam ser expressos em língua europeia, manifestou-se em três domínios: na temática, inspirando a compreensão e expressão poética da realidade africana; na semântica, com acréscimo de novos significados e associações às palavras do jargão poético francês; e na rítmica, por inclusão de uma certa tensão no francês poético, através das cadências predominantes nas línguas da África Ocidental, levando-o a exprimir os ritmos da dança.

Conforme tentaremos demonstrar ao longo do trabalho de análise, é possível identificar a incorporação de alguns desses domínios nas poéticas dos autores aqui abordados. Mas, antes de falarmos deles, é necessário lembrar que no final dos anos 1970 o grupo Quilombhoje,[25] localizado em São Paulo, recupera o espírito de luta e de reivindicação social proposto pela *Négritude*. A ligação entre os objetivos da *Négritude* e os do Quilombhoje – o qual entre suas atividades, como o incentivo ao hábito da leitura, a discussão da experiência afro-brasileira na literatura, o incentivo aos estudos sobre literatura e cultura negra, a visibilização da literatura afro-brasileira, a discussão de questões como a autoestima dos afrodescendentes, promove a publicação literária dos *Cadernos Negros* – se mostra evidente nesse depoimento de um dos seus integrantes, Jamu Minka (CUTI *et al.*, 1985, p. 43), que, ao rejeitar as críticas direcionadas ao seu movimento que afirmam ser este "ainda limitado ao enfoque negrista de valorização do ser negro presente nos inícios da Negritude", ressalta a peculiaridade brasileira dos processos de avanço em termos raciais: "por isso mesmo que tais questões, embora pareçam superadas para outras latitudes, para nós brasileiros correspondem ao ritmo tardio com que as conquistas populares acontecem na sociedade brasileira" (*idem*). Jamu Minka explicita também o fato de que a assimila-

[25] Ver o *site* oficial do grupo: <http://www.quilombhoje.com.br>.

ção tardia dos componentes da *Négritude* por parte do Movimento Negro brasileiro permitiu um distanciamento crítico em relação aos seus aspectos mais polêmicos:

> dessa forma, para nós, Negritude acabou sendo associada a significados e símbolos inexistentes à época da atuação de Césaire e Sénghor. Lumumba, Black Panters, Luther King, Malcom X, Angela Davis, Guerra de Libertação das ex-colônias portuguesas em África trazem para cá uma dimensão, uma consciência de que, para enfrentar eficientemente a secular exploração e marginalização, não é possível ficar apenas ao nível da cor da pele, da oposição preto X branco (*apud* CUTI *et al.*, 1985, p. 43).

Contudo, é possível entrever no depoimento acima a maneira como a *Négritude* alimentou ideologicamente o grupo Quilombhoje, principalmente no plano do conteúdo, no qual o vínculo entre a realidade social e a obra literária se apresenta de modo explícito.[26] Sob essa perspectiva, há elementos que permitem afirmar que o grupo Quilombhoje e os *Cadernos Negros* têm desempenhado um papel fundamental na história da literatura brasileira no que diz respeito ao resgate de um "eu poético negro", abrindo o caminho para que, posteriormente, pudessem surgir poetas que privilegiaram um trabalho apurado com a linguagem, tendo assimilado, e por vezes transcendido, as preocupações e as conquistas dos seus predecessores.

É oportuno ressaltar que esta vertente da "poesia negra" brasileira vem sendo questionada, principalmente a partir dos anos 1990, por não ter sabido ultrapassar, em linhas gerais, a fase de reivindicação social e por adotar um tom naturalista ao lidar com as injustiças relacionadas à história dos afrodescendentes no Brasil. Ao contrário daquilo que afirmava Jamu Minka, a oposição preto *versus* branco continua sendo sustentada pela própria produção literária do grupo. A queixa e o ressentimento são recursos estilísticos frequentes na obra da maioria dos autores que publicaram (e publicam) nos *Cadernos Negros*, impedindo os poetas de saírem da "lógica do revide": depreende-se que os autores do grupo, de modo geral, continuam escrevendo em resposta ao branco, colocando-o sempre dentro da própria realidade, conforme salienta Bernd (2003, p. 116), precisando dele para alimentar o lamento, "forma privilegiada de contato com o mundo".

O poeta Solano Trindade representa, a esse respeito, uma interessante "negociação" entre as reivindicações sociais referentes à população negra, presentes ao longo da sua obra, sobretudo na fase em que apoiou o socialismo, e a temas relacionados com aspectos da diáspora africana (a religião, a fala popular, o ritmo) e com aspectos que transcendem essa questão. Paralelamente à preocupação com os temas, Solano Trindade manifesta uma procura estilística que o aproxima da cultura popu-

[26] Para uma análise mais densa sobre as contribuições do Quilombhoje e as publicações *Cadernos Negros*, ver, entre outros, os artigos de: BARBOSA, 1985; AUGEL, 1986; 1987.

lar, a qual está constituída, muitas vezes, por uma boa porcentagem de população afro-brasileira. Essa escolha estética, que torna sua linguagem uma arma de encantamento, sem, contudo, ter perdido o vínculo com a realidade – pois é a partir dela que o poeta procura a renovação –, aproxima-o do poeta cubano Nicolás Guillén, não só pela semelhança estilística – expressa na tentativa de reproduzir a rítmica negra, a incorporação da fala popular etc. –, como também pela capacidade de fazer coincidir canto com protesto, indivíduo com povo, realidade local com realidade universal.[27] Além disso, a aposta de Solano Trindade numa forma estética não elitista, isto é, que reincorpora e valoriza fragmentos da fala oral, ditados populares, cantigas infantis e pregões de rua, revela-se também a aposta no dinamismo da linguagem que rejeita o engessamento retórico, uma solução que será frequentemente escolhida pelos poetas contemporâneos.

Vejamos, a esse respeito, o poema "Congo" (1999, p. 72), no qual Solano Trindade reproduz uma estrutura rítmica compassada que dialoga com os *Motivos de son*, de Nicolás Guillén:

> Pingo de chuva,
> Que pinga,
> Pinga de leve
> No meu coração.
> Pingo de chuva
> Tu lembras a canção,
> Que um preto cansado,
> Cantou para mim,
> Pingo de chuva,
> A canção é assim
>
> Congo meu Congo
> Aonde nasci
> Jamais voltarei
> Disto bem sei
> Congo meu Congo
> Aonde nasci...

Neste poema, Solano Trindade percorre os caminhos de um sujeito distanciado de suas origens, portanto, em estado de exílio. Em vista disso, as imagens do passado e do lugar de origem são reatualizadas por meio de um discurso que não disfarça sua perspectiva idealista. Além disso, podemos reparar que o poeta faz uso de um regis-

[27] Solano Trindade tem um poema dedicado a Nicolás Guillén, ao qual se dirige chamando-o de "Meu irmão de Cuba". Ver: TRINDADE, 1999, p. 105.

tro coloquial para falar de acontecimentos comuns como a chuva ou recuperação de um canto dos antigos. A exploração das repetições de vocábulos e de fonemas recria no decorrer do texto os efeitos dos instrumentos de percussão. O refrão, que também caracteriza os poemas de Nicolás Guillén, enfatiza os conteúdos relativos ao lugar de origem do sujeito que, neste caso, confunde-se com a terra dos ancestrais.

Solano Trindade parece ter demonstrado, como outrora fizera Guillén aos poetas de língua espanhola, que há também um problema de linguagem e, portanto, de identidade na base da literatura brasileira. Ou seja, embora não se trate do dilema vivenciado pelos poetas africanos durante a *Négritude* (e ainda hoje, uma vez que o plurilinguismo nos países africanos é um fato inquestionável), subsiste um problema de "registro linguístico" inclusive em países como o Brasil, onde o português é, oficialmente, a língua da unidade nacional. No entanto, a intensa contribuição semântica, sintática e fonética das línguas indígenas e das dos escravos que chegaram ao Brasil é hoje mais do que uma realidade comprovada por meio de inúmeros estudos científicos.[28] Além disso, no Brasil há uma diversidade linguística vinculada à grande extensão territorial e à pluralidade cultural do país, bem como às diferenças entre o português padrão e o das camadas populares. Isso faz com que a opção por determinado tipo de linguagem poética não seja uma mera opção gramatical, pois envolve, de modo decisivo, questões de natureza ideológica e estética.

Se para os países das Antilhas francesas o *créole* representa uma "semântica da escamoteação" (BERND, 1988, p. 35), tendo surgido originariamente como um "código secreto" para operar o "marronage culturel" desejado por Depestre, no Brasil a oposição entre o português oral ou "civilização oral" (BERND, 1988, p. 35) e o escrito ou "civilização escrita" (BERND, 1988, p. 35) abre uma possibilidade de lermos essa variante como a existência não de uma única língua, o português, mas de outras linguagens dentro e fora dele, fato que tem levado autores cientes dessa divisão a um sério questionamento sobre a relação entre língua literária e identidade da nação e/ou do indivíduo. Como já tivemos ocasião de observar, a relação entre língua e linguagem tem sido abordada, estudada e questionada pelos próprios autores do Caribe francês, que se debruçaram sobre essa difícil questão identitária. Glissant (2005, p. 53) relativiza a hegemonia da língua francesa dominante em prol da existência de linguagens que seriam transferíveis, pessoais e que criariam uma irmandade entre autores que, inclusive, se expressam por meio de línguas diferentes:

> Dessa maneira, surgiu no Caribe uma linguagem que tece uma trama através das línguas inglesa, francesa, espanhola, crioula do universo do Caribe e talvez também da América do Sul. Alejo Carpentier me dizia em uma conversa que tivemos pouco tempo antes de sua morte: "Nós, caribenhos, escrevemos em quatro ou cinco línguas diferentes mas temos a mesma linguagem".

[28] Ver MENDONÇA, 1973; CASTRO, 2002.

De fato, o reconhecimento dessa linguagem comum a determinada região ou decorrente de determinado processo histórico começa a ocorrer num segundo tempo, isto é, depois da manifestação dos diferentes movimentos culturais de reivindicação sociocultural.

A essa altura, é possível resumir em três etapas gerais os processos que nos permitem situar o surgimento do "negro" na literatura das Américas, e mais especificamente na brasileira: a) na primeira, ele é *tema*, ou seja, objeto de observação em terceira pessoa, escrutinado pelo olhar minucioso do escritor que, em geral, pertence ao universo cultural dominador. Ele é "o outro", o "diferente", o "estranho, curioso, selvagem". Autores como Castro Alves ou muitos dos poetas que integram as filas do Negrismo confluem nessa primeira etapa de representação do negro; b) na segunda, o negro é *sujeito*: surge o "sujeito enunciador", ou seja, o poeta negro se afirma como negro e como poeta, ao mesmo tempo que recusa os estereótipos do negro desenhados, durante séculos, por uma ordem social opressora. Esse "sujeito eu enunciador" elabora o seu discurso a partir do seu próprio ponto de vista, como indivíduo negro e como parte de uma comunidade segregada e discriminada. Os poetas da *Négritude* e, no Brasil, os poetas do Quilombhoje, representam essa vertente da produção literária relativa ao negro; c) na terceira, o poeta espalha e/ou camufla no texto os signos decorrentes da diáspora negra. Aqui já não se trata de identificar se o negro "é o outro ou se sou eu", já que o cerne da questão da identidade e da alteridade recai sobre outros aspectos relacionados mais à linguagem do que à definição étnica do autor ou ao seu posicionamento a respeito desse assunto. O que ocorre é que o próprio texto, pela maneira como é constituído, revela determinada experiência do autor e determinados fatores que o identificam como sendo um sujeito preocupado com as questões diaspóricas contemporâneas. Pertencem a essa vertente autores como Édouard Glissant, Derek Walcott, assim como os autores a serem analisados neste trabalho.

1.2 No labirinto dos signos

Como pudemos observar, as matrizes culturais que se espalharam através da diáspora negra foram reelaboradas de diversas maneiras nas diferentes sociedades afetadas pela colonização e pelo tráfico de escravos. Das Antilhas francesas ao Caribe hispânico, passando pela América Latina e pelo Brasil, na maioria das vezes as referências africanas das sociedades em questão foram analisadas à luz de elementos históricos ou antropológicos que as julgavam portadoras de uma identidade única e fixa. Se isso foi válido coletivamente, na medida em que a História vem tendo um papel fundamental na manutenção de determinada representação do "ser negro", baseada em registros escritos, individualmente as coisas não foram muito diferentes.

Os escritores sensibilizados com as rupturas e as elipses criadas pela escravidão se empenharam, a partir do momento em que tiveram os meios, em definir uma noção de identidade por meio do processo de "restauração da memória", seja a coletiva, seja a individual. Ao fazer isso, mergulharam, muitas vezes (como vimos na seção anterior), em representações estereotipadas da África, ou trabalharam intensamente para a construção de um discurso de "afirmação do eu" relacionado à sua atuação como agente de transformação social. Solano Trindade foi um dos que dirigiu seu olhar para o vasto campo da oralidade, encontrando ali uma expressiva fonte de criação literária. Dessa forma, chamou a atenção para a possibilidade de serem aproveitados recursos culturais "locais", restaurando não uma ideia de "pureza da origem", mas de "mudança da origem", ou seja, mostrando como manifestações culturais vinculadas à diáspora africana e à raiz afro-brasileira – como a oralidade – têm assumido características próprias em terras americanas, características mutantes, como mutante é a língua falada, com suas especificidades, em cada época e local.

O aspecto mais relevante evidenciado pela poesia de Solano Trindade consiste na opção por uma poesia que se realiza na linguagem, sem se afastar da realidade. Esse realizar-se na linguagem permite a exploração do sentido das máscaras estéticas e sociais, uma vez que "a literatura se inscreve no domínio do simbólico e, portanto, implica um lugar do sujeito aberto a múltiplas possibilidades de encenação e de fingimento" (LIMA, 2001, p. 12). Trata-se, de fato, de um caminho semelhante trilhado pelos autores que aqui analisaremos, sejam eles brasileiros ou africanos, que optaram pelo "fim da lamentação pela perda da origem, da identidade fixa, da memória restauradora" – conforme observa Cannevacci (1996, p. 10) ao falar do sincretismo – em favor de uma memória que é reinventada, potencializando, mediante esse procedimento, os vazios abertos durante o processo da escravidão.

Dessa forma, a memória opera como elemento dialógico e polifônico, tanto no processo de representação de um passado, quanto no ato de transformação dessa representação em linguagem. Assim, o poeta é "um sujeito que escolhe a diáspora e que expressa sua oposição nas construções de modelos irredutíveis, de quilombos móveis, de identidades plurais" (CANNEVACCI, 1996, p. 10). Isso nos leva a crer que a "opção pela diáspora" relatada por Cannevacci subentende uma visão da identidade como um fator mutante, sem fronteiras definitivas, de tal modo que os seus signos podem ser reapropriados de acordo com os diferentes cenários estéticos e sociais. Voltando mais uma vez ao texto de Glissant (1981, p. 124), podemos observar como essa concepção da identidade está ligada diretamente à ideia da relação, do diálogo, do desafio: "é isto que eu chamo de identidade cultural: uma identidade questionante, onde a relação com o outro determina o ser sem paralisá-lo com seu peso tirânico".

Essa tendência revela a intenção dos autores de se aproximarem da questão da identidade sem considerá-la apenas como objeto fixo a partir do qual se deve tecer o discurso. Ao contrário, a identidade diaspórica passa a ser vivenciada como uma identidade mutável ou, como afirma Stuart Hall (2002, p. 13), como uma "celebração móvel", cujas mudanças precisam ser acompanhadas, pois, como explica o mesmo autor, "dentro de nós há identidades contraditórias, empurrando em diferentes direções, de tal modo que nossas identificações estão sendo continuamente deslocadas" (*idem*). Os autores aqui analisados se empenham em reproduzir esse deslocamento, essa "errância dos signos" por meio de uma literatura que se coloca em estado de tensão entre a tentação do enraizamento e da fixação e a abertura para o nomadismo semiótico, aceitando o risco de ambiguidade e ambivalência que comporta a opção estética e ideológica por esse "enraizamento dinâmico" (MAFFESOLI, 1997, p. 78).

Ao compartilhar uma modalidade estética que não se nutre dos enraizamentos e sim dos desafios, os poetas tendem a expressar-se por meio de uma linguagem que, apesar de valer-se de dicções pessoais, converge para objetivos e efeitos comuns, de acordo com o sentido atribuído por Glissant ao conceito de "linguagem". Mais do que isso, eles o fazem partindo, salvo exceções, de uma única língua, o português, mas partindo da especificidade das realidades histórico-sociais africana e brasileira, que afetam a sua estrutura. Isso torna a aproximação entre as poéticas diaspóricas africana e brasileira ainda mais instigante, uma vez que será necessário rastrear os elementos que fazem dessa poética escrita numa mesma língua também uma poética escrita numa mesma linguagem. Nesse sentido, é possível observar que "as literaturas que se perfilam diante dos nossos olhos e que já podemos pressentir, serão adornadas com todas as luzes e com todas as opacidades da nossa totalidade-mundo" (GLISSANT, 2005, p. 86). Resta-nos demarcar alguns elementos que nos permitem identificar aquilo que estamos chamando de "estética diaspórica" e explicitar a maneira como cada poeta aqui analisado os incorpora ao seu processo de criação literária.

Para tanto, tomaremos como exemplo a descrição de "estética diaspórica" proposta por Kobena Mercer (citada por Stuart Hall no ensaio *Da diáspora*), que já citamos na nossa introdução, embora ela esteja se referindo mais especificamente ao mundo anglo-saxão e à corrosão operada pela língua crioula ou *patois*. Nesse sentido, se partirmos dessa reflexão sobre a maneira como é caracterizada uma "estética diaspórica" em textos literários, é possível indicar, com mais evidência, nossa análise referente à maneira como a experiência da diáspora é tratada pelos brasileiros Edimilson de Almeida Pereira, Adão Ventura, Ronald Augusto e Ricardo Aleixo, além dos africanos Paula Tavares, Ruy Duarte de Carvalho e Luís Carlos Patraquim.

No entanto, para que nossa análise possa ser articulada de modo denso, é necessário ampliar o conceito de "diáspora" para além daquele sentido concebido por Stuart Hall, isto é, o de trânsitos de saída de determinados lugares para outros, que provocam alterações em várias expressões culturais. De fato, a questão do trânsito de pessoas – no caso, os poetas – ou de práticas culturais deslocadas do seu lugar de origem é central na construção de uma poética que lança um olhar crítico sobre a própria sociedade e sobre a leitura que dela se opera. O deslocamento a partir do qual muitos autores olham para a própria cultura hoje se reflete em suas respectivas produções literárias, isso em função de um deslocamento físico (como é o caso de Paula Tavares, Luís Carlos Patraquim e outros poetas africanos que residem fora do próprio país) ou de um deslocamento interior (como é o caso do incessante questionamento de Ricardo Aleixo sobre os labirintos de sua cidade natal, Belo Horizonte, de onde se desloca muitas vezes, mas para onde retorna, pois aí sempre teve residência; ou do olhar de pesquisador da cultura popular das regiões rurais de Minas Gerais, no trabalho efetuado por Edimilson de Almeida Pereira). Em função dos deslocamentos, o sujeito tem, frequentemente, que reaprender os significados de sua própria cultura e da cultura do Outro, razão pela qual a sensação de estranhamento vivenciada pelo poeta, por meio das suas inquietações, constitui um elemento fundamental de sua própria obra literária.

Aproveitando as reflexões de Homi Bhabha, podemos dizer que o estranhamento representa o paradigma da condição colonial e pós-colonial, pois é "a condição das iniciações extraterritoriais e interculturais" (1998, p. 29). No entanto, Bhabha observa que "estar estranho ao lar [*unhomed*] não é estar sem-casa [*homeless*]" (*idem*). É o caso da poeta angolana Paula Tavares, para quem isso se torna decisivo na medida em que a autora está em uma posição de estranhamento em relação ao seu "lar cultural" – Angola – decorrente da sua visão crítica sobre ele, mas sem deixar de reconhecer nessa cultura o seu "local de origem". Dessa visão resulta a concepção de "tradição" como sendo uma encruzilhada de mudança e permanência:

> A tradição, longe de constituir um legado imóvel e fixo, pronto para ser transmitido de geração em geração, a tradição é também mudança e sinônimo de um quadro dinâmico longamente entretecido entre o indivíduo e o grupo, desde sempre aberto à incorporação de elementos novos, que alimentam o antigo e estabelecem a necessária ponte entre o velho e o novo (TAVARES, 1998, p. 52).

Esse ponto de vista é particularmente significativo, pois explica a maneira como Paula Tavares lida com a tradição, às vezes apontando os momentos de insurreição (principalmente no que tange à condição da mulher), outras vezes propondo uma interpretação poética do ritual tradicional. Mesmo assim, o estranhamento é um elemento constante no seu processo criativo, já que "torna visível o esquecimento do momento 'estranho' na sociedade civil" (BHABHA, 1998, p. 31). Paula Tavares, por sua formação como historiadora, tem consciência aguda das falhas históricas, principalmente no que diz respeito à autorrepresentação feminina em Angola, e acredita que "faz falta a palavra grito a crescer por cima desse silêncio todo" (TAVARES, 1998, p. 33). Eis porque ela acredita poder "preencher" esse espaço vazio por meio da palavra poética, criadora de universos significantes, que instauram novos valores nos quais é possível se espelhar: "há muitos gritos que normalmente nós, como mulheres [...] somos ensinadas a guardar para nós próprias: a sensualidade é um deles. A mulher [...] não põe cá fora os problemas que tem em relação à sua própria sensualidade. E eu achei que podia pôr isso" (TAVARES *apud* LABAN, 1991, p. 853).

O estranhamento ao qual nos referimos atua, na poética de Paula Tavares, principalmente na hora de descrever os enigmas que circundam os ritos de iniciação, os quais tradicionalmente se servem do silêncio como instrumento de respeito e de preservação.[29] No entanto, esse silêncio é ferido pelo grito das mulheres que, depois do acatamento, parecem estar aprendendo a desobediência, mesmo que silenciosa e silenciada, como revelam esses poemas do livro *O lago da lua* (1999):

> Aquela mulher que rasga a noite
> com o seu canto de espera
> não canta
> Abre a boca
> e solta os pássaros
> que lhe povoam a garganta
> (TAVARES, 1999, p. 17)
>
> [...] Uma mulher oferece à noite
> o silêncio aberto
> de um grito
> sem som nem gesto
> apenas o silêncio aberto assim ao grito
> solto ao intervalo das lágrimas [...]
> (TAVARES, 1999, p. 16)

Paula Tavares encarna essas mulheres que têm "pássaros lhes povoando a garganta", doando-lhes voz, expressão, desejos, enfim, noção de sujeito. Muito mais do que isso, conforme assinala Rita Chaves (2000, p. 161), "Paula Tavares não fala *pelas* mulheres de sua terra ou de outras, fala *com* elas, abre-lhes o lugar que elas já ocupam". Com coragem, ela costura uma fina ligação entre o mundo antigo, no poema "Ex-voto", em versos como "No meu altar de pedra/ arde um fogo antigo" (1999, p. 12), e o mundo novo, no poema "O cercado", nesses versos: "Onde está o tempo prometido pra viver, mãe / se tudo se guarda e recolhe no tempo da espera / p'ra lá do cercado" (TAVARES, 2001, p. 23). Essa ligação é realizada por intermédio de uma

[29] Laura Padilha assinala a importância do branco, "incorporando os vazios às palavras escritas" na poesia de Paula Tavares, recuperando assim um antigo preceito angolano, que diz: "Pode ser que o silêncio seja a mãe da própria origem" (2000, p. 293).

linguagem epifânica que faz renascer o sujeito – mas num contexto contemporâneo, com as tensões decorrentes da história pós-colonial – e propõe outra festa de iniciação, que da linguagem oral se transfere para a escrita, fixando seus questionamentos mais profundos.

A autora faz coincidir na trama da linguagem escrita a sabedoria antiga dos *griots*, armando-se das estratégias femininas já empregadas por Scherazade. Como aponta Adélia Bezerra de Menezes no seu ensaio sobre Scherazade (1995, p. 44), "ela, a contadeira de histórias, não era apenas uma espécie de repositório vivo das histórias do seu povo, não apenas aquela que 'transmitia' histórias contadas por outros; [...] ela também escrevia 'versos melhores que os dos mais célebres poetas do seu tempo'". Nesse sentido, Scherazade era considerada uma "tecelã das noites", tecendo voz e texto como um tecido, acrescentando-se aos nomes da tradição de mulheres fiandeiras, como Penélope, Aracnê, Ariadne, as Parcas, para citar apenas alguns nomes da tradição grega.

Por seu turno, Paula Tavares, trançando os cabelos, "o penteado de missangas", (1999, p. 12), ou "o cinto de missangas [...]/ feito pelas tuas mãos/ e fios do teu cabelo/ cortado na lua cheia/ guardado do cacimbo/ no cesto trançado das coisas da avó" (2001, p. 23), ou, ainda, o corpo todo ("meu corpo/ é um tear vertical", 2001, p. 14), insere no trançado do seu texto poético a tradição que, na África, une a tecelagem, a palavra e a vida, como aponta Calame-Griaule (*apud* STAMM, 1999, p. 55):

> Os órgãos da boca são os elementos de um trabalho que tece a matéria sonora pela laringe e lhe doa cor e forma [...] O tecelão canta jogando a lançadeira, e sua voz entra na cadeia, ajudando e guardando a dos ancestrais [...] A palavra humana corresponde tão bem àquela da roldana para tecer – da qual não entendemos de fato a linguagem – que "a cada desenho do tecido corresponde uma adivinha ou um conto", isto é, uma dessas "palavras enigmáticas" que chamamos de "maravilhosas"; é só "batendo com sua lançadeira contra a madeira do banco" que o tecelão responde às saudações e que ele mesmo "saúda a manhã, as forças espirituais".

A lembrança de Scherazade nos ajuda para falarmos da poeta, uma vez que ela também constrói outra realidade com a palavra, que parece ser um bálsamo contra a dor e o silêncio. De fato, podemos dizer que a palavra de Paula Tavares reproduz em parte a função psicanalítica da cura pela narração (MENEZES, 1995, p. 53), já que tenta preencher os não ditos da tradição angolana, "os intervalos das lágrimas" das mulheres que "oferecem à noite o silêncio aberto de um grito". Nessa perspectiva, é importante lembrar que a figura da mulher surge na sua obra como símbolo da resistência ("a buganvília") de um país derrotado pela guerra:

> Dessa fragilidade [do jacarandá] não padece a buganvília, no seu silêncio retorcido e insondável. Está. Desafia. Sangra abundantemente de qualquer corte e renasce no chão pingado com a teimosia das espécies que resistem (TAVARES, 1998, p. 34).

Conforme podemos entender a partir do fragmento, a palavra se converte em discurso simbólico, grito daqueles que não gritam, registro histórico e poético de uma cultura pressionada pelo seu olhar e pelo olhar exterior da história. Como na psicanálise, que pretende propiciar uma transformação interior e uma reorganização estrutural da personalidade pela fala, os poemas de Paula Tavares permitem vislumbrar uma reorganização estrutural dos traços culturais da Angola contemporânea, questionando, talvez, alguns dos pontos que provocam na poeta mais espanto.

Dentre esses pontos, preservados pela tradição, destacam-se, como já sinalizamos, as práticas culturais que dizem respeito à mulher. Eis porque podemos dizer, com Menezes (1995, p. 56), que assim como "Scherazade oferece ao Sultão o tempo e junto com as suas histórias, a História; [...] o tempo e junto com ele, as coisas todas que dele precisam para se engendrarem", Paula Tavares oferece a Angola o tempo cíclico (da narração) e, junto com as suas histórias, oferece-lhe a História, que representa uma ruptura na circularidade desse tempo antigo. O lugar de ruptura desse tempo é a "traição" que Paula Tavares cumpre sobrepondo ao tecido fiado por anos e anos – "as velhas desfiam uma lenta memória/ que acende a noite de palavras/ depois aquecem as mãos de semear fogueiras" (TAVARES, 1999, p. 16) – a força antagônica do seu bordado, sua tatuagem, sua "segunda pele": a língua e os estranhamentos contidos nela, expressos em versos como: "uma espécie de segunda pele, impressão digital, única, pessoal, mas transmissível, contagiosa" (TAVARES, 1998, p. 14); ou, como reitera a voz poética: "eu vou bordar o tapete/ fazer-te as tranças/ partilhar contigo/ o vinho amargo/ deste país inocente/ Depois podemos ficar/ contando as horas/ na curva da baía" (TAVARES, 1999, p. 38).

É importante deixar claro que essa visão da tradição como algo mutante deixa em aberto a possibilidade de trabalhar de várias maneiras possíveis determinado elemento, e essa liberdade constitui a riqueza da atual poesia da diáspora escrita em língua portuguesa.

É preciso dizer que determinada leitura da tradição não permite somente um trabalho poético peculiar aos poetas da diáspora, mas a todos os poetas preocupados com essas releituras da tradição. Isso porque não se trata unicamente de ter vivenciado esse trânsito ou deslocamento na contemporaneidade – nem sempre os poetas que escrevem uma obra literária nos moldes da "estética diaspórica" viveram em outro país, ou deslocaram sua cultura do contexto original –, mas de ter consciência de que, no caso da diáspora africana, esse trânsito ou deslocamento (físico e/ou simbólico) ocorreu, no passado, com a colonização, por meio dos navios negreiros. Na época contemporânea, a sensação de deslocamento é propiciada inclusive pela tecnologia, bem como pela difusão de determinadas produções culturais "híbridas" ou "diaspóricas" que surgem da "copresença", da "interação" na "zona de contato" de "sujeitos anteriormente isolados por disjunturas geográficas e históricas cujas trajetórias agora se cruzam" (HALL, 2003, p. 31). Entendemos que para criar, tendo em vista a "estética diaspórica", trata-se de escrever com a consciência aberta para o mundo, considerando desde a própria aldeia até o mais longínquo ponto do mapa, sem necessariamente conhecê-lo, assim como Glissant afirmara escrever com a consciência de todas as línguas do mundo sem conhecer todas elas.

Sob esse aspecto, torna-se particularmente relevante, para o nosso propósito, mapear as marcas do deslocamento ou trânsito impresso *nos textos*, isto é, a maneira encontrada por cada autor para transplantar para os textos literários os deslocamentos simbólicos representados pela diáspora. A esse propósito, é válido citar o ensaio *L'enracinerrance*, do escritor haitiano Jean-Claude Charles (2001), no qual o autor expõe a lógica desse conceito, por ele elaborado, que pode ilustrar o projeto literário inscrito na produção dos autores que abordamos aqui. Apesar de sua condição de migrante, desde jovem, e apesar dos seus muitos deslocamentos, Charles afirma que a concepção de uma experiência da *enracinerrance* não decorre tanto dessa pluralidade de deslocamentos físicos, quanto mais de uma visão de abertura total para o mundo, "à partir de ce bout de rue [que j'habite]".[30] E confirma que "le concept d'enracinerrance s'inscrit dans la logique d'une idée simple: laissez circuler le monde entier [...] en tant que créateur, je revendique le droit de n'exercer aucune police de l'identité".[31] Nessa direção, como observa Zilá Bernd (2003, p. 28), é possível que

> esta visão identitária como lugar de confluência do múltiplo, determina toda uma concepção de escrita como espaço de desestabilização e do escritor como imperativamente aberto ao multilinguismo, mesmo que ele escreva sempre em uma única língua. Esta língua será atravessada por diferentes linguagens, mestiça e impura, aceitando, como queriam os modernistas brasileiros, "a contribuição miraculosa de todos os erros". As identidades definidas, pois, como crioulizadas engendram estéticas compósitas com seus textos "girando sobre mil camadas de discursos, encaminhando-se para um fim que convoca o começo".

[30] "a partir deste pedaço de rua que habito".

[31] "O conceito de *enracinerrance* se inscreve na lógica de uma ideia simples: deixar circular todo o mundo [...] como criador, reivindico o direito de não exercer nenhum policiamento da identidade".

Nessa linha de pensamento, a concepção de que o sujeito é um "lugar de confluência do múltiplo" pode ser encontrada em produções como a de Ricardo Aleixo, tanto em sua obra poética quanto em sua atividade performática. Um exemplo dessa concepção é o poema "outros, o mesmo" (ALEIXO, 2001, p. 17), no qual o corpo é apreendido como um signo que assume diferentes significações à medida que é interpretado de acordo com aquilo que se quer expressar ou representar:

> O corpo,
> *esse trapo.*
>
> Ora, Pascal,
> por que não
>
> *esse texto?*
> Pense bem:
>
> poder ser
> outros, o
>
> mesmo sob
> re outros
>
> – um
> palimpsesto.

O poema propõe considerar o corpo como um signo cuja significação está aberta às interpretações que se fizerem dele, imitando o processo de leitura interpretativa, que desvela as múltiplas camadas de sentidos – dispostas alternada ou simultaneamente – no texto. Por um lado, o corpo é revelado como um texto, e essa aproximação possibilita a recepção do signo a partir de suas múltiplas variantes; por outro, o signo é apresentado como um texto, estando carregado de sentidos nas entrelinhas, embora seja preciso descortinar os "outros" escondidos no "mesmo", sobrepostos e formando um palimpsesto. Se essa análise é válida para o corpo, pode-se dizer que o mesmo se aplica ao corpo do poema como um todo, que esconde outros no seu interior, formando um palimpsesto de referências e signos da diáspora. Basta pensarmos nos palimpsestos que as manifestações religiosas configuraram no Brasil, em decorrência dos processos diaspóricos que aqui se realizaram.[32] O ritmo entrecortado

[32] Para uma análise detalhada dos processos sincréticos nas religiões afro-brasileiras, bem como as interferências da diáspora africana na constituição da vivência religiosa dos afrodescendentes, ver: FERRETI, 1995.

do poema, expresso tanto em termos gráficos como sintáticos, também sugere a ideia de diálogos sobrepostos, como se houvesse interferências que quebrassem o discurso.

Não é por acaso que encontramos, como epígrafe que emoldura o livro *Trívio* do qual retiramos o poema citado, um verso de Lezama Lima: "vi lo que no vi". O poema que abre a coletânea, "a uma (outra) passante" (ALEIXO, 2001, p. 13) reitera esse conceito de sobreposição de camadas, ou realidades possíveis: a realidade que é possível ver com os olhos, e aquela que só é possível "ver" com a imaginação. Além disso, a prática da intertextualidade já se configura como uma estratégia para relacionar um discurso ao outro, tal como nesse caso, em que o texto de Ricardo Aleixo dialoga com o poema "à une passante", de Baudelaire.

> está feito:
>
> ao meu
>
> olhar (*o*
>
> *olhar não*
>
> *dobra esquinas)*
>
> agora só
>
> resta
>
> dobrar
>
> a esquina
>
> ou então

A circularidade mencionada por Zilá Bernd, ou melhor, "o fim que convoca para o início"(2003, p. 28), é uma característica visível no poema de Aleixo, já que este termina com um enunciado de caráter ambíguo que, de certo modo, deixa totalmente em aberto o discurso. A relevância desse jogo se revela quando notamos que o poema havia sido iniciado com uma afirmação peremptória, ou seja, com um enunciado de sentido contrário ao seu próprio desfecho. Em função disso, pode-se dizer que o começo e o fim se mesclam nesse jogo de sobreposições e alternâncias, fato que é reiterado no poema "Goetheana" (ALEIXO, 2001, p. 15), no qual ocorre uma verdadeira sobreposição de identidades:

> Agora quem é quem aqui?
>
> Qual de nós dois será capaz

De lembrar – um dia –

Quem era o rapaz

Agora e quem é a moça aqui?

Nesse poema, as referências espaço-temporais (o "agora" e o "aqui") se diluem à medida que as identidades ("nós dois") precisam ser demarcadas. Na necessidade dessa definição, por meio da lembrança, mesclam-se os espaços e os tempos, gerando um discurso que parece desconexo justamente porque mistura tempos e lugares sem uma aparente preocupação lógica ("quem era o rapaz/ Agora" e "quem é a moça aqui"). Para demonstrar que esse procedimento decorre de uma ação deliberada do poeta, ou seja, vinculada a um processo de transgressão dos aspectos normatizadores da criação poética, ressaltamos o fato de que no poema "Coltrane às 3" (2001, p. 42), Ricardo Aleixo insiste na experiência de desdobramento dos signos e significados, podendo, por isso mesmo, afirmar que a hora "[é] desdobrável em muitas".

O sujeito como um ser múltiplo e em deslocamento – que recebe e guarda no seu interior outras identidades, com as quais se mistura, se confunde e nas quais se perde – é uma fórmula recorrente encontrada por Aleixo para representar os deslocamentos simbólicos decorrentes da diáspora africana, além de trabalhar com os desafios contemporâneos provenientes dos enfrentamentos vivenciados pelo sujeito no mundo urbano globalizado. O poema "O anjo" (ALEIXO, 2001, p. 16) mostra com clareza o jogo de "intercâmbio ou troca" de identidades que perpassa a poética do autor de *Trívio*

Vi, enfim,
o anjo, cara a

cara, meu igual
(no seu

começo, seu fim),
meu outro,
o de asas *lim-*
pas, o que quanto

mais roto
mais in-
teiro dentro
de mim.

Na abertura do poema, observamos que o anjo é um ser "igual" mas "outro", isto é, ainda que parecido, guarda sua individualidade como se fosse um duplo. Já no final do poema, esse duplo se modifica em relação à cópia, pois um vai ficando mais "roto" à medida que o outro se torna mais inteiro. Há, portanto, um jogo de enfrentamento de identidades: se no começo os dois estavam "cara a cara", no final eles não se encontram mais nessa posição, tendo um se sobreposto ou se substituído no outro.

Em contrapartida, o aspecto da sobreposição das identidades serve como paradigma para pensarmos também na poética "contaminada" dos demais poetas aqui reunidos, uma vez que, paralelamente às características assinaladas por Bernd no trecho citado acima, existe outra marca importante inscrita nos textos, tanto nos africanos quanto nos brasileiros, ou seja, os textos se dão com uma perspectiva de "totalidade", isto é, diluindo as fronteiras entre aquilo que pertence e está circunscrito ao campo da escrita e aquilo que pertence ao campo da representação cênica, conforme expressou Manuel Rui, numa comunicação apresentada em 1985 (*apud* PADILHA, 2002, p. 291):

> O texto oral. E só era texto não apenas pela fala mas porque havia árvores, parrelas sobre o crepitar de braços da floresta. E era texto porque havia gesto. Texto porque havia dança. Texto porque havia ritual. Texto falado ouvido visto.

Trata-se de um texto que aceita o desafio da interferência e da "contaminação" de registros múltiplos e que introduz essas interferências de forma consciente no esquema de produção de sentidos, tal como observa Manuel Rui: "afinal o poema é maior quando repito um verso numa cadência de gado transumante ou quando lhe introduzo o ritmo de galho partido" (RUI *apud* PADILHA, 2002, p. 292). Ricardo Aleixo (*apud* MARQUES, 2004, p. 112) deixa entrever algo parecido ao afirmar que é "dos que pensam como o velho Pound: a poesia não é bem literatura, ela está mais próxima das artes plásticas e da música". Em seguida, Aleixo acrescenta argumentos que ilustram bem a sua concepção de "texto total": "sonho uma obra plural, aberta, em que os códigos se interpenetrem. Não sendo um virtuoso em nenhuma área específica, só me cabe tentar estabelecer relações entre os códigos" (*idem*).

O jogo de valores e de sentidos, misturados, pode ser encontrado em textos como os de Edimilson Pereira, principalmente no que diz respeito ao gosto pelo disfarce, pela máscara, pelo que é *carnavalesco.* No livro *Águas de contendas* (Obra poética, 2), registra-se o poema "Carnaval". Já em *Bailo* (Obra poética, 3), o poeta escreveu o poema "Sambistas, Mascarada e Mestressala", no qual lemos: "Devias iludir/ a miséria que te cabe.// Mas a vida é não viver/ e não morrer: é escrever-se/ noutro corpo.// Tardará o amor ferino?/ Console-nos o amor/ de máscaras//" (PEREIRA, 2003, p. 104). O mestre-sala, figura particularmente cara ao autor de *As coisas arcas*, representa esse híbrido entre cultura popular e cultura erudita (no caso, a Corte francesa). Esse personagem sinaliza a busca estética do autor, uma busca pelo diálogo entre as vertentes da cultura brasileira, da popular à erudita, da contemporânea à tradicional.

Por outro lado, essa perspectiva do texto criativo é presente de forma relevante nos livros *Caderno de retorno*, incluído no volume *As coisas arcas* de Pereira (2003d) e *O homem da orelha furada*, do mesmo autor, na obra *Casa da palavra* (2003c) –, e nas obras de Ronald Augusto e a de Luís Carlos Patraquim – especialmente na coletânea *Lidemburgo Blues*, recopilada no livro *O osso côncavo e outros poemas* (2004) –, permeadas pela inquietação e pelo "caos semiótico", uma vez que línguas, códigos diversos e intertextualidades se misturam sem aparente nexo lógico. O ritmo da escrita, nos textos desses poetas, expressa a noção de uma identidade múltipla, atravessada por diferentes vozes e estranhamentos, na qual se percebe, também, "um universo de imagens a refletir o desejo de desmontagem e remontagem do mundo" (CHAVES *apud* PEREIRA, 2003d, p. 18). No poema "Lidemburgo Blues" (PATRAQUIM, 2004, p. 117), encontramos um verso emblemático a esse respeito: "Mpurukuma, Língua, corpo quase,/ o que sou de sobrepostas vozes,/ Bayete!". A ideia da sobreposição de vozes remete à pluralidade de identidades contidas no sujeito que vive num contexto cultural multifacetado e marcado pelo plurilinguismo, como é Moçambique. O deslocamento – geográfico ou existencial – provoca uma divisão interior, que faz com que o corpo não seja mais uno, inteiro e fixo, mas, sim, convertido em "corpo quase".

Tanto Patraquim quanto Pereira e Augusto apresentam um texto poético que funciona como um *patchwork*, isto é, que se assemelha a uma colcha de retalhos provenientes de fontes diferenciadas entre si. De fato, é possível reconhecer na poética desses autores fontes ficcionais, históricas, linguísticas e culturais díspares, além dos elementos de cunho pessoal que, muitas vezes, não nos é possível apreender. Podemos reparar tal processo de criação, por exemplo, no fragmento de *Caderno de retorno* (PEREIRA, 2003d, p. 210) no qual se lê:

> Morremos pela boca, exceto Exu,
> guia de Tirésias
> que desacata Gregório de Matos
> Macunaíma e François Villon.

Só neste fragmento existem aproximações inusitadas, que apontam para diferentes caminhos e origens culturais, aqui postas em diálogo. Todo o *Caderno de retorno*, assim como *Confissões aplicadas* de Ronald Augusto e *Lidemburgo Blues* de Patraquim, é uma sucessão de cruzamentos de línguas diferentes (o português, o inglês, o alemão, o latim, entre outros), mas também uma superposição de referentes culturais díspares entre si, decorrente de um "imaginário em deslocamento", testemunha de um processo global em que pessoas, signos e informações transitam. A presença de outros idiomas no corpo do texto poético de Pereira, Augusto e Patraquim nos faz pensar na proposta de Glissant, ou seja, a de escrever com a presença de todas as línguas do mundo, não tanto no sentido de utilizá-las, mas sobretudo no sentido de demonstrar que, "no contexto atual das literaturas [...], não posso mais escrever de maneira monolíngue" (GLISSANT, 2005, p. 49). Com isso, quer-se dizer que o aparente "caos" babélico que se desprende desses textos é consequência de uma maneira específica de conceber a criação poética, na qual o fato de "deportar e desarrumar a língua" significa, nas palavras de Glissant (2005, p. 50), a presença de

> aberturas linguísticas que [...] permitem conceber as relações das línguas entre si em nossos dias, na superfície da terra – relações de dominação, de convivência, de absorção, de opressão, de erosão, de tangência, etc –, como um imenso *drama*, em uma imensa tragédia de que minha própria língua não pode ficar isenta e salva.

Um exemplo particularmente relevante, no tocante à questão do "caos babélico", é o poema de Ronald Augusto, "manuscrito para queneauth",[33] no qual é explícita a presença de uma interessante panglossia em que não só os idiomas estão misturados entre si, como também no interior de cada palavra, como podemos ver no exemplo:

sen pavor ni
favor y ben andante
nom falei ren
pero que falecido de sen
me fosse permitido

mui passo
a paso a
pas

pisar chão frolido
de fácil y fóssil
paleografia
empero

posfaçador
maltreito y
quitado de mesuras
só en ment avia án
der schreibmaschine
sitzen und
blättern mia

[33] Disponível em: <http://poesia-pau.zip.net/index.html>.

neografia trobar ric de obá clus
scriptio defectiva
poethik polyglott
wit de

paroles en équilibre instable
u le papier (le blanc
) internvient feito
eidos

A mistura de idiomas não impede o entendimento geral do poema, cujos versos fluem sem truncamentos sintáticos, a não ser pelos súbitos câmbios ou substituições de idiomas, como em se tratando de um idioma misturado por meio do qual seria possível falar e ser entendido. Nessa linguagem babélica, não é só o signo (e suas múltiplas combinações que formam os diferentes idiomas) que tem sentido e cabimento no poema, mas também o signo vazio, isto é, o branco da página que assume valor estético e semiótico significante, como revela a última estrofe do poema: "o branco intervém feito ideia".

Existem, além da questão da língua, outras características, nos poemas aqui abordados, que colocam esses textos em diálogo e os tornam instigantes se considerados em uma perspectiva de escrita diaspórica, a saber: o emprego de uma densa intertextualidade; a superposição de signos e referências culturais diferentes entre si – de ordem verbal ou não – e a aproximação natural de referências que dizem respeito a um contexto "local" a outras relativas a um contexto cultural "global". Esses textos podem ser considerados e lidos como labirintos de muitas entradas, nos quais é possível adentrar sem ter certezas sobre o caminho que será trilhado.

Sob essa perspectiva, o livro *Caderno de retorno*, de Edimilson de Almeida Pereira, apresenta uma interessante inserção de fontes não verbais que dialogam com o texto escrito. Existe, nesse sentido, um original acoplamento de códigos semióticos diferentes. Um exemplo a esse respeito é a inserção, à página 207, de uma partitura musical como se fosse parte integrante do poema, sem ter, essa partitura, uma função meramente ilustrativa. A partitura é lida, no poema, como uma carta que "não se doa texto", mas cujo código é tacitamente partilhado, por ser o código do sentimento – a lembrança do pai, citada no poema, e sua "comoção cifrada": "leio o que meu pai não pensou se tornaria/ uma carta" (PEREIRA, 2003d, p. 207). Sob esse aspecto, Edimilson Pereira ressignifica a partitura musical, cuja decifração dependeria do fato de conhecer o código do registro musical, atribuindo-lhe (ou superpondo-lhe) o universo semântico evocado pela palavra "carta". Dessa forma, a partitura musical pode ser decifrada como se decifra a emoção contida numa carta. Um "texto musical" é percebido, graças ao valor acrescido pelo sentimento, como sendo um "texto verbal".

Sem dúvida, essa experiência da inserção de elementos não verbais no texto, cujo estranhamento passa a assumir um valor significante, não é uma prerrogativa única de poéticas da diáspora, mas também de poéticas contemporâneas que se apoiam em suportes diferenciados para que dialoguem entre si. A hibridação entre linguagens diferenciadas ocorre nos textos de vários poetas brasileiros, como, por exemplo, na poética de Arnaldo Antunes.[34]

Existem, no entanto, diálogos semióticos, na obra de Edimilson de Almeida Pereira, cuja referência a uma matriz africana se faz mais explícita. Isso ocorre, no mesmo livro, quando o poeta insere outras fontes não verbais, os ideogramas cabindas (p. 223-227), ao lado de textos que, aparentemente, explicam o sentido deles. Tem-se a impressão de que o poeta cria essa aproximação mais como um desafio, porque não só os ideogramas são deslocados do seu contexto original para um texto poético escrito: eles não estão no poema para "ilustrar" o texto explicativo que os acompanha. Em realidade, o texto ao lado, que deveria "traduzir" em palavras os conceitos contidos nos desenhos, é reinvenção do poeta, uma vez que o que expressa não está relacionado diretamente com o ideograma. Dessa maneira, aquilo que se esperaria ser uma mera elucidação se torna um diálogo desafiador que adquire um sentido exponencial, pois um dos códigos (o não verbal) permanece selado e nos instiga com os seus significados enigmáticos. Além disso, com essa operação, o poeta sai do campo da etnografia – geralmente são os etnógrafos que trabalham com esse tipo de descrição de práticas culturais – para trazer, para dentro do campo literário, o universo plurissemântico do ideograma, e com ele reelaborar poeticamente a concepção de mundo do grupo ao qual ele pertence originariamente. A inserção de signos não verbais no corpo do texto poético é uma prática empregada também por Ricardo Aleixo, Ronald Augusto e Ruy Duarte de Carvalho, entre outros, e esse tema será abordado mais detalhadamente no Capítulo 4.

Ruy Duarte de Carvalho, por seu turno, desenvolve um processo criativo semelhante ao de Pereira, ao reelaborar poeticamente os provérbios e os enunciados da sabedoria popular das comunidades que pesquisou no território africano. O poeta angolano também potencializa essas fontes ao operar deslocamentos que dinamitam o sentido originário do provérbio. O exemplo mais representativo, a esse respeito, é o poema "Provérbios e Citações" (2005, p. 240-241), no qual o poeta, após apresentar a tradução portuguesa dos provérbios coletados em língua original, rompe a estrutura semântica destes introduzindo combinações inusitadas, embora mantenha intacta a estrutura sintática do referente original. Carvalho retira, de cada verso, a primeira parte, para juntá-la à segunda parte do verso seguinte. Se os versos traduzidos origi-

[34] Ver, por exemplo, o livro *Nome*, 1993.

nalmente do provérbio recitam: "varrer os macutas sem usar vassoura/ com a ajuda de um cesto transportar a água/ abater um boi servido de agulha", Carvalho os "desarruma e recria" dessa forma: "abater um boi com a ajuda de um cesto/ [...] varrer as macutas servido de agulha" (CARVALHO, 2005, p. 241).

Essa nova combinação dos versos mostra a interferência do poeta, o deslocamento que ele colou ao texto, realizando, somente usando as letras, aquilo que Pereira realizou ao deslocar e reinventar a transcrição explicativa do caligrama cabinda. A recriação textual permite o surgimento de um novo texto, que se nutre desse diálogo com a fonte, mas que reinventa sua significação.

Já Luís Carlos Patraquim, em *Lidemburgo Blues*, opera uma constante aproximação entre elementos decorrentes de um contexto "local" – as muitas referências a Moçambique, suas paisagens, suas línguas – e elementos que se referem a um contexto "global" – os lugares evocados, as várias línguas empregadas pelo poeta na composição do texto. Esse movimento nervoso de "vaivém" entre os dois polos (movimento cuja aparente desordem é, no fundo, uma tentativa de configurar a pluralidade das realidades culturais postas em contato) provoca a sensação de deslocamento existencial e de fragmentação que se desprende do seu texto. Eis porque a síncope e a interrupção marcam tão profundamente o estilo com o qual está escrito *Lidemburgo Blues*. Nem o país Moçambique, que aflora no livro, nem qualquer outro lugar que possa ser evocado, parecem representar um lugar onde o sujeito possa ancorar, como podemos observar no seguinte fragmento (PATRAQUIM, 2004, p. 118):

> Que sinais sobre que mar do exílio ou
> som de algas lavando-te o rosto se inscreveram
> em ti, mulher larga do Índigo,
> língua por dentro dos lábios cavando, obscuro,
> um reino por achar?
>
> Língua, Mpurukuma quase.

Nesse sentido, o título do livro, *Lidemburgo Blues*, contém uma ambiguidade (que enriquece as possibilidades de interpretação da obra), já que o nome Lidemburgo pode estar se referindo tanto a uma cidade nórdica, quanto a uma cidade da África do Sul, e o *blues*, por sua vez, remete a um elemento da diáspora africana – por ser um ritmo tradicionalmente relacionado à população afro-americana, cuja tradição é muito presente na África do Sul.

A poética de Patraquim exprime de forma sutil uma constante procura de um solo identitário, tanto de marca existencial quanto literária, às vezes identificado pela Ilha de Moçambique, outras vezes, pela sua língua: "Porque ao princípio era o mar e a

Ilha. Sinbad e Ulisses. Xerazzade e Penélope. Nomes sobre nomes. Língua de línguas em Macua matriciadas" (PATRAQUIM, 2004, p. 97). Essa visão da Ilha de Moçambique como umbigo do mundo resulta de um processo de transfiguração operado no corpo da poesia no qual, inclusive, a identidade individual surge mesclada e canibalizada pelas indagações do sujeito e sobreposta a outras identidades (literárias) que riscam os contornos dentro dos quais ele vagueia. Dessa forma, o processo de escrita torna-se o processo de autodefinição, mesmo que provisório, como revelam os versos do poema "Muhípiti" (PATRAQUIM, 2004, p. 93):

> É onde estou neste poema e nunca fui. [...]
> E me perco. E estou nu. Devagar. Dentro do corpo. [...]
> É onde me confundo de ti. Um menino vergado
> ao peso de ser homem. Uma palmeira em azul
> humedecido sobre a fronte. A memória do infinito. [...]
> E eu vagueio em soluços de sílabas. Onde
> fujo deste poema. Uma palmeira de fogo.
> Na Ilha. Incendiando-nos o nome.

O poema assume o papel de "lugar de origem", de receptáculo da memória do "menino vergado ao peso de ser homem" e de floresta de signos onde o sujeito perambula e da qual foge. Isto porque no poema estão inscritas as "palmeiras de fogo" da memória, símbolos que incendeiam referências que, tal como o nome, fixam a presença. No poema "Lisabona", Patraquim articula uma sobreposição de significados atribuídos por ele à cidade de Lisboa, fazendo dialogar referentes "clássicos" da cidade e da cultura portuguesa (Camões, Cesário Verde) com referentes contemporâneos de uma cidade hoje atravessada pela voz e pela presença de africanos oriundos de diferentes países. Essa aproximação é feita sem respeitar o cenário geográfico, isto é, Patraquim desloca a cidade de Lisboa (e o universo de representações relacionado a ela) para um "não lugar" que é o corpo do texto poético, onde não há hierarquias e nem normas que indiquem qual é a "verdadeira" Lisboa. Nota-se, no texto, a repetida abertura de estrofes com a expressão "em verdade", a indicar a presença de uma contra-argumentação relativa ao discurso canônico que forjou determinada imagem da cidade. A esse respeito, é providencial a leitura do seguinte verso: "[...] em verdade, onde se escondiam/ as tágides se eram do Zambeze as almadias e o grasnar das aves?" (PATRAQUIM, 2004, p. 128). Como revela o verso, Lisboa deixa de ser a cidade representada inúmeras vezes com majestade pelos poetas portugueses, para tornar-se uma cidade representada sob um olhar irônico: suas ruas agora são "ruas tristes onde não cabe o universo" e onde "desembarca um marinheiro Kuvale, atapetando de areias finas/ este empedrado antigo" (PATRAQUIM, 2004, p. 128).

O tom irônico empregado por Patraquim está velado pelo uso de uma língua cifrada, conforme assinala Ana Mafalda Leite (*apud* PATRAQUIM, 2004, p. 185):

> [o poeta opera] um ajustamento geográfico de planos, em encruzilhada e puzzle paródico, que a língua rememora em arcaicos sabores, recriados por uma memória calibanizada, que desenvolve uma sintaxe de reflexão sobre a diáspora e as lusofonias. [...] Patraquim renova os laços e conexões entre as literaturas de língua portuguesa, e a carga histórica que as aproxima, recompõe os cenários, criando a ambiguidade, densa, opaca [...] As personagens literárias, históricas, outras, ligam-se pela língua e complexificam-se pela mestiçagem de paisagens, tempos, espaços e culturas.

A observação de Ana Mafalda Leite sobre a memória calibanizada se mostra particularmente válida quando lemos fragmentos poéticos em que Patraquim se encarrega de destituir o prestígio conferido pela tradição à língua portuguesa e, ao contrário, lhe sobrepõe uma nova significação, que sugere movimento e renovação:

> Vadia como tu, Língua que te empoas de gramáticas de castelão devasso [...]
> Em verdade, Lisabona de Luanda e Maputo,
> E os nomes da Guiné, a algaraviada crioulando-te os frisos
> de gurupés e ouro preto;
> (PATRAQUIM, 2004, p. 128)

A presença de elementos oriundos das ex-colônias (Angola, Moçambique e Guiné-Bissau) "criouliza", nas palavras de Patraquim, a realidade lusitana de Lisboa, ao mesmo tempo que criouliza também o poema e a dicção poética do autor. Esse processo de sobreposição de referentes culturais deslocados da sua origem ocorre também no poema "Maninguemente perguntando", no qual a visão de elementos africanos se impõe no cenário holandês da cidade de Amsterdã: "Por que sangram tão maninguemente/ as capulanas em Amsterdam?" (PATRAQUIM, 2004, p. 152). Além da sobreposição de referentes (a capulana em Amsterdã), a língua de Patraquim se transforma em manifesto desses cruzamentos, dessas interferências africanas, por apresentar um português com "interferências" moçambicanas.

Os deslocamentos presentes nos seus textos provocam estranhamento, por estarem falando de uma realidade diaspórica contemporânea, que torna possível a superposição de referentes culturais, como mostram os versos que seguem: "nos canais de Amsterdam,/ uma minúscula semente de mafurreira,/ vermelha e tão negra/ de assim tão maninguemente apátrida,/ subverte a sazão da luz/ e o fogo das estações de deus,/ enxertando de África a haste das túlipas" (PATRAQUIM, 2004, p. 152).

A esse respeito, o crítico Benjamin Abdala Júnior (2003, p. 78) observa que "pelas margens de um mundo de fronteiras múltiplas, parece-nos imprescindível buscar novas associações no campo do comunitarismo cultural a que historicamente nos vinculamos". Nessa direção, Pereira, Duarte, Aleixo, Augusto e Patraquim revelam uma ligação com a comunidade-mundo, por se vincularem não somente à cultura brasileira, angolana ou moçambicana, respectivamente, mas também à cultura global, sem que as fronteiras nas quais se movem estejam delimitadas pela identidade nacional ou pela história da comunidade da qual são originárias. Ao fazer isso, os poetas instauram livremente férteis contatos e cruzamentos culturais, ou seja, "ilhas de parentesco" relativas a "certa forma de estar em uma mesma linguagem cartográfica que exalta e anuncia a força da margem, vista como um outro lugar prenhe dos mais surpreendentes sentidos" (PADILHA, 2002, p. 293).

Com isso, não queremos dizer que essa "ilha de parentesco" elimine as diferenças entre as poéticas, ou as tensões inscritas, de formas diferenciadas, nos textos de cada autor, tanto no que diz respeito às marcas da diáspora negra, quanto no que se refere à incorporação de signos e recursos que pertencem à poesia contemporânea. Tampouco se quer dizer que esses poetas estejam na margem num sentido geográfico ou sociológico, e sim no sentido de estarem trabalhando com determinado material cultural (seja ele relacionado à diáspora negra ou às estratégias incorporadas pela poesia contemporânea) que questiona a centralidade de um cânone baseado em conceitos de tradição, identidade, nação etc.

No entanto, é oportuno observar que o fato de os poetas estarem numa "ilha de parentesco", que "exalta e anuncia a força da margem" não se desdobra sem acarretar tensões entre os referentes culturais que se cruzam, dialogam e tensionam nos textos. É o caso do poema já citado "Maninguemente perguntando" de Luís Carlos Patraquim, no qual o cenário dos elementos que remetem à cultura africana (como a mafurreira) se acopla ao cenário dos símbolos da cultura holandesa (representada, por exemplo, pelas tulipas). Esse processo acontece, muitas vezes, num contexto de alta tensão, no qual os signos se acomodam de acordo com as novas configurações de sentido que o poema exige e assume.

No caso de Ronald Augusto, podemos observar que ele radicaliza as experiências com a linguagem analisadas nos textos anteriores. De fato, a produção poética de Ronald Augusto se caracteriza principalmente pela experimentação sutil e corrosiva do mundo da linguagem, como indica este depoimento do autor: "A poesia é um objeto estranho, uma contradição que se processa na raiz da função meramente comunicativa da linguagem" (AUGUSTO, 1998, p. 39). A poesia de Ronald Augusto causa estranhamento pela provocação radical que opera no interior da linguagem, no ritmo sincopado e responsável por uma estética que não se conforma com a palavra mimética ou (apenas) escrutinadora do real. A realidade é transformada pela palavra, assim como acontece na oralidade, que tem a capacidade de reinventar significações cristalizadas pela escrita, deslocando-as, readaptando-as. E é precisamente graças a esse legado da oralidade – uma oralidade transfigurada pelos cortes herméticos da poesia – que Ronald Augusto realiza a alquimia entre o que soa familiar e o que soa estranho, entre o que é reconhecível como legado cultural afro-brasileiro e a maneira como esse elemento atua na interação com o sujeito. Desse encontro, entre universal e individual, entre o evento e o que acontece além do evento, nasce o improviso, a quebra (rítmica, sintática, semântica), como sugere o poeta nestes versos: "assopro [a capoeira] para além de duas/ quadras/ com imediateza e// antepassadas lâminas// um linguajar/ de músculos paisanos" (AUGUSTO, 1998, p. 40)

Ronald Augusto trabalha constantemente no limiar desse paradoxo, entre a construção de uma oralidade e de determinados referentes culturais (onde são reconhecíveis o samba, o lundu, a senzala, o pagode, entre outros) e a desconstrução dessa que o autor chama de "oralidade atravessada". Nesse sentido, conforme escreve o prefaciador de *Puya*, Van Hingo (*apud* AUGUSTO, 1992, p. 9), "a palavra é uma ilha [...] o verso é um arquipélago. Para conhecê-lo deve-se ir estrategicamente ilha a ilha". E é assim, de palavra em palavra, que Ronald Augusto constrói o seu "canto de provocação", na medida em que faz dialogar não só o universo afro-brasileiro com outros elementos da diáspora negra nas Américas (o próprio título do livro *Puya* é uma expressão afro-cubana que significa, precisamente, canto de provocação), mas também – entre si – outros universos sígnicos e estéticos. Isso ocorre, por exemplo, quando o poeta trabalha com a poesia experimental ou, por meio da epígrafe do livro *Puya*, retirada do *Paraíso* de Dante, quando aponta para uma junção na qual o signo é encarado na sua dupla consistência, abstrata e material, conceitual e visual, como veremos mais em detalhe no Capítulo 4.

Decorre disso um cuidado com a sonoridade dos poemas, nem tanto no desejo de prendê-los em rimas ou esquemas tradicionais, mas na tentativa de reproduzir aberturas à maneira das *jam sessions*, deixando fluir os improvisos ao gosto tenso da fala. Para ilustrar isso, podemos ler o seguinte fragmento (AUGUSTO, 2004, p. 77):

> enfio por fendas de linguagem
> e signo senão córrego ao sol
> rebanho de cabras sobre morros
> verdoengos borrando à toa espaço
> olho-os satisfeito no rosto
> não me adiantam coisa sobre o dia

Nesses versos existe uma quebra semântica acompanhada por uma suspensão sintática, isto é, onde a semântica nos deixa perplexos, a sintaxe também ressente desse afastamento, dessa breve pausa em que o pensamento está processando, para criar um nexo que possa ser apreendido. Nesse trecho, o autor anuncia justamente que enfia "por fendas de linguagem", entre os signos, imagens que "não me adiantam coisa sobre o dia". O poema não informa, não narra nada sobre o cotidiano, mas é uma proposta desafiadora na medida em que o lapso de tempo no qual a compreensão falha ou demora em chegar nos mergulha num universo no qual é preciso reconstruir o sentido, aparentemente fragmentado.

Essa mesma característica está presente nos poemas de Patraquim, que provocam sensação de estranhamento e fascinação, tanto em termos fonéticos, quanto de imagens aproximadas umas às outras de forma súbita ou inesperada, numa *jam session* na qual cada palavra constitui um núcleo que se acopla a outros à maneira do improviso. Vejamos o exemplo do poema "Palingenesia" (2004, p. 146):

> país, bestial camelo,
> carrego-te e à bossa
> uterina da viagem,
> os veios de som explodindo,
> nem Fanny Mpfumo, o delicado,
> é sobrante nas areias
> mais que a parábase de Georgina,
> meu país boi flanando
> no céu úbere da Mafalala

Esses textos apresentam sinais de "mundos móveis, realidades em movimento que nos assombram, nos perturbam e nos encantam" (CHAVES *apud* PEREIRA, 2003d, p. 19). Tais aspectos são capturados pelos poetas que agem à maneira do *flâneur* do poema "Máquina zero" de Ricardo Aleixo (2003, p. 9), que se diz "permeável a tudo". Em sua percepção da realidade, o muito cabe no tudo: o "frio sol cortante", "as crianças turcas com seu comércio informal", a "beleza sem rumo da adolescente" na bicicleta, os grafites da cidade anônima, porém fascinante, as ruínas, o "rasta que me saúda" etc. Esse *flâneur* contemporâneo não vivencia a "experiência da ordem que o *flâneur* esperava estabelecer ao passear pela metrópole do início do século" (CANCLINI, 1996, p. 131), pois esta se configura hoje "como um videoclipe: montagem efervescente de imagens descontínuas" (CANCLINI, 1996, p. 131). Como consequência disso, a captação dos elementos da cidade não está livre de certo sentimento de angústia, relativo à "multiplicidade desordenada" (CANCLINI, 1996, p. 125) que assombra a realidade urbana na qual estamos vivendo, cuja dispersão de signos e referentes torna-se um desafio. Nesse sentido, o *flâneur* contemporâneo precisa "fazer e refazer cem vezes o caminho do mundo" (ALEIXO, 2003, p. 52), para tentar representar uma cidade da qual "ele se aproxima, [ao flanar], com o olhar de quem vê um objeto em exibição" (RAMOS *apud* CANCLINI, 1996, p. 127).

Mais uma vez, esse mundo móvel é capturado pelo movimento do poeta, que o reproduz por meio de uma linguagem que incorpora alguns dos recursos mais caros às vanguardas (o gosto pela velocidade, o entrecruzamento de planos, a fragmentação da linguagem etc.), inscrevendo, dessa forma, os autores no cerne da modernidade, pois é próprio da modernidade o privilégio de fazer uso de uma linguagem experimental para falar de qualquer tipo de realidade, seja ela urbana ou rural, tradicional ou pós-moderna.

Considerando as noções de deslocamento e de pluralidade de linguagens como marcas significativas das poéticas que trabalham a partir da diáspora africana (embora não sejam peculiaridades só dela), vale a pena retomar o ensaio de Jean Claude Charles (2001, p. 10), particularmente no momento em que este afirma:

> pour l'écrivain et le journaliste que je suis, il ne s'agit pas tant du mouvement du corps sur la planète que de la mise en mouvement, dans la langue, des lieux traversés, des cultures rencontrées, des langues données, apprises, acquises, reprises, et je pense également aux langues qu'on perd, aux langues qui se barrent, aux langues qui vous abandonnent, aux langues que vous laissez filer par la fenêtre et qui reviennent par la porte, la mise en mouvement, la mise en écriture du monde à partir du regard de l'enfant qui a grandi [...] L'enracinerrance dit oui à la mondialisation des flux d'écritures, de signes, de sons. Oui à la migration des genres à l'intérieur d'un texte qui, du coup, devient a-typique. Oui à la part d'ombre que marquent les textes et qui s'accorde à un vécu (pourquoi pas?) transnational. [35]

A ideia de errância, de travessia, assume o seu valor mais preponderante naquilo que diz respeito à opção pelo livre trânsito, no corpo da escrita, das culturas, das línguas, dos signos, dos sons, ou seja, daquilo que o autor chama de "mundialização dos fluxos de escritas". É por meio dessa atitude que a escrita literária pode apresentar, hoje, elementos inovadores, dispersos talvez, porém em consonância com o movimento que caracterizou e continua caracterizando o fenômeno da diáspora, tanto a diáspora negra que se realizou ao longo dos séculos e que continua gerando um solo fértil, no imaginário, como a mais recente diáspora das populações africa-

[35] "Para o escritor e jornalista que sou, não se trata tanto do movimento do corpo no planeta e sim da posta em movimento, na língua, dos lugares atravessados, das culturas encontradas, das línguas dadas, aprendidas, adquiridas, retomadas, e penso também nas línguas que perdemos, nas línguas que são barradas, nas línguas que nos abandonam, nas línguas que deixamos fugir pela janela e que voltam pela porta, a posta em movimento, a posta em escrita do mundo a partir do olhar da criança que cresceu [...] O 'enracinerrance' diz sim à mondialização dos fluxos de escrituras, dos signos, dos sons. Sim à migração dos gêneros no interior de um texto que, de repente, se torna atípico. Sim à parte de sombra que os textos carregam e que corresponde a uma experiência vivida (porque não) transnacional".

nas, judias etc. Para ilustrar a maneira como a diáspora negra nutre o imaginário dos poetas aqui reunidos, valemo-nos do poema "História da arte", de Edimilson de Almeida Pereira (2003c, p. 212):

> O que a tempestade nos privou de ler floresce por
> natureza. Nos dentes do ancinho, o osso – semente mineral
> cevada sem testemunha. Pouco instiga, branco rolando
> entre os seixos. Uma fissura, no entanto, emite o som de
> clava contra o braço. O osso revela a carta extraviada. Uma
> noite, ao fim da lavra, o levante. Ira e zagaia escrevendo
> rápido. A faca o bacamarte. Depois, um jongo, um minueto.
> Outra revolta, um alfabeto de revanches. Súbito, na manhã
> presente, tudo estanca ante o osso, metonímia de qual corpo?

No poema acima, assistimos à transformação de um evento aparentemente sem maiores significações – o achado de um osso – em uma interpretação de um fato que remete à memória diaspórica vinculada à presença dos escravos nas áreas de mineração (lavra). Ou seja, a partir do evento (o achado do osso), o poeta mergulha numa história imaginada que diz respeito a um levante de escravos que, entre outras consequências, resultou num corpo morto no calor da luta, e do qual ninguém soube dar notícias: a vítima seria um escravo? Um representante dos senhores? Essas e outras indagações permanecem sem respostas, diante da perda de memória deste possível levante, um entre tantos registrados no período escravista do Brasil e das Américas. Contudo, a natureza (e o acaso) se encarregou de abrir as portas do tempo, informando o sujeito do presente sobre os acontecimentos que se perdem nos labirintos da memória individual e coletiva. Esse osso representa, pois, uma carta extraviada, isto é, uma mensagem dispersa no tempo, não registrada, mas que instiga a imaginação e estimula o poeta e o leitor a pensarem sobre um "alfabeto de revanches". O osso (a parte), nesse poema, se transforma em metonímia de algum corpo (o todo), que foi agredido e aniquilado. O enigma sobre a identidade desse corpo é, por sua vez, o legado que o poeta deixa ao leitor.

O fato de a memória ser recriada por meio da linguagem acentua o teor metalinguístico da escrita poética. Tanto Edimilson de Almeida Pereira quanto os outros poetas podem, dessa maneira, reaproveitar os elementos já mapeados relativos à diáspora africana, oferecendo uma nova leitura – metalinguística, precisamente – para eles. Ao abrir o campo de possibilidade de leitura do passado, cria-se uma multiplicidade de leituras possíveis de cada elemento, e o leitor é convidado a participar da construção de sentido, seja ele um fato histórico apresentado, um símbolo ou uma divindade de origem africana. Isso se torna significativo, como veremos no tópico 2.2, no momento em que todos os autores – cada um a partir de sua perspectiva peculiar – se voltam para o panteão da mitologia africana ou para eventos religiosos ou sagrados de diferentes origens.

A escrita metalinguística favorece não só o livre desenvolvimento da "alquimia" pessoal do autor, mas concilia também uma abertura dialógica intertextual com outros campos semióticos como a música, as artes cênicas, as artes plásticas, além de favorecer a hibridação com tendências estéticas que não compartilham o campo sígnico do mundo diaspórico. Estou me referindo, nesse caso, ao aproveitamento da vanguarda da poesia concreta por parte de Ricardo Aleixo e Ronald Augusto, ou à aproximação entre a poesia e a música do *blues*, elaborada por Edimilson de Almeida Pereira (em *Zeosório Blues*) e Luís Carlos Patraquim (em *Lidemburgo Blues*). Este último, aliás, dialoga ainda com poetas como Sylvia Plath, Gottfried Benn, T. S. Eliot, assim como com poetas africanos, ao mesmo tempo que se envolve com o ritmo do *blues*, sem deixar de ser um poeta africano cuja dicção poética remete, em determinada instância, ao contexto do qual ele faz parte, mesmo que seja apenas no campo da representação.

A esse respeito, é interessante o depoimento de Edimilson Pereira, no tocante à presença do *blues* em sua poética:

> De fato, o *blues* toca alto no *Zeosório Blues* [...] Me interessava raptar algumas experiências que o blues exprime muito bem [...] É uma das linhas poéticas que venho tentando desenvolver, vivida por um Orfeu na rua, desnorteado e lúcido. [...]. Há vários gritos dentro do livro, mas se repararmos, eles são melódicos, porque vêm de alguém que perdeu tudo, exceto o grito. Então esse grito é elaborado, se transforma num instrumento cujos sons ficam marcando passo dentro da gente. Aqui, a experiência de cantar na dor não se resume a uma frase feita, é algo mais profundo, que incomoda quem oprime e alimenta quem está em desespero (PEREIRA *apud* MARQUES, 2004, p. 66).

É significativa a maneira como o poeta, a partir das diferentes elaborações do sentido da música *blues*, incorpora o ritmo na sua atividade criativa, não apenas como suporte rítmico, à maneira de Nicolás Guillén no seu *Motivos de son*, ou de García Lorca, em *Poesía del cante jondo*, mas principalmente no que diz respeito ao universo e à história que essa palavra *blues* evoca, chamando para dentro do seu texto esse *background* que está presente, de forma mais ou menos consciente, na coletividade. Dessa maneira, o *blues* que encontramos nos poemas de *Zeosório Blues* não é importante só na medida em que reproduz explicitamente certa tonalidade rítmica, mas cria sutilmente um pano de fundo que remete a uma representação coletiva do contexto sociocultural onde se desenvolveu o *blues*. O poeta não fica preso na armadilha de ter que escrever poemas como se fossem pautas musicais e, ao mesmo tempo, amplia o campo dialógico, tecendo uma rede de conexões com o universo diaspórico do Atlântico negro, do qual o *blues* é uma das manifestações mais conhecidas.

Nesse sentido, a linguagem se torna um suporte para a liberdade de experimentação do poeta, cujo texto é moldado a partir dos desdobramentos da sua imaginação. De acordo com essa perspectiva, a linguagem torna possível o ato de criar um novo universo no qual "o mundo ainda não começou" (PEREIRA, 2003d, p. 192), uma espécie de "gênesis revisto e aumentado", como recita o poema "Oitavo dia", de Edimilson Pereira (2003d, p. 162). Nesse universo tudo se torna possível, graças ao uso da imaginação. Não é de estranhar, portanto, que possamos encontrar "um cão [que] recita versículos", já que "as formas são outras que/ jamais foram" (PEREIRA, 2003d, p. 162). A ideia de um mundo reinventado não está aqui querendo subentender a ideia da fundação de um lugar com identidade fixa. Ao fazer isso, não percebemos, nos poemas citados de Pereira, uma intenção de legitimar determinada ideologia ou determinada concepção de identidade baseada em uma estrutura binária. Ao contrário, os poemas confirmam a possibilidade de abrir os campos de significação de um mundo existente, propondo outro, onde os nexos lógicos possam ser adaptados a cada vez de acordo com a necessidade e com a circunstância.

De fato, acreditamos que os poetas aqui considerados tenham uma concepção "metafórica e mágica da linguagem, por meio da qual a palavra desliza por vários significados, recusando ancorar-se em qualquer valor absoluto e emblemático" (MARTINS, 1995, p. 65). No caso específico dos poetas brasileiros, essa palavra deslizante e desafiadora subverte a ordem dos signos impostos desde a época da colonização, quando – como já assinalamos – os escravos e os afrodescendentes não tinham acesso à formalidade da língua escrita. Esse fato os impedia de atingir a compreensão do código necessário para decifrar o mundo dominante, isto é, o mundo construído a partir da escrita e das leis. Isso os obrigava a planejar atos de resistência, seja sob forma de fugas, seja tramando em silêncio os levantes. Não é uma surpresa, portanto, que este tema seja abordado, por exemplo, na poesia de Edimilson Pereira, conforme podemos ler neste fragmento de "Tempo presente" (2003b, p. 153):

> Os negros de Serro
> e Diamantina
> estão conluiados.
>
> Largaram as minas
> por compromisso
> também os roçados.

Há palavras
como silêncio
pelas esquinas.

Os ricos de soslaio
espiam das sacadas.
Dizem vem reforço

da guarda nacional
para fazer sem efeito
o que não morre de fato.

Esse levante de mito.

Além da temática já referida, notamos neste fragmento o uso da marcação rítmica, que se caracteriza pela repetição semelhante à de uma marcha. A alusão temática aos Reis e Rainhas do Congado, no trecho final do poema, indica que este está pautado a partir dos ritmos das guardas de Congo e de Moçambique. O compasso forte e marcado das marchas tiradas por essas guardas, acompanhado da repetição de palavras e onomatopeias, acentua o caráter dramático dos cantos sagrados, caráter que o poeta procura imprimir ao texto, já que se trata de uma situação crítica na qual os escravos contestam o sistema de dominação. A temática da resistência dos negros, que se dava principalmente mediante a fuga, surge com frequência nos textos, por meio da transfiguração metafórica representada pela fuga dos signos: os signos se tornam "fugitivos" na página (como no passado foram os escravos) e capazes das mais ousadas inversões. Vejamos, a esse respeito, o poema "Risco", de Ricardo Aleixo (1992):

cantares

como ezra &

soares

como elza:

o risco
é de quem

pound

O aspecto interessante para nossa linha de interpretação, nesse poema, é o fato de Aleixo juntar, sob o denominador comum de "cantares", um nome que pertence ao cânone poético moderno, Ezra Pound, e um nome da cultura brasileira marginalizada (por ser sambista, negra, do morro), isto é, a cantora Elza Soares. Se a voz arranhada da cantora é uma ameaça, um risco lançado velozmente no ouvido – pelo timbre que ela possui, mas também pelo que ela representa, isto é, a voz de uma diferença, a dos negros excluídos –, a poesia de Pound, hoje já legitimada, se abre para a experimentação e para a possibilidade de criar o novo a partir de algo já feito. Vale lembrar, a esse propósito, que é dele a máxima "*make it new*", ou seja, atualize o sentido de algo já existente.

A composição do poema explora os jogos sonoros, o trocadilho entre "elza" e "ezra", as aliterações, as rimas, e o "engano" final, quando o leitor é induzido a pensar em "pode" ("o risco é de quem pode"), no entanto, em seu lugar, temos o nome do poeta "pound", situado foneticamente próximo de "pode". As misturas presentes no poema não decorrem, à primeira vista, apenas de uma poética que se cria sob a perspectiva da diáspora negra, porque se serve de estratagemas próprios da poesia contemporânea. No entanto, o uso de referências culturais como Elza Soares, por exemplo, alude a uma estreita convivência com essas fontes que dialogam com a diáspora negra. Com evidência, Aleixo lida com a poesia moderna, domina seus recursos, mas insere nela esse elemento dissonante que a arranha e perturba.

No tocante à questão da "fuga dos signos", Edimilson Pereira é mais explícito no livro *Signo cimarrón*, publicado originalmente em espanhol, pois no poema "Signo" (PEREIRA, 2005, p. 30), relacionando a escrita e o fato histórico (o *cimarronaje*), fornece elementos para pensarmos a escrita e seus desvios como uma fuga de signos (ou de *cimarrones*):

El signo es cimarrón, el texto
una cimarronada, a veces

en los relatos, otras afuera
de la memoria. Preso, no dice

nada, libre se esconde
en la plaza. Tiembla el centro

de la página, se extravía
al margen.

El signo crea una fortaleza
– quien la asalta se hunde.

Su laceración no es la de la piedra
el signo cimarrón se mueve.

Se a escrita é formada pelos "signos cimarrones", isto é, pelos signos em estado de fuga, aludindo-se aqui, também, ao escravo fugitivo, numa interessante comparação entre escravo e signo, então o texto é um lugar portador de deslocamentos, de trânsitos, de transferência de signos ("el texto [es] una cimarronada"). Por essa razão, seu sentido não se enraíza numa única ideia ou possibilidade, já que está camuflado nos relatos ou fora da memória, onde circula em liberdade. A comparação entre signo e escravo fugitivo é apropriada, já que o poema sugere características que podem ser aplicadas a ambos. Tanto o escravo quanto o signo, uma vez aprisionados, sofrem restrições em sua capacidade de produzir sentidos. Porém, quando livres, exercitam sua versatilidade, escondendo-se e camuflando-se de modo a criar sobressaltos na ordem social ou canônica, respectivamente, que os vigia.

A página, como lugar de inscrição do discurso "oficial" e de tradução da oralidade é provocada por esse signo fugitivo ("tiembla el centro/ de la página"), da mesma forma como o escravo fugitivo desafiava as regras da sociedade escravocrata. E, o que mais interessa, esse signo se move, representando um desafio para a compreensão do texto, já que o signo nunca se fixa e se associa a outros gerando significações imprevisíveis. De maneira análoga, o escravo, mesmo calado e aparentemente sob o controle do senhor, representava um perigo constante para o sistema estabelecido, já que podia tramar levantes e rebeliões. Em outro poema do mesmo livro, Pereira reforça a ideia de que aquilo que o texto não consegue capturar, ou seja, o discurso composto pelos "signos cimarrones", torna-se mais significativo e representa um perigo para a oficialidade, mesmo quando o texto está forjado por "não ditos":

a veces el olvido alimenta los textos.
el vacío de los archivos desespera
la exactitud pues donde no hay nada
alguna narración se narra: ballenas
se espantan entre navíos, la sombra
no cierra los ojos sino los abre para
otra cadena, más allá de las letras.
(PEREIRA, 2005, p. 91)

O que está implícito no texto é um relato silencioso, que subverte a ordem da oficialidade. Não se trata apenas da subversão constituída pela narração oral, daquilo que é dito e feito no universo da oralidade, em oposição àquilo que é fixado na escrita, mas de algum acontecimento que vai além do discurso, que ocorre ainda no nível da intenção, no gesto, no pensamento, no silêncio, pois é ali onde é tramada a subversão, a rebeldia, a fuga.

O crítico William Luís comentou, ao analisar *Signo cimarrón* de Edimilson de Almeida Pereira, que "el cimarrón es un signo, una señal, una mirada, un gesto, una palabra, pero también es la letra, la escritura, el poema, es la imagen fugaz que por su naturaleza se esconde y vive en el margen para luego asomarse y desmantelar el centro"[36] (*apud* PEREIRA, 2005, p. 13). Essa perspectiva de construção do sentido pode ser estendida aos outros autores aqui abordados, pois eles fazem uso de uma palavra inquieta, móvel e, por isso mesmo, perturbadora. Por meio dessa palavra inquieta, os poetas resgatam hoje um pouco daquela sensação de *malaise* que outrora seus antepassados experimentaram diante do texto escrito e a introduzem no sistema literário, que se constituiu por excelência a partir de bases históricas dos grupos dominantes.

No tocante aos poetas africanos e ao estudo de suas poéticas, vale lembrar que é indispensável refletir primeiro sobre a imbricação entre o universo da oralidade e a sua "tradução" no corpo da escrita, de acordo com as considerações de Laura Padilha (1995, p. 15), para quem "do ponto de vista da produção cultural, a arte de contar é uma prática ritualística, um ato de iniciação ao universo da africanidade". A importância da herança da tradição oral para a constituição de uma literatura angolana, moçambicana ou cabo-verdiana, entre outras, de caráter "nacional" após a independência, escrita em língua portuguesa, é tema constante de análises e de interrogações. Se, por um lado, "a milenar arte da oralidade difunde as vozes ancestrais, procura manter a lei do grupo, fazendo-se, por isso, um *exercício de sabedoria*" (PADILHA, 1995, p. 15), por outro, é necessário considerar que muitos escritores africanos contemporâneos têm abordado a questão da tradição oral a partir de uma releitura da própria cultura, motivada pela experiência de *descontinuidade* provocada pela "saída ao exterior", conforme já frisamos. Essa ideia do exterior se aplica tanto ao exterior no sentido geográfico (Portugal, muitas vezes), quanto ao "exterior" no que se refere à tradição literária, isto é, em relação à significação atribuída à linguagem poética, "na busca do insólito para falar do desconcerto do mundo" (CHAVES, 2000, p. 162). Em função disso, é interessante voltarmos às reflexões propostas por Stuart Hall (2003, p. 34), ao se referir à cultura caribenha, quando ele escreve que

> Os momentos de independência e pós-colonial, nos quais as histórias imperiais continuam a ser vivamente retrabalhadas, são necessariamente, portanto, momentos de luta cultural, de revisão e de reapropriação. Contudo, essa reconfiguração não pode ser representada como uma "volta ao lugar onde estávamos antes", já que [...] "sempre existe algo no meio".

[36] "O *cimarrón* é um signo, um sinal, um olhar, um gesto, uma palavra, mas é também a letra, a escrita, o poema, a imagem fugaz que pela sua natureza se esconde e vive à margem para logo aparecer e desmantelar o centro".

Esse "algo no meio" se traduz/introduz muitas vezes nos textos literários por meio de uma ruptura (seja ela do código semântico, do sintático ou do lexical) dentro dos significados preestabelecidos pela cultura tradicional africana, a oralidade, ou, no caso da poesia brasileira, dentro do painel de representações aceito pela cultura dominante. Quando a ruptura ocorre no caso da sintaxe e do léxico, ela se dá, muitas vezes, tanto para africanos como para brasileiros, "oralizando" a escrita poética e fazendo dela uma "oficina de confluências" entre os diferentes contextos culturais que coabitam na sociedade africana ou na brasileira. Com respeito à poesia africana, a tentativa de "obscurecer" os referentes culturais corresponde ao enfrentamento entre tradição e transformação. Nessa direção, Ana Mafalda Leite (1998, p. 33) argumenta:

> a enunciação do legado "oral" faz-se através do enunciado, que cumula e concentra, numa geologia estratificada que atinge a sintaxe, os ritmos híbridos das "oralidades". É neste trabalho da "língua" como texto (na acepção kristeviana) que se desvelam as "tradições" traídas, e reformuladas, e se recuperam os traços genológicos de variadas "formas" ou "gêneros" orais africanos, e outros gêneros provenientes da literatura escrita. [...] Esta "tradução" das "oralidades", realizada na matéria da língua, trabalhada, mais ou menos involuntariamente, como corpo oficinal e compósito de fragmentos de ritmos e formas, irá regular a sintaxe e a discursividade literária de modo inovador e surpreendente.

A autora se refere aqui à discursividade literária africana, mas o cerne da análise é válido também para os autores brasileiros, uma vez que estes consideram a oralidade como um dos elementos fundamentais que interagem com o texto escrito. Autores como Ricardo Aleixo e Ronald Augusto operam uma inovadora adaptação ou reapropriação de matrizes orais para o texto escrito ou, ao contrário, vinculam a escrita à encenação do corpo e da voz em *performances* teatrais multimídia. Os dois têm em vista uma noção da criação literária em que os múltiplos recursos de estilo e de suportes podem ser empregados a favor de uma obra aberta, que possa dialogar com referentes culturais totalmente diferenciados entre si, tais como o são a vanguarda da poesia concreta e a oralidade afro-brasileira.

A esse propósito, é pertinente nos debruçarmos sobre as teorias relacionadas ao processo de "tradução" elaboradas pelos irmãos Haroldo e Augusto de Campos, nomes-chaves na fundação do Concretismo. Para Augusto, a tradução representa um ato antropofágico, uma forma de reverenciar os autores que ele traduz: "a minha maneira de amá-los é traduzi-los. Ou degluti-los, segundo a Lei Antropofágica de Oswald de Andrade" (CAMPOS, 1978, s/p). A tradução constitui, sob essa perspectiva, um ato de *recriação* da fonte. Isso é válido também se pensarmos o processo de tradução em termos de "tradução da tradição oral", ou seja, o poeta-tradutor é o mediador – transformador da cultura oral para o contexto da escrita. A esse tipo de processo Haroldo de Campos atribuiu o nome de *plagiotropia*, isto é, a "tradução da tradição", conforme ilustra Márcio Seligmann-Silva no artigo "Haroldo de Campos: tradução como formação e abandono da identidade" (1997-98).

Diante desse quadro, fica evidente como diferentes processos criativos podem introduzir estranhamentos nos textos literários, sejam eles decorrentes dessa "tradução da oralidade" – muito presente na produção contemporânea de poetas africanos, como a dos já citados Paula Tavares, Ruy Duarte de Carvalho, e também João Maimona, Arlindo Barbeitos, por exemplo, assim como em poetas brasileiros, entre eles, Edimilson de Almeida Pereira e Adão Ventura –, sejam eles decorrentes da transposição dessa oralidade para outros suportes semióticos – como ocorre nas obras de Ricardo Aleixo e Ronald Augusto.

No caso em que os poetas operam uma "tradução da tradição", e principalmente no caso de poetas que mergulham na tradição popular das respectivas culturas para observar o modelo cultural que sustenta determinada lógica de mundo, e para, a partir daí, compor seus trabalhos de criação, percebe-se que o texto literário não é fruto (apenas) de levantamentos históricos ou descrições etnográficas, pois revela a lida singular do escritor com a linguagem. Sob esse aspecto, o texto literário é inovador, apresentando um trabalho de recriação a partir de uma fonte tomada à realidade. No entanto, esse mesmo texto, por resultar de pesquisas "científicas", apresenta também elementos familiares, conhecidos, proporcionando ao leitor a sensação de conforto, por estar diante de um signo decifrado e decifrável, mesmo que não na sua totalidade.

CAPÍTULO 2

O REFERENCIAL SAGRADO E SEUS DESDOBRAMENTOS POÉTICOS

Antes de entrarmos nas análises e nas questões relativas à presença do sagrado nos textos, é importante frisar que, embora essas poéticas estejam marcadas pela característica do deslocamento e pela procura de uma estética diaspórica que remete à ideia do trânsito, no caso específico do sagrado, seria uma contradição pensar em sua busca sem alguma intenção de ancoragem. Por essa razão, ficam relativizadas, neste capítulo, as observações que fizemos no tocante ao constante deslizamento de signos e de significações, proposto pelos poetas em várias facetas das suas obras. Embora as misturas e os processos diaspóricos estejam presentes na hora de lidar com o sagrado, fica evidente que o próprio fato de lidar com o sagrado implica a existência de algum ponto determinado ao qual se dirige o poema, a fé ou o canto. O sagrado, nesse sentido, tanto como tema explícito, quanto como substrato existencial, representa um lugar de ancoragem e de fixação das identidades.

2.1 A pele sagrada do cotidiano

O poeta e teórico martinicano Édouard Glissant (1981, p. 189-201) defende a ideia de que, na busca identitária tanto de um sujeito quanto de uma comunidade, a literatura desempenha dois papéis fundamentais, quais sejam: a função de *dessacralização*, dedicada à desmontagem das engrenagens e processos de um sistema dado, e a função de *sacralização*, que consiste no movimento de união de determinada comunidade ao redor dos seus mitos, do seu imaginário, para reconstruir laços com o passado e, ao mesmo tempo, projetar-se para o futuro. Por seu turno, Pereira (*apud* WHITE, 1996, p. 46) afirma que "o inconsciente individual se vê alimentado por reminiscências de sua coletividade", mesmo que estas sejam elípticas e descoladas de um passado rasurado pelo processo da escravidão. Nesse sentido, é evidente como as duas funções da literatura explicitadas por Glissant se complementam naquilo que seria um projeto de reinvenção de matrizes identitárias, culturais e estéticas de um indivíduo ou de uma comunidade.

No entanto, essas funções devem desempenhar-se simultaneamente, porque a identidade "nunca é dada, recebida ou atingida" (DERRIDA, 1996, p. 53), definindo-se melhor como um processo de sucessivas (e provisórias) identificações. Para realizar isso, tanto deve intervir a desconstrução de determinado sistema de conceitos dados como unilaterais e fixos, quanto a construção de um novo modo de encarar o passado, para abrir o quadro de referências a partir das quais cada sujeito possa procurar e encontrar a sua expressividade peculiar. No ensaio *Literatura e identidade nacional* (2003, p. 20), Zilá Bernd analisa a produção literária brasileira à luz da proposta glissantiana e chega à conclusão de que:

> Só bem recentemente a literatura brasileira começa a operar a síntese – ainda inacabada – deste jogo dialético, associando o resgate dos mitos à sua constante desmistificação, o redescobrimento da memória coletiva a um movimentar contínuo dos textos, o que equivale a um perseverante questionamento de si mesma.

O perigo das cristalizações discursivas parece ser visado, hoje, de forma consciente por parte daqueles autores que assumem a tarefa de "operar a síntese" do jogo dialético, ou seja, aqueles autores que se servem do suporte da escrita para expressar conceitos que são, paradoxalmente, deslizantes, não atingindo nenhuma margem fixa. Talvez a melhor maneira para mostrar isso seja a escolha de um tema que sirva como *leitmotiv*, aproximando a obra dos autores contemporâneos que pertencem a essa "nova linhagem" da poesia de língua portuguesa. Para isso, nada melhor que o tema do sagrado ou do religioso, pois, como escreve Winant (*apud* WHITE, 1999, p. 99), "religião e literatura são dois dentre os muitos tópicos que refletem um processo de instituições sociais permanentemente contestadas e de identidades permanentemente em conflito".

A seguir, veremos como o sagrado (e as múltiplas maneiras por meio das quais se faz representar nas estruturas religiosas) constitui um tema importante na obra dos autores aqui considerados, já que se faz notar em referências diretas ou indiretas em textos de todos eles. De outro modo, para esses autores não se trata apenas de uma referência passageira a um tema denso como o sagrado, mas, ao contrário, trata-se de perceber como o universo do sagrado perpassa suas obras, funcionando como um eixo central que guia e estrutura a produção de significados do texto. Em determinadas situações, o sagrado fornece, inclusive, elementos formais para a composição poética, como é caso de Ricardo Aleixo e Ronaldo Augusto, apenas para citar dois nomes, que reinterpretam, de um ponto de vista contemporâneo, os orikis – forma poética e ritualística característica do Candomblé, como mostraremos no próximo tópico.

Evidentemente, cada autor trabalha o tema do sagrado de acordo com a sua necessidade histórico-social e com o seu projeto estético voltado para a escrita e/ou outros suportes. Uma das modalidades de reinvenção do passado sagrado ou mítico na poesia africana e afro-brasileira se processa naquilo que Ricardo Aleixo (*apud* PEREIRA, 2003c, p. 15), ao comentar a poesia de Edimilson de Almeida Pereira, identifica como sendo "o empenho [por parte do poeta] na ritualização do ordinário e na captação poética [...] material do sagrado". Esse empenho na reconstrução de um sentido ritualizado do cotidiano, alcançado por meio da palavra poética, traduz um ambiente cultural em que o tempo é mais próximo da circularidade do mito, com seus mistérios e seus silêncios. A religião – esse tecido cultural e simbólico, eivado de representações sagradas e profundamente humano – torna-se um elemento da vida cotidiana mais pungente ao se revelar concreta e simbolicamente em áreas rurais, bem como em determinadas comunidades (afrodescendentes ou não) localizadas em regiões periféricas ou afastadas dos grandes centros. É importante ressaltar que, nestas faixas periféricas, a natureza ainda desempenha o seu papel de "reduto dos ancestrais" (PADILHA, 2002, p. 255), isto é, serve como elo que une os vivos e os mortos, e estes, por sua vez, são relacionados a entidades sagradas como os Orixás, do panteão iorubá, ou Zambi e Calunga, do panteão banto.

Não é surpresa, portanto, que muitas vezes, nos textos poéticos, encontremos precisamente esse contexto como pano de fundo, isto é, um cenário rural, no qual a religião ganha um corpo que, semelhante àquele dos homens e das mulheres que ali vivem, é atravessado pela vida de forma total, uma vida que se condensa numa poética do cotidiano, das pequenas coisas, dos "ritos de passagem" (TAVARES, 1985) que, por meio da linguagem poética, tornam-se portadores de heranças e vozes do passado, porém, apresentados sob novas vestes.

Vejamos, a esse respeito, o poema "Induca, Maria do Rosário", primeira parte do poema "Retrados de família", de Edimilson de Almeida Pereira (2003c, p. 81), como exemplo de texto no qual o religioso determina o ritmo circular do tempo e dos acontecimentos:

Induca, a vida onde
está?
O menino entrou na parede
e sumiu no escuro
da sala.
Induca, cheguei tarde
seus olhos estavam prontos.
Outro menino entra na parede
com uns biscoitos
muito brancos.

Eh, Induca, a vida onde
está?
Espero que a noite desça
com paciência, espero.
Você chamará atenção do medo
com um provérbio.
Induca, os meninos
vêm saindo da parede.
A noite é outra e se curva.
Eu sei, eu sei
um provérbio.

O poema trabalha com elementos do cotidiano, da família e se estrutura como um texto com forte marca oral, aspecto que podemos destacar graças à retomada anafórica do nome "Induca", assim como pelo tom coloquial e pela referência ao provérbio como sendo um elemento muito próximo ao universo do sujeito da cultura popular, aqui representado por Induca. Além disso, podemos reparar que o poeta faz alusão a um mundo de eventos velados e enigmáticos como, por exemplo, na passagem em que "os meninos vêm saindo da parede". A cena provém do universo mítico-religioso da cultura popular e mostra o acontecimento como se se tratasse de um milagre. Nesse universo, a noite, durante a qual os meninos saem da parede, é outra e se curva, remetendo à ideia de um tempo cíclico, mítico ao qual só se tem acesso por meio das práticas do sagrado.

No caso das poéticas dos autores aqui representados, trata-se de retornar ao "tempo da origem", mas não no sentido de apenas reiterá-lo, e sim no de reinventar a memória dele, no intuito de dar a ver a complexidade de um campo de representações culturais que séculos de escravidão e colonização tentaram rasurar. Trata-se, portanto, de uma poesia que resgata o fundo último das coisas, fenomenologicamente, mas que se nutre também da fala de sujeitos que carregam suas bíblias gravadas na pele, como é possível verificar nas obras *Árvore dos Arturos* (da qual retiramos o poema citado) e *Sete selado*, de Edimilson de Almeida Pereira, ou *Jequitinhonha, poemas do vale*, de Adão Ventura, ou ainda, nas obras dos angolanos Ruy Duarte de Carvalho, como *Ondula, savana branca* e *Hábito da terra*, e Paula Tavares, em *Ritos de passagem* e *Ex-votos*.

No caso da poesia brasileira, os nomes aqui relacionados se aproximam uns dos outros no tocante à criação de uma linguagem poética que revela, sob os refletores da literatura, vivências das populações rurais e interioranas – com forte presença de valores culturais afrodescendentes – do estado de Minas Gerais. Porém, muito mais do que isso, os poetas dialogam e tecem uma rede de convergências a partir do processo de abertura de significantes decorrentes da observação da realidade local.

Dessa maneira, o local torna-se paradigma para o universal, e essa aprendizagem parece acontecer sob um silêncio hierático, sagrado, como se a observação não viesse do olhar apenas, mas de uma profundidade ontológica, de ordem ética, daquela "ordem do coração" (SCHELER, 1996, p. 70) que conhece o outro e que nele se reconhece como um ser que ocupa um mesmo lugar, uma mesma trajetória existencial, ao longo dessa "vida [que] ensina o receio" e onde "arde o [mesmo] destino" (PEREIRA, 2003c, p. 57).

O ato de reinstaurar um saber antigo, por meio de uma semântica que já não é a dos ancestrais, mas que a palavra poética recria, apoiada na memória, é considerado um ato fundamental pelo crítico senegalês Makhily Gassama (*apud* PADILHA, 2002, p. 250). Segundo o crítico, em várias sociedades africanas "a palavra deixa de ser um simples instrumento de comunicação, para se tornar uma espécie de petardo que ilumina a noite negra, ou uma espécie de vara mágica capaz de mexer com o mais fundo do ser". A ideia da "vara mágica" é particularmente significativa quando – ao nos debruçarmos sobre os textos de Pereira e Ventura, assim como sobre os de Carvalho e Tavares – reparamos que estes se constituem como sequências intercaladas de luz e sombra, constituídas ora por iluminações, ora por enigmas que não explicitam completamente aquele "mais fundo do ser", que permanece invisível a olho nu, muito embora os textos – em sua condição de enigma – o proponham com veemência.

Nesse sentido, os autores adotam a mesma estratégia criativa, ou seja, compõem os livros com pequenos "poemas enigmas" (ou "ex-votos") que pretendem não falar *sobre* determinada realidade, mas *a partir* das inquietações geradas pela experiência e o olhar do autor que se desloca, seja em termos geográficos, do centro para a periferia, onde gostaria de se fixar – como no caso deste verso de Ventura: "acho que a gente poderia ficar por aqui mesmo" (1980, p. 43), pois "na Capital tudo parece falso--plastificado/ até o amor" (1980, p. 47) –, seja em termos simbólicos, por se referir a um movimento mais amplo de saída do próprio centro, da origem, da tradição, percorrendo uma trajetória que questiona os costumes e as verdades herdadas. Exemplo dessa postura pode ser observado, conforme fizemos no capítulo anterior, na poética de Paula Tavares, que lança um olhar permeado de respeito e encantamento sobre as tradições angolanas, ao mesmo tempo que questiona o papel reservado à mulher dentro dessas tradições.

Quanto à estrutura do texto poético, a característica de se apresentar um conteúdo sob a forma daquilo que chamamos de "sequências de iluminações ou enigmas" pode ser relacionada com a forma de expressar o pensamento em diversas sociedades africanas, ou seja, por meio de provérbios que sugerem um procedimento sem, necessariamente, explicitar o modo de realizá-lo. A aprendizagem do uso da palavra, nas sociedades africanas, é pautada por uma série de "ritos de iniciações", conforme assinala Anne Stamm, no livro *La parole est un monde* (1999, p. 123-145). A criança é levada a aprender os códigos a serem empregados em cada situação, assim como a desenvolver a sagacidade de expressar-se por meio de provérbios e adivinhas: "já obrigado, pela mãe, a se expressar bem, [a criança africana] vê sua inteligência e sua sutileza solicitadas pelos provérbios e pelas adivinhas que são trocadas ao seu redor" (STAMM, 1999, p. 126). Nesse processo de aprendizagem e de decodificação do mundo – na sabedoria dogon diz-se que "aquele que conhece a palavra é aquele que conhece o mundo" (STAMM, 1999, p. 123) –, caracterizado por diferentes fases que seguem as etapas evolutivas da criança até a fase adulta, o discurso adquire valor na medida em que é escutado. Esse valor é ampliado ao se dar atenção também ao silêncio subjacente a todo discurso. Os Bambara, no Mali, dizem, por exemplo, que "a palavra espalhou o mundo, o silêncio o recolhe. O silêncio esconde a maneira de ser do homem, a palavra o revela" (STAMM, 1999, p. 129). Nesse processo, a comunicação é mediada por uma espécie de jogo de "esconde-esconde" linguístico, no qual nem tudo pode ser dito e nem tudo pode ser calado. Às vezes, faz-se necessário dar voltas, por meio de provérbios, alusões e alegorias, nos quais a mensagem está camuflada atrás de outras palavras, revelando-se, no entanto, a quem tiver a competência e o costume de entender o que está dito nas entrelinhas.

Dessa forma, a linguagem se reveste de uma função semelhante à do sagrado, ou seja, a de revelar o transcendente sem explicá-lo. Eis porque podemos aproximar a significação e o emprego da palavra no contexto africano com o procedimento dos poetas contemporâneos que trabalham com elementos da diáspora negra, quando remetem a uma ideia de sagrado. No livro *Árvore dos Arturos*, incluído no volume *Casa da palavra* de Edimilson Pereira (2003c), é possível perceber, nas entrelinhas, uma sensação de companhia herdada pela aprendizagem do sagrado junto à comunidade dos Arturos, onde o poeta pesquisou, durante anos, as manifestações sagradas relacionadas ao Congado.[37] No poema de abertura, "Curiangu" (2003, p. 53), descobre-se que o lugar onde tudo começa (Curiangu é o nome de uma mata, lugar de origem, onde a Comunidade dos Arturos iniciou sua trajetória) transcendeu as fronteiras espaço-temporais, tornando-se um lugar abstrato e universal, no qual

[37] Ver os livros editados em coautoria com Núbia Pereira M. Gomes (*Negras raízes mineiras*: os Arturos. 2. ed. Belo Horizonte: Mazza, 2000; *Assim se benze em Minas Gerais*. 2. ed. Belo Horizonte: Mazza, 2004; *Arturos*: olhos do Rosário. Belo Horizonte: Mazza, 1990; *Mundo encaixado*: significação da cultura popular. Belo Horizonte: Mazza, 1992; *Do presépio à balança*: representações sociais da vida religiosa. Belo Horizonte: Mazza, 1995; *Flor do não esquecimento*: cultura popular e processos de transformação. Belo Horizonte: Autêntica, 2002; *Ouro Preto da palavra*: narrativas de preceito do Congado em Minas Gerais. Belo Horizonte: Ed. PUC Minas, 2003; *Os tambores estão frios*: herança cultural e sincretismo religioso no ritual do Candomblé. Juiz de Fora: Funalfa; Belo Horizonte: Mazza, 2005).

"os ossos [são] voltados/ para o mundo" e onde "a noite é outra e se curva" (PEREIRA, 2003c, p. 81).[38] Fica evidente a presença de uma "reminiscência da coletividade", conforme citamos anteriormente, em versos como "Os meninos criaram/ memória/ antes de criarem cabelos" (PEREIRA, 2003c, p. 81).

Nos poemas que compõem *Árvore dos Arturos* há uma forte presença de elementos que remetem ao sagrado, principalmente na ligação que o poeta estabelece entre a natureza e o ser humano. O termo *sagrado* deriva do latim *sacer-cra-crum* e indica aquilo que está em relação com a presença e com o culto à divindade; de modo mais geral, sagrado remete àquilo que inspira uma veneração superior, uma inspiração profunda. Por isso, o domínio do sagrado sugere determinada modalidade de "estar no mundo". É sabido, nesse sentido, que desde sempre o ser humano sentiu a necessidade de se comunicar com um poder desconhecido, conforme assinalam Gomes e Pereira (2004, p. 16-17):

> O ser criado, observando a natureza, experimentou o pensamento metafórico e intuiu a presença de uma força maior do que a realidade concretamente manifesta. Essa força – que se expressava através dos fenômenos da natureza – se fez sentir como causa e princípio do Cosmos. [...] Na tentativa de conceptualizar o universo circundante, o homem, ao longo da experiência social, foi tecendo seus mitos, descobriu o medo do desconhecido e a necessidade de tentar controlá-lo. [...] Aprendendo a dialogar com os entes sobrenaturais, o homem usou a palavra, o rito, a oferenda – numa tentativa de controlar a natureza e eliminar o mal.

No trecho citado, os autores demonstram que o ser humano toma consciência do sagrado por intermédio da natureza que, por sua vez, revela traços de transcendência nos elementos que a constituem. Essa linha de reflexão é corroborada pelas análises de Mircea Eliade (1965, p. 15):

> O homem toma conhecimento do sagrado porque este se manifesta, se revela como uma coisa absolutamente diferente do profano. Trata-se sempre de uma manifestação de algo "outro", de uma realidade que não pertence ao nosso mundo, nos objetos que integram nosso mundo "natural" e "profano". Para aqueles que a pedra se revela como sagrada, sua realidade imediata se torna em realidade sobrenatural. Em outras palavras, para os que têm uma

[38] Vale citar, a esse respeito, trecho da entrevista concedida pelo autor ao tradutor e crítico americano Steven White (1996, p. 51): "lendo os meus poemas, ninguém vai achar uma descrição detalhada da geografia física. Mas a geografia humana é presente muitas vezes nos nomes das pessoas. Intento escrever sobre meu país e minha cultura, mas espero também que minha escrita possa revelar um sentido universal. Na especificidade de Minas reside a via para expressar o universal como ser humano e como artista".

experiência religiosa, a Natureza é susceptível de se revelar como um cosmos sagrado. [...] O desejo do homem religioso de viver no sagrado corresponde, de fato, ao desejo de situar-se na realidade objetiva, de não deixar-se paralisar pela relatividade sem fim das experiências puramente subjetivas, de viver em um mundo real e eficiente e não numa ilusão.

Aquilo que faz de um aglomerado de gente uma comunidade, que "re-liga" as pessoas, é certo sentimento religioso que, em sentido amplo, vai além de qualquer religião específica. Esse aspecto perpassa, em vários momentos, os livros de Pereira, Ventura, Carvalho e Tavares, por esses autores recriarem os mitos, as tradições e as palavras que reúnem as pessoas em torno de determinado culto, seja ele o Congado ou o Candombe mineiro, retratado poeticamente pelos poetas brasileiros, ou os "ritos de passagem" reservados à mulher na sociedade angolana, sutilmente retratados por Paula Tavares, sejam as tradições orais coletadas e transformadas em obra poética por Ruy Duarte de Carvalho.

Essa perspectiva sagrada é fundamental para se entenderem as rupturas, os silêncios, as elipses que ritmam os textos poéticos considerados, mas é preciso ter em vista que a linguagem continua sendo protagonista, encarregando-se de "traduzir" essa visão sagrada da realidade, fundando uma "mitologia pessoal" que, ao mesmo tempo, reinventa uma identidade coletiva. No entanto, é bom recordar que entre a língua "da origem" e a língua escolhida pelo poeta, sob o efeito do seu distanciamento crítico, há um deslizamento que corresponde a uma procura linguística e metafórica para sobrepor as camadas desses dois universos culturais, que se encontram em processo de hibridação nos textos.

Dessa maneira, a identidade da coletividade construída a partir do "sentimento religioso" constitui um palimpsesto no qual estão inscritas diferentes marcas históricas, geográficas, linguísticas e socioculturais. No que diz respeito às referências culturais africanas, Edimilson Pereira (*apud* BARBOSA, 1998, p. 101) lembra que "a tradição afro-brasileira não é aquele tambor que soa com o ritmo harmônico dos ancestrais. É um tambor meio quebrado, meio rompido, com uma série de fraturas, de fissuras". Por isso, talvez, no seu poema "Tambores" (2003c, p. 69), o autor nomeie os dois primeiros tambores do Candombe, "o santana, o santaninha" e, na hora de nomear o terceiro, realize um corte abrupto, uma espécie de fratura da linguagem. O terceiro tambor fica sem nome, apenas sugerido pelo espaço em branco, como se fosse mordido pela locução do falante e/ou leitor. Ao mesmo tempo, o autor nos sugere uma pista interessante quando, nos versos 2-5, se refere a um tempo que ficou mordido: "São três os tambores, como/ os fogos. Nos antigos os/ meninos: são dois/ e o terceiro tempo mordido". Por outra parte, essa tendência à quebra, à fratura discursiva, está presente também em poéticas urbanas, como a de Ricardo Aleixo, no poema "Máquina zero" (2003, p. 9), quando o autor interrompe abruptamente o ritmo de cada verso ao cortar as sílabas, como podemos ler nesse fragmento: "Quarto dia: entendo q/ ue o que preciso, se q// uero mesmo continuar a p/ erambular com alguma chance de êxito p// or uma cidade (duas) como Berlim, é/ de sapatos de largo fôlego".

Sem dúvidas, aqui estamos frente a dois processos diferenciados de introduzir a quebra na escrita poética. No primeiro caso, Edimilson Pereira lida com os enigmas da linguagem contidos no sagrado e os aproveita para moldar sua poética, ou, pelo menos, uma vertente da sua poética. A expressão do sagrado traz consigo as características do mistério, do dogma, daquilo que não é totalmente revelado. Nessa mesma direção, os poemas de Edimilson Pereira introduzem os conceitos de quebra e de incompletude como sendo elementos que ajudam a compor uma totalidade, ou seja, a totalidade do mundo sob a perspectiva da fé e do sagrado. Eles se tornam, portanto, elementos que atuam na construção de sentido de um mundo que não é fechado, total, perfeito e que apresenta fissuras, lacunas, vácuos de sentido que cabe ao ser humano preencher.

Entretanto, o poeta Ricardo Aleixo não trabalha, no poema citado, a ruptura sob esta perspectiva semântica, relativa ao universo do sagrado. Ele faz isso ao lidar com poemas relativos ao universo iorubá, como veremos mais tarde. Nesse momento nos interessa analisar o processo da ruptura, que pode ocorrer em outros campos da linguagem, como o sintático e o fonético, que são precisamente os campos nos quais se inscreve a ruptura no poema citado de Aleixo.

As fraturas ou fissuras mencionadas por Pereira fazem com que a palavra poética seja a verdadeira protagonista no palco da criação literária. Uma palavra que é dosada aos poucos, como nos exemplos citados, nos quais há um equilíbrio entre o que se diz e o que se cala, abrindo espaço para a insinuação do mistério, do enigma, do velado, convidando o leitor para completar esse movimento de decifração. Se pensarmos no poema como um signo que pode vir falado ou escrito, torna-se mais evidente entender o conceito de decifração, se aplicado em poemas como o já citado "Máquina Zero", de Ricardo Aleixo. Se este poema for lido diante de um público, e se o locutor fizer uma leitura cuidadosa respeitando os cortes sintáticos operados pelo poeta, ficará claro que as quebras fonéticas interferem e obstruem, de alguma maneira, a compreensão do poema.

Contudo, esse processo se torna mais evidente em poetas concisos como Paula Tavares, cuja poesia econômica se serve com habilidade dos espaços em branco e do silêncio para dar respiração ao poema. No entanto, ao fazer respirar o poema, a autora introduz também uma tensão naquilo que diz respeito à decifração do conteúdo – que permanece obscuro – e gera perturbação, estranhamento, fascinação. Paula Tavares produz imagens como se fossem pequenas e repentinas iluminações, à maneira da "pedra que produziu lume", apontada na epígrafe do seu poema "Cerimônia de passagem" (1985, p. 5). De fato, a pedra, tal como a palavra, é um elemento de fundação, está no limiar entre o mundo anterior e o mundo posterior ao surgimento do ser humano, em um mundo mítico, permeado pelo sagrado, onde tudo era silêncio e onde se carecia do verbo para nomear as coisas.

Essa característica está presente, por exemplo, no poema "Rapariga" (1985, p. 22), no qual o leitor encontra um eu lírico na voz de uma menina:

> Cresce comigo o boi com que me vão trocar
> Amarraram-me já às costas, a tábua Eylekessa
>
> Filha de Tembo
> organizo o milho
>
> Trago nas pernas as pulseiras pesadas
> Dos dias que passaram...
>
> Sou do clã do boi –
>
> Dos meus ancestrais ficou-me a paciência
> O sono profundo do deserto,
> a falta de limite ...
>
> Da mistura do boi e da árvore
> a efervescencia
> o desejo
> a intranquilidade
> a proximidade
> do mar
>
> Filha de Huco
> Com a sua primeira esposa
> Uma vaca sagrada,
> concedeu-me
> o favor das suas tetas úberes.

O poema apresenta uma tensão – reiterada pela sua estrutura visual, nitidamente dividido em dois polos – entre a experiência da tradição vivenciada pelo eu lírico feminino e a ruptura, isto é, uma abertura para outra realidade, sugerida pela "intranquilidade" e "proximidade do mar". Marcas dessa tradição – e do seu peso – afloram ao longo do poema, nunca de maneira explícita, mas por meio de uma linguagem pontuada por metáforas ou alusões para serem decifradas: "amarraram-me *já* às costas, a tábua de Eylekessa". O estranhamento do advérbio *já* indica ao leitor que é preciso ler com muito cuidado: quem é Eylekessa e os outros nomes citados no poema, "Tembo", "Huco"? São perguntas que ficam em aberto, multiplicando as possíveis significações que o leitor venha a dar ao texto. É uma poesia que, conforme assinala Rita Chaves (*apud* PEREIRA, 2003d, p. 17), "assume a inquietude como uma forma de estar e exercita o papel de semear interrogações e cultivar perplexidades".

Com evidência, ao falar sobre o papel fundamental da palavra, cujo movimento elíptico marca um ritmo murmurante, no limiar do silêncio, não estamos querendo dizer que esses autores introduzem algo totalmente "novo" na lírica contemporânea, já que, como escreve o teórico alemão Hugo Friedrich, no ensaio *Estrutura da lírica moderna* (1991, p. 104), ao analisar a obra de Mallarmé, "sempre foi privilégio da lírica deixar oscilar a palavra em seus múltiplos significados. Mallarmé leva esta possibilidade ao extremo, convertendo a potencialidade infinita da linguagem no verdadeiro conteúdo de suas poesias". Ao fazer isso, Mallarmé introduz a marca do enigma nas coisas familiares, ou melhor, faz com que estas tenham uma "presença espiritual" (1991, p. 96). Eis porque, tal como o Mallarmé analisado por Friedrich, nossos autores

> [pensam] num leitor aberto à compreensão múltipla. A lírica [produzida por eles] excita o leitor também a continuar o ato produtivo inconcluído que nela se realiza. A infinita potencialidade na qual esta linguagem se move só se estende ao leitor na medida em que ela o impele a uma potencialidade interpretativa de significado da mesma forma infinita. O leitor não deve decifrar, mas sim chegar ele próprio ao enigmático (FRIEDRICH, 1991, p. 121).

No caso da poesia em que signos da diáspora negra são utilizados, há que se considerar o desconhecimento geral das culturas africanas em países como o Brasil,[39] marcados pelo estigma da negatividade da origem étnica africana. Esse desconhecimento encobre os signos culturais com um véu de "opacidade". Como já foi mencionado, os próprios autores trabalham a partir da reconstrução de uma memória quebrada da origem e, ao fazê-lo, forjam um texto que contém essa ideia da "quebra", da "elipse" (em termos sintáticos e semânticos), do "vácuo" a ser preenchido de diferentes maneiras pelo entendimento do leitor.

A ideia do universo como um todo sagrado (unido por laços religiosos) vem da necessidade dessa reconstrução, que é da ordem do simbólico, do não visível, daquilo que as palavras podem sugerir – relativo a um plano invisível – recorrendo a arquétipos e mitos de origem indígena do Brasil, bem como a arquétipos e mitos

[39] Prova disso é que, em 9 de janeiro de 2003, o Governo Brasileiro baixou a Lei nº 10. 639, que obriga as escolas de ensino público e privado do país a inserirem nos currículos escolares conteúdos referentes às culturas africanas e afro-brasileira.

de origem africana, ibérica e afro-brasileira, por conta dos séculos de colonização na África lusófona. Dessa maneira, poetas como Adão Ventura e Edimilson Pereira recriam o sentido primeiro da *epifania*, isto é, a renovação do sagrado graças ao caminho trilhado com a palavra poética, capaz de revelar e ocultar ao mesmo tempo aquilo que ela expressa. Os poetas se tornam, portanto, intermediários entre este mundo sagrado, invisível e a concretude do cotidiano, que outorga à poesia um estatuto de mediadora entre o mundo das forças sagradas (os santos, os orixás, os anjos) e o mundo dos homens.

É evidente, ao nos debruçarmos sobre a produção poética dos autores mencionados, a relação que estes estabelecem, nos textos poéticos, entre o campo das coisas abstratas, às quais se referem, mesmo indiretamente, e o campo das coisas concretas, fazendo coabitar o imaterial e o material, o sagrado e o profano, sendo esse aspecto um dos traços marcantes inclusive das expressões do Barroco brasileiro. Vale lembrar a ingerência de artistas negros e mestiços na produção do Barroco brasileiro, imprimindo um significado outro às heranças europeias desse movimento. Obras como a de Antônio Francisco Lisboa, o Aleijadinho, apontam para um circuito de diálogo entre o sagrado e o profano, o imanente e o transcendente que encontra ecos nas percepções de mundo que os africanos introduziram na cultura brasileira, desde as primeiras levas de escravos que chegaram ao Brasil, conforme relata Emanoel Araújo na introdução do livro *A mão afro-brasileira*:

> No século XVIII, muitos dos principais artistas brasileiros eram negros ou mulatos, e todos, via de regra, pertenciam a confrarias que estabeleciam os contratos para confecção de imagens, para pinturas dos tetos, etc... [...] Minas Gerais, a Bahia, Pernambuco e o Rio de Janeiro, para citar apenas os mais dinâmicos centros culturais daquele período, estavam impregnados da escultura, da talha, da pintura, da ourivesaria e da arquitetura realizadas por artistas de origem afro-brasileira (ARAÚJO, 1988, p. 9).

Voltando às poéticas de Pereira e Duarte, baseadas na cultura popular e nas pesquisas relativas à oralidade, podemos observar que estas trazem para dentro do texto desses autores elementos decorrentes da estrutura de pensamento das comunidades investigadas. Dessa forma, por exemplo, assim como aconteceu com a esposa do dono da Folia de Reis do povoado mineiro de Santo Antônio do Baú, Ilta Rodrigues de Oliveira, entrevistada por Edimilson de Almeida Pereira (GOMES; PEREIRA, 1995, p. 71), que disse ter "reunido pacientemente num caderno todas as informações sobre a fundamentação mítica do ritual [da Folia de Reis]", ocorreu com Edimilson de Almeida Pereira no livro de poemas *Sete selado*, na tentativa de fazer uma recriação poética relativa à fundamentação mítica (e cultural) do conjunto de eventos religiosos da cultura popular. Na linguagem dessa transcrição, feita por Ilta

Rodrigues e, seguindo este modelo, pelo poeta, "perderam-se elementos da sintaxe e os próprios vocábulos se alteraram – o que muitas vezes leva à destruição do signo linguístico" (GOMES; PEREIRA, 1995, p. 71). A destruição ou alteração do signo linguístico ocorre nos poemas do autor, como, por exemplo, no caso em que lemos "rosmanim" em lugar de "rosmaninho", privilegiando a pronunciação fonética da palavra. O fenômeno da perda de elementos da sintaxe é muito frequente na obra de Pereira e mostra sua tentativa de desconstruir e reconstruir o signo inúmeras vezes, provocando o estranhamento.

Nessa direção, tanto na cultura popular investigada, quanto na poética do autor, "a perda de sentido [...] ou a própria incompreensão do significado das palavras [e dos versos], em lugar de dificultar, favorece: é o mistério acrescido pela superioridade do obscuro" (GOMES; PEREIRA, 1995, p. 71). O enigma contido nas palavras, seja as da ritualidade popular, seja as da dicção poética, transcende a função meramente comunicativa da linguagem. Nesse aspecto, o iniciado e o poeta se assemelham pelo uso que fazem de uma linguagem selada, mística, misteriosa. O valor inatingível das palavras empregadas para falar do universo concreto (do mestre e/ou do poeta) compõe o campo de tensão no qual se situa a poesia de *Sete selado*, tensionada entre um acontecimento comum e a sua significação transcendente. Eis porque, nesse livro, as plantas são mais do que plantas, as palavras são mais do que palavras, o nada é o tudo e o tudo é o nada, como testemunham os versos seguintes: "coisas começam a envelhecer quando reaparecem. Extraídas de repente enflorecem de sentidos. Tantos que é preciso sacudi-los, abrir a casa-mundo e respirar" (PEREIRA, 2003d, p. 144).

Nessa mesma direção podemos interpretar a presença preponderante da natureza na poética de Paula Tavares e de Ruy Duarte de Carvalho, ou seja, como símbolos de um mundo misterioso, animado pela presença dos antepassados. A natureza faz-se porta-voz de segredos que somente os iniciados podem interpretar. O papel que ela desempenha e o grau de integração do homem neste cosmos bordado de segredos e palavras ungidas pode ser observado neste fragmento de "Reconversões", de Ruy Duarte de Carvalho (2005, p. 196):

> Eu sou Koumen
> O da venerável barba
> O investido de palavras ungidas
> Pelos espíritos finos
> Pelas almas delicadas [...]
> Eu falo aos animais e as raízes
> Oferecem-me os seus segredos.

Os poemas de Paula Tavares também apresentam uma natureza misteriosa que somente alguns poucos sabem decifrar, como revelam esses versos (TAVARES, 2003, p. 38), em que está contido um saber antigo:

Deixem passar o filho do homem
Que as árvores torcidas
Se endireitem à sua passagem

A estrutura enxuta do poema, que lembra o provérbio ou a alegoria, não esconde o fato de que estamos diante de um mundo selado, no sentido de que tanto a natureza quanto a observação dela por parte do ser humano transformam a realidade em um universo profético Daí, o caminho para desvendar esse universo deve ser traçado a partir do conhecimento dos seus códigos, prescrições e interditos. Para melhor entender essa questão, podemos recorrer à perspectiva psicanalítica, mais precisamente a junguiana. Para Jung, "a linguagem hermética presta-se melhor à expressão do desconhecido, enquanto a clareza rouba o segredo ao que é obscuro e torna-o uma coisa banal" (*apud* GOMES; PEREIRA, 1995, p. 71). Por conta disso, na cultura popular mineira, investigada por Pereira, assim como no universo que impregna a poética de Paula Tavares e Ruy Duarte de Carvalho, encontramos figuras enigmáticas como as benzedeiras, que fazem uso de uma língua que tem a sua própria fórmula, a sua própria gramática, que entra em choque com a língua padrão. As benzedeiras consideram as palavras pela função ritual da cura e não pela função pragmática da comunicação. Na mesma direção, é possível ler o poema "Milho verde" (PEREIRA, 2003d, p. 174):

Miséria beira-flores romãs. Orações para
dizer o que não cabe decifrar e nos decifra.
Quando tinge, a tabatinga reza o barro que
foi. Iluminada à vista é cor novelo safira.

Cachorro   Malva crescente
Folhinha Mariana   Bilha
Arranjos para batizado   Marujos
Contramestre   Ivo Silvério

Café namoro. O último de uma linguagem
olha o céu das vogais. Impaciência nikon.
Pássaro que não cria em gaiola. Agnus dei
pelo avesso. Enfim, a criança respira.

Água   Pedra.
Água   Branca.
Água   Queda
Água   Pomes.

Canto do rosário preso em fio de nylon.
Bandeira do divino. Quem não aceita rei
faz teto nos desertos. Eremita no Serro.
Apesar de. Tudo vendo desde essa janela.

É interessante notar, no poema, um registro linguístico que remete ao universo tradicional das benzedeiras e das parteiras, caracterizado pela enumeração dos elementos sem um aparente nexo lógico. Nessa perspectiva, o autor se refere explicitamente às "orações para dizer o que não cabe decifrar e nos decifra". Ao mesmo tempo, junto a esse universo tradicional, assistimos à interferência do moderno, representado pela "impaciência" dos fotógrafos armados com a Nikon. Paralelamente a isso, o aproveitamento dos recursos visuais, decorrentes da experiência concretista, se mistura com os signos relativos a outras vertentes literárias, mais próximas do modernista Murilo Mendes, pela tentativa de conciliar opostos. Como escreve Rita Chaves (*apud* PEREIRA, 2003d, p. 18), "na poesia de ambos [Mendes e Pereira] emerge um universo de imagens a refletir o desejo de desmontagem e remontagem do mundo". Além disso, a janela da qual o "eremita no Serro" vê o mundo é evocada na sua corporeidade física, indicando que o signo linguístico migra para o signo visual.

O mesmo procedimento pode ser observado nos poemas de Paula Tavares em que anciãs ou profetas proferem alegorias cujo ensinamento está escondido e é preciso procurar. Vejam-se, a esse respeito, os poemas que seguem, que parecem decorrer da sabedoria oral:

O grande senhor não segue o rei
Repousa sobre a terra nua
Não teme nada.
(TAVARES, 2003, p. 19)

ou

O nosso antepassado
Era como o grande rio.
Fez nascer os nossos rios pequenos
(TAVARES, 2003, p. 17)

Observamos que a migração do universo imanente para o plano transcendente está presente também no poema "Procissão" de Adão Ventura (1980, p. 27):

gente
                    de velas
na mão

vela-se
ao santo.

entre as
curvas
das ruas

curva-se
ao santo.
no dobrar
das esquinas

dobram-se
ao santo
os joelhos genuflexos
e puros para o milagre.

Pode-se reparar como o poeta tece um fino jogo entre a materialidade dos objetos ("velas", no verso 2, e "curvas", no verso 7) e a sua significação que remete ao transcendente, como é o caso do verbo "velar" (verso 4) ou a referência ao gesto ritual de reverência de "curvar-se" ao santo (verso 9). A mesma estrutura reaparece no final, quando o "dobrar das esquinas" – evocando talvez a paisagem mineira do Serro, com os seus becos – é seguido pelo hierático gesto de "dobrar-se ao santo", isto é, ajoelhar-se na igreja diante do altar do Senhor. A relação entre mundo visível e mundo invisível é conduzida aqui com extrema delicadeza e habilidade, num poema em que economia e contenção primam inclusive pelo efeito visual que o texto produz. O corpo, como já dissemos, está presente de modo concreto, porque ele é o canal para chegarmos ao sagrado, ao transcendente, ao milagre. Não é por acaso que o poema começa com a palavra "gente" e termina com a palavra "milagre", revelando o círculo no qual se inscrevem as etapas da iniciação espiritual. Nesse sentido, é interessante compararmos a ideia da circularidade contida nesse poema com a expressa por Paula Tavares, no poema "Cerimônia de passagem" (1985, p. 5):

"a zebra feriu-se na pedra
a pedra produziu lume"

a rapariga provou o sangue
o sangue deu fruto

a mulher semeou o campo
o campo amadureceu o vinho

o homem bebeu o vinho
o vinho cresceu no canto

o velho começou o círculo
o círculo fechou o princípio

"a zebra feriu-se na pedra
a pedra produziu lume"

Embora se trate de outro tipo de religiosidade, assistimos nos dois poemas à iniciação frente ao sagrado, só que, no caso da poeta angolana, a natureza torna-se elemento privilegiado e anunciador dessa iniciação. O mundo concreto, por sua vez, torna-se porta-voz de acontecimentos que ocorrem – às vezes sem explicação – no mundo abstrato. Paula Tavares fala menos de "coisas" e mais de "palavras-totens" em vista da importância que assume a palavra no universo cultural africano. A poética de Paula Tavares é caracterizada por um forte aspecto ritual, uma vez que o processo da escrita (de fixação da palavra oral com suas tradições) já é um primeiro rito. O fato de o poema se abrir e se fechar com o refrão, inspirado pelo universo da sabedoria oral, imprime-lhe um ritmo circular, no qual a repetição se torna o elemento que confere equilíbrio rítmico.

Podemos reparar que os versos 1-3-5-7 ilustram o círculo da vida humana, apresentando primeiro a rapariga, logo a mulher, depois o homem e, por fim, o velho; enquanto que os versos 2-4-6-8 mostram os círculos da natureza interagindo com o ser humano para formar um todo único com o cosmo: o sangue dá fruto, o campo (semeado pela mulher) amadurece o vinho, o vinho (tomado pelo homem) faz crescer o canto e o círculo (iniciado pelo canto do velho) *fecha o princípio*. A morte aqui é apenas sugerida, sem o peso trágico que a cultura ocidental costuma lhe atribuir: esse "fechar o princípio" – se é que se trata da morte – representa sim um desequilíbrio, mas ele está incluído na vida e nas leis da ancestralidade.

A ideia do canto é outro aspecto importante nesse poema, já que remete, mais uma vez, à oralidade, mostrando o quanto ela está ligada aos ritmos circulares da natureza: o canto cresce do vinho que nasceu no campo semeado pela mulher. A mulher é então a origem da vida, não apenas pela sua capacidade de se engravidar, mas também pelo que diz respeito à "gravidez da terra", da qual dependem todos os seres humanos e que está na base da identidade cultural africana. Os gestos vêm carregados de sentido, e, numa nova aproximação entre poemas de Adão Ventura e Paula Tavares, podemos observar como o corpo – com seus gestos – remete à origem, ou seja, àquilo que define ontologicamente o ser humano. No caso de Adão Ventura, no poema "Teares de Berilo e roça grande" (1980, p. 37), notamos que o corpo está associado à simplicidade da origem, à verdade das coisas não afetadas pela peneira da materialidade:

teça o seu corpo
no tear mais simples
aquele que lhe resta
pelo suor e origem.

teça o seu corpo
ainda que a música
lhe desagrade.

teça o seu corpo
sem o menor temor
mesmo que falte o porto
de precárias balsas.

teça o seu corpo
no tear mais simples
– aquele que lhe resta
pelo suor e origem.

Ao mesmo tempo, em Paula Tavares (2001, p. 14) percebemos como o corpo é o receptáculo de experiências que dizem respeito a outras instâncias da vida, sejam elas afetivas ou espirituais. Esse mesmo corpo grava em si – como as escarificações que os escravos carregavam sobre a pele, ou como qualquer marca étnica ou de "grupo" cuja inscrição na pele representa o signo de pertencimento ao mesmo[40] – símbolos de outras esferas vitais:

Meu corpo
é um tear vertical
onde deixaste cruzadas
as cores da tua vida: duas faixas um losango
marcas da peste.

Meu corpo
é uma floresta fechada
onde escolheste o caminho

Depois de te perderes
guardaste a chave e o provérbio.

[40] Ver: AZEVEDO; LISSOVSKY, 1988.

É possível perceber um sentido ritualizado inscrito no poema assim como um rito que está sendo gravado no corpo, mediante uma relação em que a escrita encena uma corporeidade linguística, mas também carnal, subjacente às referências culturais ali evocadas. De fato, não se trata de um corpo qualquer, mas de um corpo que responde a determinados rituais amorosos e/ou culturais: o leitor precisa encontrar a chave de leitura desses rituais, assim como do "provérbio" (verso 10). O poema não oferece elementos explícitos, ao contrário, deixa "marcas da peste", ou seja, registra apenas a passagem de algo que já se foi. Dessa maneira, o poema de Paula Tavares, ao falar de um determinado corpo, não o revela; além disso, universaliza a experiência desse corpo, já que a voz dessa mulher poderia ser a voz de uma mulher pertencente a outra cultura, mas cuja experiência do amor respondesse a determinado ritual (amoroso e/ou cultural).

Isso se torna mais evidente quando consideramos o poema "O Japão", no qual a autora escreve – à maneira de uma carta dirigida ao poeta moçambicano Eduardo White – sobre o Japão, ou melhor, sobre um "Japão de cicatrizes e basalto" (TAVARES, 1999, p. 44). O que nos chama a atenção é a presença – tão característica à poética da autora – do corpo como lugar de incisão e de escrita, principalmente o corpo feminino. O processo de "escrita", tanto concreta como metafórica, sobre o corpo da mulher angolana é quase um *leitmotiv* na poética de Paula Tavares, mas aqui reparamos que isso é relatado a partir de um contexto totalmente deslocado, no qual a mulher tatuada pertence à cultura japonesa – embora no poema diga-se também que "a rapariga chama-se Ingrid de pai sueco" (TAVARES, 1999, p. 41). Se não soubéssemos que estamos num contexto oriental, poderíamos pensar na voz de uma mulher angolana, ao lermos os seguintes versos (TAVARES, 1999, p. 45):

> Meu corpo é um grande mapa muito antigo
> percorrido de desertos, tatuado de acidentes
> habitado por uma floresta inteira
> um coração plantado
> dentro de um jardim japonês
> regado por veias finas
> com um lugar vazio para a alma

A semelhança desta voz poética com a do poema "Tecidos", citado há pouco, é explícita. As duas vozes falam de um corpo que é trabalhado por um "outro", um alguém identificado muitas vezes como sendo o "estrangeiro". No entanto, é significativa a retórica da incisão no corpo (seja ele feminino ou masculino) de um discurso que se torna registro simbólico de posse ou de pertença:

> Um estrangeiro prepara o corpo da rapariga para a pintura
> desenha flores de lótus com o nome inciso na corola.

> Não sei o que quer, talvez amor dito em muitas línguas
> forte como a lâmina de uma espátula afagando a pele
> de escritas muito antigas e falas tão ardentes
> escarificações marcas territórios
> tinta preta em papel de arroz
> (TAVARES, 1999, p. 45)

Vale ressaltar que a palavra, nesse cenário, é cultuada "como se fosse um ser vivo" (GASSAMA *apud* PADILHA, 2002, p. 256), isto é, está a serviço de uma poesia que não pretende representar o real ou prendê-lo em imagens fixas, mas sim *sugerir* os movimentos da vida, tal como ocorre com a palavra oral. De acordo com Laura Padilha (2002, p. 257), "o poeta, para conseguir o efeito de apreensão dessa palpitação de vida, faz como os velhos quimbandas e escolhe o que, ainda com Gassama, se poderia chamar de *palavra-parteira*". Essa "palavra-parteira" se encarrega de dizer o essencial, permitindo que o "saber antigo", conservado na memória, ressurja e encha de ar os pulmões da poesia contemporânea. A ideia de "palavra essencial" é encontrada também nos testemunhos recolhidos por Edimilson de Almeida Pereira no interior do estado de Minas Gerais, como podemos perceber nas palavras de Vital Egídio da Rocha, agricultor, morador de Jequitibá: "Não desperdiço palavra" (GOMES; PEREIRA, 2003, p. 13). A palavra, nessa concepção, está associada aos ritos iniciáticos, ou seja, aos ritos em que a natureza e o homem expressam, juntos, uma ordem superior, do sagrado. Não é casual que essa concepção da palavra encontre-se, em geral, como já tivemos ocasião de ressaltar, em regiões caracterizadas por uma economia rural, como o interior do estado de Minas Gerais, presente nos poemas citados de Adão Ventura, ou na Angola retratada por Paula Tavares e Ruy Duarte de Carvalho, como podemos observar neste fragmento do poema "Ciclo do fogo", de Carvalho (2005, p. 257):

> Os celeiros do soba estão dados ao vento.
>
> São caixas de ar que atravessa
> O choro da luz agreste
> Surrando a pele da secura.
>
> O tropel da caça em fuga
> Precede as hordas que montam.
>
> Pelo riso farto da hiena
> Se afina a trompa do ataque.

A sombra surda do açor
Raia o portão do cercado.

Quem prova para nós ainda
A carne o leite do gado sagrado?

Esse contexto rural é privilegiado porque o ser humano se encontra mais perto da natureza, que é a mediadora do sagrado, conforme já visto nas reflexões de Mircea Eliade. O sagrado encontra sua manifestação plena se encarnando na natureza, e esse aspecto é particularmente presente nos poemas de todos os poetas selecionados. Elementos como céu, estrelas, raios, terra, vento, água, sol, nuvens são presenças que ajudam a introduzir marcas de um sagrado e manifestam a potência mítica da natureza. Ao fazer isso, os poetas estariam propondo à coletividade um discurso de fundação sustentado, precisamente, pela presença dos elementos da natureza, que indicam pelo menos dois sentidos da configuração desse discurso: primeiro, quando a natureza é considerada elemento primordial, emergem as forças e os modelos que revelam ao homem seu destino no mundo; segundo, quando a natureza serve de mediadora entre os desejos humanos e suas realizações. Para que a natureza possa atuar nos dois sentidos, é necessário que ela apareça ao homem como maior e mais pujante que a realidade. Nesse aspecto, é o discurso sobre a natureza que lhe imprime essa grandiosidade, semelhante à que adquirem os deuses quando aparecem nas narrativas, nas quais suas atitudes exemplares são sempre ampliadas. Nesse sentido, o sagrado, que se manifesta nos textos dos poetas, muitas vezes, nos atributos da natureza, preenche de sentido a trajetória de um ser humano que vivencia o deslocamento (geográfico, existencial, diaspórico), mas que, por meio desse movimento de voltar-se em direção ao sagrado, possibilita uma ancoragem (mesmo que provisória) em um determinado centro simbólico.

Voltando à teoria de Glissant, expressa no começo deste capítulo, percebe-se que a literatura, para esse autor martinicano, preenche o fantasma do vazio, o *luto da origem* imposto aos signos do Atlântico negro. Por meio dessa recuperação, mesmo que parcial, da memória coletiva, a literatura realiza uma recuperação da consciência histórica e cultural. A valorização da natureza é acompanhada pela intenção de valorizar os elementos das culturas "locais", nas quais os signos diaspóricos foram espalhados e misturados em decorrência dos processos de colonização e escravidão.

Sempre falando sobre a natureza, é necessário observar que na poesia africana de língua portuguesa, principalmente na poesia anterior aos anos 1980, é possível encontrar um conflito entre a representação de uma "natureza totêmica" (uma grande Mãe-África) e a chamada "cultura" (representada pela ideologia dos colonizadores portugueses), conflito semelhante ao que se deu na América Latina no século XIX no auge da difusão de ideias, expostas em numerosos ensaios, que enfocavam o binômio *barbárie/civilização*. Dessa oposição radical surgiu a possibilidade de reconhecer a natureza como sendo outra modalidade de compreensão do mundo, diferente daquelas propostas pelo modelo colonizador. No entanto, na poesia africana contemporânea, a natureza está presente menos como um grande útero originário e mais como portadora de mistérios e de profecias que cabe ao receptor/leitor decifrar. É o que ocorre, por exemplo, na poesia de Paula Tavares, principalmente em livros como *Ex-votos*, como podemos ver nesses versos (2003, p. 22): "a terra despiu os mantos/ de sombra/ para curvar ao dia/ seus cabelos// Uma mancha clara/ tapou os olhos da lua". A autora não revela explicitamente qual é o caminho a seguir para que o leitor decifre os signos de uma natureza enigmática, porém, fica evidente que está contido ali um microuniverso de significações e de mensagens, como um ex-voto que simboliza alguma graça alcançada, mas que permanece indefinido aos olhos de quem não possui o código de leitura da promessa.

Um desdobramento interessante relativo a essa visão sagrada da natureza constitui um tema recorrente em poetas como Paula Tavares, Ruy Duarte de Carvalho e Edimilson de Almeida Pereira, ou seja, o tema do boi como animal sagrado e portador de múltiplos sentidos. Sobre o totemismo do boi, Aires da Mata Machado Filho observa, citando Artur Ramos, que o animal "sobreviveu de maneira decisiva, no Brasil, reforçado por temas análogos do folclore caboclo dos vaqueiros de influência ameríndia [...]. Ele é largamente disseminado entre vários povos bantos, onde, em algumas tribos, toma um aspecto francamente religioso" (1985, p. 61). No mesmo livro, são descritas as práticas cerimoniais religiosas, em diferentes regiões do continente africano e no Brasil, em que o boi é cultuado. Isso nos remete à presença marcante do boi na obra de Paula Tavares, em poemas nos quais são descritas várias etapas fundamentais da sociedade, principalmente aquelas relacionadas às iniciações, como lemos no poema "Exacto limite" (TAVARES, 1985, p. 28): "comi o boi/ provei o sangue/ fizeram-me a cabeleira/ fecharam o cinto", ou no já mencionado poema "Rapariga" (TAVARES, 1985, p. 27), emblemático para a compreensão dos ritos que caracterizam as etapas da vida da mulher angolana, cuja voz surge ao longo dos versos: "cresce comigo o boi com que vão me trocar [...]/ Sou do clã do boi".

Nesses poemas, o boi consiste no signo de um grupo estruturado desde um tempo remoto, no interior do qual o sujeito encontra elementos de identificação. De acordo com a concepção da vida tradicional africana, "fora deste sistema ancestralmente estruturado, não havia vida possível, pois um homem sem linhagem é um homem sem cidadania: sem identidade" (DAVIDSON, 1969, p. 57). A citação evidencia a importância do grupo nas sociedades africanas. A esse respeito, no Congo há um ditado que prescreve: "um homem fora do seu clã é como um gafanhoto que perdeu as asas" (DAVIDSON, 1969, p. 57). Considerando essa arquitetura sociocultural, que relaciona o indivíduo ao seu grupo, e a partir da observação dos poemas de Paula Tavares, compreendemos que o sentido sagrado do boi interfere na vida cotidiana, tanto nas tarefas práticas como na definição do caráter do indivíduo, como indicam os versos a seguir (TAVARES, 1985, p. 27): "da mistura do boi e da árvore [ficou-me]/ a efervescência/ o desejo/ a intranquilidade/ a proximidade/ do mar".

O teor sagrado do boi e da vaca se explicita neste poema e constitui o alicerce da visão de mundo que se desprende da poética de Tavares, uma vez que outros poemas ("Boi à vela", TAVARES, 1985, p. 24 e "Os nossos bois mansos", TAVARES, 2003, p. 32) ressaltam a importância e a beleza do animal. O boi não é só um boi, uma vez que qualidades de outra natureza lhe são atribuídas, graças às atividades que ele realiza, como conduzir a manada, cantar de manhã, tirar a canga, lavrar o solo. A essas atividades, relacionadas com a vida rural, são associados sentidos e valores de teor simbólico, sagrado, como podemos observar nos seguintes versos (TAVARES, 1985, p. 24):

> [...] os cornos são volantes
> indicam o sul
> as patas lavram o solo
> deixando espaço para
> a semente
> a palavra
> a solidão.

À medida que as patas do boi trabalham a terra, trabalham também o espírito, semeando a palavra e a solidão necessária para o recolhimento. Com isso, a autora cria uma ligação estreita entre a natureza e a espiritualidade, mediada pela figura emblemática do boi. Para demonstrarmos a complexidade desse sistema de produção de sentido para a vida social, recorremos novamente a Davidson (1969, p. 63), para quem "o equilíbrio imposto pela terra aparece, ideologicamente, como uma construção determinada pelas relações de parentesco e pelas atitudes para com o gado".

Em contexto brasileiro, encontramos a mesma perspectiva num poema de Edimilson de Almeida Pereira, no qual ocorre a distribuição do boi sacrificado de acordo com determinada hierarquia do clã. Davidson (1969, p. 66) observa que há em diversos grupos sociais africanos – entre os quais os Karimojong e os Dinka – a prática ritual de distribuir as partes do boi de acordo com a autoridade dos componentes da família aos quais é destinada a carne do animal. O poema "O sacrifício" (PEREIRA, 2003c, p. 177) reflete essa estrutura de mundo, ao apresentar uma divisão das partes do "animal sentenciado" (p. 177). No entanto, no poema há um deslocamento de sentido no que diz respeito à suposta distribuição tradicional. Se em Davidson lemos que nas sociedades africanas mencionadas a cabeça do boi era destinada aos homens mais velhos da aldeia, no poema de Pereira lemos: "Aos anciãos nego a cabeça, dou-lhes a lira de/ Santa Sofia. Aos donos do bicho, nunca o peito,/ mas a ilharga do inverno" (p. 77). O poeta reproduz a ação da distribuição dos bens, mas faz deslizar o contexto do universo tradicional sagrado para o metafórico, no qual tudo pode acontecer, inclusive a transferência de um atributo para outro campo semântico ("a ilharga do inverno"). Isso acontece porque no campo metafórico existe outra hierarquia, que não precisa respeitar a do rito.

Esse modo de retrabalhar as fontes populares ou sagradas é semelhante ao que vimos no tópico anterior, quando analisamos o processo de ressemantização dos provérbios operado por Ruy Duarte de Carvalho. Nele também observamos a presença do boi ou da vaca como marcas de um universo estruturado a partir dos ritos do clã, e para quem o animal sagrado "alimenta as almas puras/ e embranquece tudo quanto é branco" (CARVALHO, 2005, p. 202). O sentido sagrado do boi ou da vaca, intermediário entre o mundo profano dos homens e o sobrenatural dos mortos (os antepassados), explicita-se nos versos a seguir, retirados de um poema em que Ruy Duarte de Carvalho retrabalha o texto iniciático dos pastores Peul:

> Vitelos sem cornos
> vacas de cornos curtos
> aproximai-vos.
> E vós de grandes hastes
> orgulho do pastor
> aproximai-vos.
>
> Aproximai-vos todos em conjunto.
> Saudações ao boi sacrificado
> que a alma viajeira cavalgou
> nos descampados do além.
> (CARVALHO, 2005, p. 202)

O que chama a atenção, além do conteúdo do poema, é a sua estrutura caracterizada pela repetição anafórica, no final e no começo dos versos, do vocativo "aproximai-vos", reduplicando a estrutura dos textos sagrados, por meio dos quais a coletividade é convocada a se reunir ao redor do culto. A diferente nomeação dos animais revela uma convivência muito próxima e um especial cuidado ao se falar de cada um deles. A língua, nesse sentido, na sua variedade de descrições e de adjetivos empregados para falar do boi, revela a importância que este tem no imaginário da cultura africana, tal como demonstra Honorat Aguessy (1977):

> "sair do curral" é como uma morte para o pastor; chama então o seu sucessor: o mais apto, o mais dedicado dos iniciados ou o seu filho. Faz-lhe chupar a sua

> língua porque a saliva é o suporte da "palavra", quer dizer, do conhecimento, depois diz-lhe ao ouvido o nome secreto do bovino.

Ao encerrarmos as análises deste capítulo, é importante ressaltar que, nos casos aqui citados, a sustentação do processo criativo a partir da observação do universo em que o boi desempenha o papel de mediador entre o mundo dos vivos e o mundo dos mortos se desenvolve mediante o aproveitamento peculiar deste símbolo. Ou seja, o que há de universal na tradição vinculada ao boi como animal sagrado adquire representações particulares, de acordo com as diferentes perspectivas impressas pelos poetas nessa tradição.

2.2 A matriz poética dos orikis

Um aprofundamento interessante dessa questão do sagrado é a maneira como os autores que compõem o *corpus* desta obra retrabalharam poeticamente a cosmologia africana ou afro-brasileira. Ronald Augusto, Ricardo Aleixo, Edimilson de Almeida Pereira, Oliveira Silveira, Ruy Duarte de Carvalho, todos reinventam um passado sagrado mediante reapropriações diretas da mitologia ou de elementos decorrentes dessa cosmologia. A maneira como isso é realizado varia de dicção para dicção. No entanto, é válido observar como determinadas escolhas temáticas foram privilegiadas de maneiras diferenciadas por esses autores. É fato explícito que a mitologia dos orixás consiste num terreno fértil a partir do qual a maioria deles se inspira para compor mosaicos particulares feitos de signos contemporâneos e tradicionais, misturados, sobrepostos, em estado de hibridez.

Dentro do panteão da mitologia iorubá/nagô, Exu é, talvez, a divindade mais resgatada poeticamente pelos autores. As características de Exu o tornam emblema de uma pluralidade de significados e de identidades, isto é, conferem-lhe uma maleabilidade que os autores aproveitam em textos de natureza poética. Essas características são as de uma divindade cuja existência se faz nas margens, nos limites: Exu é considerado o mensageiro, "sem ele orixás e humanos não podem se comunicar", conforme assinala Reginaldo Prandi em *Mitologia dos orixás* (2001, p. 20). Ele é o mestre da palavra e das encruzilhadas, que representam, tanto no mundo iorubá como no mundo banto – conforme lembra Leda Martins (*apud* FONSECA, 2000, p. 65) –, "o lugar das intermediações entre sistemas e instâncias de conhecimentos diversos", ou seja, um "*locus* tangencial [...] gerador de produção sígnica diversificada e de sentidos plurais" (MARTINS *apud* FONSECA, 2000, p. 65). Exu é quem traduz as linguagens humanas para a linguagem das divindades com as quais ele lida e, nesse sentido, é aquele que abre o caminho da comunicação entre as várias dimensões, a divina e a humana, a sagrada e a profana.

Diante disso, Exu, por conta da diversidade da sua *performance*, pode ser lido como metáfora da própria escrita literária, já que esta tem em comum com o orixá – considerado aqui como um signo operador – o uso da paródia, da ironia, da ambiguidade, do paradoxo, enfim, daqueles instrumentos com os quais é possível marcar uma atitude carnavalesca e irreverente, lúdica e também crítica. Além disso, Exu, o detentor da força, do axé, é quem pode abrir os caminhos, respeitando uma ordem ritual, muito embora possa, igualmente, travá-los, pois é o habitante e senhor das encruzilhadas. Não é surpresa, portanto, que Exu seja um dos orixás mais representados na poesia dos autores afro-brasileiros e que seja definido como sutil, astuto, esperto e capaz de provocar importantes modificações. Além disso, como bem ressalta Maria José Somerlate Barbosa (*apud* FONSECA, 2000, p. 165),

> A sensualidade e sexualidade de Exu e a sua criatividade verbal formam um conjunto de características que parecem estar ligadas à ideia do espaço da imaginação que autores desenvolvem nos seus textos com o intuito de seduzir o leitor e fazer parte do jogo da criação ao manipular o processo artístico, ou ao seduzi-lo para que entre nas dobras eróticas do texto, a literatura torna-se veículo do axé verbal, conferindo tanto ao escritor como ao leitor o desejo de decifração dos significados, o "strip-tease da narrativa". A escrita, como Exu, apresenta-se em constante sedução e transformação.

Com evidência, cada texto traz em si os pontos que centralizam essa sedução, como se fossem corpos abertos à experiência do desejo. Voltando mais uma vez a Roland Barthes (1984, p. 104), podemos dizer que, como um corpo, o Exu-palavra – prosseguindo nessa comparação – "pode desfraldar-se sem lugar de origem; pode neutralizar toda regra retórica, toda lei de gênero, toda arrogância de sistema; [...] ele antecipa um estado das práticas de leitura e de escrita em que é o desejo que circula, não a dominação". E, de fato, os poemas em que Exu é tema privilegiado são textos que tendem a prender o leitor numa corrente de fascinação e desejo, por apresentarem uma dicção poética camaleônica e transformadora.

A seguir, analisaremos alguns desses textos, começando pelo poema de Oliveira Silveira dedicado a Bará (outro nome de Exu), no livro *Orixás* (1995, p. 2), cujos poemas são acompanhados por pinturas de Pedro Homero. Observa-se, inicialmente, que o poeta insere elementos característicos da personalidade de Exu, como o fato de ser o morador das encruzilhadas. Com isso, Oliveira Silveira tenta recriar o ambiente do mito, mas não explicita totalmente a descrição do mito, fazendo dele o pano de fundo para a recriação poética:

> Vinham pelos caminhos,
> ruas e encruzilhadas
> abertos por Bará

ante a oferenda do galo, do milho
ou do cabrito quatro-pé.

Vinham pelos caminhos
atendendo ao chamado de um tambor
que bate dentro de seus próprios peitos:
tuc-tuc-tuc.

Vinham pelos caminhos
– pele magnética -
atraídos ao ímã ancestral.

Vinham
– caules decepados -
nutrir-se nas raízes.

Oliveira Silveira utiliza uma linguagem cujo registro semântico remete ao universo ritual. Estão presentes elementos (o galo, o milho e o cabrito) relacionados à oferenda que se costuma fazer para Exu, assim como alguns demarcadores que caracterizam a peculiaridade desse orixá. Se esses aspectos são explicitados no texto há, no entanto, certa indefinição no que diz respeito ao assunto do poema: quem são esses que "vinham", de "pele magnética"? O leitor se vê preso nas malhas dessa indefinição, sendo que no final do poema permanece a dúvida. Essa indefinição nos conduz à ideia de que o poeta tenha incorporado o sentido mais radical de Exu e que, por conta disso, o signo linguístico (do qual se serve o poema para existir) se encontre também na encruzilhada, numa área de ambivalência e pluralidade. O enigma, a dicotomia que cerca Exu – por ele representar tanto o Bem quanto o Mal – se encontra também sutilmente reproduzida no poema, que, sem ser hermético, semeia incertezas no leitor no tocante à interpretação dos signos.

O poeta Ricardo Aleixo, por sua vez, abre a seção de poemas dedicados aos orikis, no livro *A roda do mundo* – publicado em parceria com Edimilson de Almeida Pereira – com o poema "Exu" (2004, p. 31). O poema se apresenta como um oriki, ou neo-oriki, isto é, como a estrutura de uma narração mítica contando as façanhas e as características dessa divindade. O aspecto formal, marcado pela contenção, revela o gosto do autor por uma dicção visual que explora e incorpora os recursos e as liberdades conquistadas pela poesia concreta a partir da segunda metade do século XX. Essa junção entre uma poética "extraocidental" – como Antonio Risério define a poética dos orikis em *Textos e tribos* (1993) – e uma poética contemporânea legitimada pelo cânone – o Concretismo – representa a originalidade e a ousadia desses poemas e dessa dicção contemporânea.

O poema se desenvolve como uma sucessão de características de Exu sem, no entanto, tornar-se um poema explicativo, já que Aleixo deixa as imagens perfurarem a página como breves incisões que são interrompidas abruptamente por um ponto. É interessante ressaltar que existe uma superposição de planos nesse poema, já que o autor "cola" a uma forma ocidental – inclusive marcada pela presença de assonâncias e rimas – um conteúdo extraocidental, que remete ao universo iorubá. Com isso, Aleixo mostra que é possível cruzar, misturar, tornar híbrido e plural o processo criativo, como plurais são as dicções poéticas forjadas ao longo da história literária ocidental. O poeta parece sugerir que não existe uma única maneira para se falar dos deuses iorubás, quebrando determinada "fidelidade" à estrutura próxima de uma narração mítica, que seguiria mais de perto a estrutura ritual dos próprios orikis.

Nesse sentido, o poema "Cine-olho" (ALEIXO; PEREIRA, 2004, p. 33) assume uma função emblemática no que diz respeito à transformação de eixo de releitura dos orikis. Compreende-se, ao ler o poema, que Aleixo faz da aproximação entre fundamentação mítica (Exu) e contexto contemporâneo, urbano (a cena do poema ocorre numa cidade brasileira do século XX) o eixo central ao redor do qual se concentra o seu olhar.

> Um
> menino
> não.
> Era
> mais
> um
> felino
> um
> Exu
> afelinado
> chispando
> entre
> os
> carros
> –
>
> um
> ponto
> riscado
> a
> *laser*
> na
> noite

de
rua
cheia
–
ali
para
os
lados
do
Mercado.

Após ter apresentado, no poema anterior, as características do Exu-mítico, o Exu que se insere no panteão sagrado iorubá, Aleixo o desloca desse contexto sagrado fechado e o situa no contexto urbano, contemporâneo. A aproximação entre um menino de rua e Exu torna-se possível graças à maleabilidade de Exu, mas também graças ao olhar do poeta que, mesmo mergulhado no ritmo frenético da cidade, guarda em si uma janela sempre aberta para apreender as representações do sagrado. Para o poeta, o poema decorre de uma preocupação pessoal relativa à maneira como o corpo ocupa o espaço urbano. Em entrevista concedida ao também poeta e jornalista Fabrício Marques (2004, p. 116), Ricardo Aleixo confessa que

> a cena que motivou [o poema] foi um menino de rua correndo entre os carros, no centro de Belo Horizonte, com uma tal soltura, uma cara de "dono do pedaço" que me remeteu logo a Exu – o mensageiro, o que está sempre onde tem muita gente, onde tem movimento. Pensei, na hora, o quanto aquele menino/felino era mais dono da rua do que eu e outros passantes, todos "simulacros perfeitos de cidadãos". Ele ia para onde queria, nós não. Nós nos orientávamos pelo tempo do compromisso, da responsabilidade, ao passo que ele zanzava ao sabor do próprio desejo. [...] Essa é uma questão central para mim, como poeta e como cidadão. Quem manda na cidade? Quem define o quê e como ela deve ser? São temas recorrentes na minha cabeça, sou capaz de ficar horas conversando a respeito. [...] A rua é fascinante: é por onde todo mundo tem que passar. É isso que faz a cidade pulsar: o movimento, o ir e vir das pessoas, com seus desejos, seus sonhos, suas angústias.

Entende-se, graças a este depoimento, que para o poeta toda a página é um espaço de significação, um espaço que precisa ser decifrado não apenas pelas letras impressas nele, mas também pelo branco que se impõe como campo visual abarcado pelo olho. Assim como a página é um campo visual significante, que o olho abarca primeiro na sua totalidade para depois desconstruir, também a realidade, composta por cenas cotidianas, é um campo visual enfocado pelos olhos. Desse modo, a cena observada pelo olhar do poeta – o "olho" da câmera do campo da visão, descrita cinematograficamente –, isto é, um menino de rua correndo entre os carros num determinado lugar em Belo Horizonte, "para os lados do Mercado", ressemantiza-se no instante de virar poema e no instante de o autor estabelecer a ligação com o significado do mito de Exu. Esse menino de rua correndo entre os carros, esquivando-se, não é, para Ricardo Aleixo, apenas um entre os mil rostos sem nome que olhamos e esquecemos logo depois ("Um menino não", v. 1-3). Ao contrário, o acontecimento circunstancial do menino de rua que anda pela cidade como "felino" sugere ao poeta uma associação mental/plástica/significante relativa à figura de Exu.

Nesse sentido, o menino de rua que Ricardo Aleixo observa está próximo da imagem do Exu que vive na margem, que encarna valores contraditórios, opostos – ingenuidade/malícia; bondade/agressividade etc. – que, no entanto, convivem nele de maneira a formar um ser camaleônico, que se adapta às situações dependendo das circunstâncias. Esse menino de rua é um Exu contemporâneo, urbano, ameaçador e terno, e na mistura entre essas duas características – a de bicho (felino) e de humano (menino) – manifesta-se toda a sua ambivalência.

É interessante observar alguns deslocamentos realizados pelo autor no poema, que dizem respeito a essa junção entre o universo não ocidental, não cartesiano ou aristotélico da mitologia iorubá e o contexto da poesia brasileira do século XX, marcada, entre outras perspectivas, pela vertente vanguardista da poesia concreta. Esse Exu-menino é "um/ ponto/ riscado/ a/ laser/ na/ noite/ de/ **rua**/ cheia" (negrito nosso). O imaginário ocidental, permeado pelas heranças do Romantismo, tende a evocar instintivamente o contexto de lua cheia, povoado de lendas, tradições, rituais, serenatas, declarações etc. No entanto, o poeta desloca completamente o contexto romântico da ação, aproveitando a proximidade fonética entre as duas palavras (lua e rua), e potencializa seu poema, pois acrescenta nele uma ambiguidade inovadora. Dessa forma, o contexto desloca-se do romântico (lua cheia) para o urbano (rua cheia) sem nomear tudo aquilo que esse contexto implica, mas deixando-o sugerido na figura do menino de rua.

O que nos interessa principalmente, nessa operação, é a colocação (contemporânea, híbrida, imprevisível) de Exu fora do seu ambiente, devendo-se considerar que o orixá é, originariamente, uma força da natureza. Nesse poema, no entanto, ele se torna uma força atuante no mundo urbano, uma espécie de luz fluorescente ("um/ ponto/ riscado/ a/ laser"). Essa ressemantização do orixá no contexto urbano e contemporâneo é, por vários aspectos, instigante, pois, explorando a maleabilidade do mito, o poeta assinala o valor transcendente de um acontecimento trivial da sociedade na qual ele vive.

Retomando a instigante ligação realizada por Ricardo Aleixo entre a poesia concreta e as narrativas da mitologia iorubá, podemos citar o trecho do poema "Ogun", do livro *A roda do mundo* (2004, p. 34), no qual fica mais explícita a relação entre a poesia concreta e o contexto sagrado afro-brasileiro:

Ele avança
e até a terra
treme.
Ogum
com suas
quatrocentas
mulheres
e seus
mil
e quatrocentos
filhos.
Alguém
algum dia
falou
enquanto
ele falasse?

O que chama a atenção nesse fragmento, além do conteúdo cujas referências remetem às características de Ogum, é a disposição gráfica escolhida pelo poeta. Podemos perceber que o poema está disposto visualmente como se os signos gráficos fossem um ir e vir, um constante movimento de ondas espalhadas pela página. O poema é distribuído mais na vertical do que na horizontal, e as palavras ziguezagueiam com o branco da página, dançam com leveza conforme a perspectiva que já assinalamos, isto é, da página como um espaço total de representação. Além disso, para Aleixo o espaço como um todo, na sua pluridimensionalidade, representa um vazio que é preenchido pelos signos, sejam eles decorrentes do poema escrito, do poema falado, do corpo em deslocamento ou de uma música que invade tudo. Sua perspectiva, ecoando a de Pound, de que "a poesia não é bem literatura, ela está mais próxima das artes plásticas e da música" (MARQUES, 2004, p. 112), permite a abertura da ideia de que esta (a poesia) esteja presente não apenas em um belo poema escrito, de acordo com as normas da retórica, respondendo às leis da autoria, mas também em um poema falado, ou "cantopoema", proferido tanto por um poeta da poesia escrita quanto por um poeta da oralidade, pertencente à tradição popular.

E é nessa acepção que Antônio Risério se refere às narrativas em língua iorubá sobre os orixás, no seu livro *Oriki orixá* (1996, p. 54), ao explicar que estas têm como características o fato de serem "jogos verbais [que] permeiam a nossa vida" (1996, p. 27), no sentido que o poético brota da palavra prática, ou seja, da vida e das manifestações cotidianas que nela imprimem sua marca. Risério indica algumas das características relevantes dos orikis, a saber: a) geram uma ligação intertextual simultânea entre som, imagem e significado ("a fanomelopeia intertextual") e b) são um ideograma, objeto sígnico construído via sintaxe de montagem, *assemblage* verbal fundada no princípio da parataxe (frases sem conjunções subordinadas). Por outra parte, vale ressaltar que a tradição da poesia concreta explora amplamente esses recursos, como as frases ou palavras aproximadas no texto sem conjunções ou nexos lógicos explícitos.

Voltando a Risério, esses "jogos verbais" não se limitam apenas a uma brincadeira com a língua, mas revelam uma profunda estrutura de pensamento e de visão do mundo. O autor cita o antropólogo Edmund Leach, para quem, enquanto as sociedades ocidentais são treinadas para pensar em termos científicos, muitos povos que ele chama de "primitivos" são treinados para pensar poeticamente. Sempre de acordo com o antropólogo (RISÉRIO, 1996, p. 27):

> toda a nossa educação se destina a fazer da linguagem um instrumento científico preciso. Espera-se que a fala ordinária de um homem educado corresponda aos cânones da prosa mais do que aos da poesia; a ambiguidade da declaração é deplorada. Mas numa sociedade primitiva, o inverso pode ser o caso; a faculdade para fazer e entender sentenças ambíguas pode mesmo ser cultivada.

Essa citação nos remete àquilo que comentamos anteriormente em relação à maneira como a linguagem é cultuada nas sociedades africanas. A aprendizagem da linguagem inclui o conceito de ambiguidade como parte integrante do processo de decifração da mensagem. A esse propósito, voltando à nossa análise, não é casual que o prefácio ao livro de Risério tenha a autoria de Augusto de Campos, que ressalta, entre outras coisas, a reivindicação fundamental levada adiante por Risério, ou seja, a "incorporação da poesia oral das culturas indígenas e afro-brasileiras ao *corpus* das nossas poéticas literárias" (1996, p. 11). Trata-se do processo de reelaboração da linguagem, e se, em âmbito sagrado, no contexto de origem iorubá, a palavra está a serviço do ritual do Candomblé, no contexto literário, a palavra é entregue ao ritual da poesia, no qual o poeta reelabora matrizes do sagrado.

O poeta angolano Ruy Duarte de Carvalho realiza aquilo que Risério reivindica na citação anterior, ou seja, retrabalha cantos rituais da sua região, coletados em pesquisas etnográficas, e os transforma em poemas escritos, de modo que a poesia oral que ele apreciou como etnógrafo possa servir-lhe de estímulo para a criação como poeta. Vale acrescentar que a tradição ocidental também registra casos em que a linguagem reelabora matrizes do sagrado, por exemplo, quando os poetas fazem uso do chamado "verso bíblico".

A "apropriação" de matrizes orais – suas temáticas, suas estruturas sintáticas, fonéticas, semânticas – para o texto escrito é frequente em poetas que, como Edimilson de Almeida Pereira,[41] Adão Ventura, Oliveira Silveira, Ricardo Aleixo, Ruy Duarte de Carvalho e Paula Tavares, consideram manifestações ligadas à oralidade, como os cantos do Congado, do Candombe, os pontos do Candomblé, os vissungos – muitas vezes classificados como material anônimo ou fruto de uma criação coletiva – como legítimas representantes do gênero poesia, situado fora do cânone ocidental. E é dessa "apropriação" que estamos falando ao analisar os poemas de Aleixo, quando aproximados com os orikis.

Por isso, se estabelecermos uma linha que do contexto iorubá nos leva a Antônio Risério, que nos leva a Ricardo Aleixo, que nos reconduz a Augusto de Campos, poderia parecer um absurdo que, cortando o caminho, o contexto iorubá e Augusto de Campos, em posições antípodas, estivessem interligados. Mas não. Eles compartilham uma mesma estruturação criativa, que vê no bloco de signos na página um campo aberto para a exploração de sentidos. O signo, no contexto iorubá, assim como no concretista, por representar um enigma a ser decifrado, tem que ser aberto, prestes a assumir os diferentes significantes que o leitor privilegiar. A oposição *logos versus ludos*, da qual se nutrem os orikis, também faz parte do processo criativo da poesia concreta ou visual. Mais do que isso, o aspecto lúdico, sonoro e visual da palavra, por ser plural, corrói as cristalizações estabelecidas pelo *logos*. Retomando, mais uma vez, as análises de Risério (1996, p. 35), vale acrescentar que "o oriki nasce no interior da rica malha de jogos verbais, da *ludi linguae*, que se enrama no cotidiano iorubá" e que "a expressão 'oriki' designa nomes, epítetos, poemas", sendo que o "nome atributivo se expande verbalmente em direção à constituição de um corpo sígnico percebido e definido como 'poético'".

Ao considerar o poema "Cine-olho" de Ricardo Aleixo, parece-nos mais explícito, agora, o processo criativo do poeta, bem como se torna mais apreensível o processo de montagem do mesmo, no qual existe um *intermezzo* em que o poeta explica, à maneira dos orikis nos quais ele se inspira, alguma coisa sobre o nome enunciado. O corte acontece rapidamente, tanto quanto o deslizar do menino-Exu pela rua. A explicação, contudo, é ambígua (tanto quanto o oriki, que precisa ser decifrado): quem é esse "ponto riscado a *laser*"? Exu? O menino? Ou os dois? Esse *intermezzo* acrescenta para o leitor algo referente à decifração geral do poema? Enquanto surgem essas perguntas, o poema aponta para sua outra vertente, representada desta vez pelos elementos relacionados à tradição da cultura ocidental: de fato, a

[41] Sobre a representação literária dos cantos rituais, ver Edimilson de Almeida Pereira (Cantopoemas: uma literatura silenciosa no Brasil. *In*: FIGUEIREDO, Maria do Carmo Lanna; FONSECA, Maria Nazareth Soares (Org.). *Poéticas afro-brasileiras*. Belo Horizonte: Mazza; Ed. PUC Minas, 2002).

estrutura do poema remete às técnicas do corte cinematográfico, por meio das quais se realçam sequências rápidas de cenas que vão se substituindo.

Ricardo Aleixo evoca, em "Cine-olho", uma série infinita de questões que dizem respeito à cultura brasileira contemporânea. Contudo, o que mais nos interessa é ressaltar que Ricardo Aleixo aproxima uma vertente da cultura afro-brasileira, por intermédio desse universo de signos em mutação (inspirando-se nos orikis), da estrutura poética da vanguarda literária brasileira, hoje já considerada "canônica", isto é, o Concretismo. Com isso, o poeta recupera outra importante mitologia que está na base da cultura brasileira, a iorubá, para que ela dialogue com outras matrizes culturais. Ao fazer isso, o poeta não deixa de inserir-se na "tradição" da literatura brasileira contemporânea, mais além de qualquer rótulo que possa ser criado para definir a junção poética realizada por ele. Nesse sentido, é importante lermos o trecho da entrevista concedida a Fabrício Marques, em que Aleixo deixa clara sua intencionalidade ao fazer essa aproximação:

> meus orikis devem à leitura de poetas como Derek Walcott, Aimé Césaire, Wole Soyinka e até... Saint-John Perse! Como já disse inúmeras vezes, minha meta é a inclusão de mitopoéticas africanas e afro-brasileiras (e mesmo das ameríndias) no corpo geral do sistema de signos denominado poesia brasileira, e não "cadinhos etno" à margem da "verdadeira poesia" (MARQUES, 2004, p. 113).

Com efeito, seria necessário abrir aqui um longo parêntesis para analisar em que medida esse autor, assim como os outros aqui considerados, se insere naquilo que chamamos há pouco de "tradição da literatura brasileira contemporânea", e como essa inserção ocorre e é comprovada. Não existem elementos definitivos que comprovem esse fato, a não ser a progressiva circulação e aceitação dessas poéticas nos meios culturais (acadêmicos, oficiais ou alternativos), que as tornam mais ou menos conhecidas. Está para ser elaborada a análise que demonstre a possibilidade de esse fenômeno transformar ou não essas poéticas em paradigmas ou referências de determinada época, estilo, dicção etc. Nesse sentido, a poesia de Ricardo Aleixo tem sido incluída em diferentes antologias poéticas brasileiras,[42] representando determinado estilo poético, da mesma maneira como os autores aqui analisados têm conquistado autonomia e destaque dentro do panorama poético brasileiro contemporâneo.

No caso de Edimilson de Almeida Pereira assistimos, em *Livro de falas*, publicado em 1987, a uma releitura peculiar dos orixás. O autor abre o livro com uma epígrafe que mostra a vertente criativa adotada a partir das divindades do panteão iorubá. A epígrafe é retirada do livro de Monique Augras, *O duplo e a metamorfose:*

---

[42] Ver: Hollanda (1998); Barbosa e Daniel (2002); Montejo (2001).

a identidade mítica em comunidades nagô, e se refere à criação do mundo por Elegbara, ou seja, Exu: "quando Elegbara engoliu e restituiu tudo, mostrou que é a boca que organiza o mundo, através da fala. É a palavra proferida que recria o mundo, percebido e devolvido com significado próprio".

Nessa acepção, fica clara a semelhança entre o papel de Exu e o papel do escritor que também "recria o mundo" e é agente transformador da palavra e dos seus sentidos. Por isso, nos poemas "Visitação" e "Emissários" (subdividido em três partes), o eu lírico é um poeta-Exu (ou Exu-poeta) que assume, por vezes, a voz em primeira pessoa e, noutras vezes, se torna referente do discurso poético. Ocorre uma superposição de papéis e de vozes líricas nesses poemas, fato que gera uma ambiguidade que remete às características inerentes a Exu. Conforme observa Maria José Somerlate Barbosa (*apud* FONSECA, 2000, p. 168) ao analisar esses poemas de Pereira, "como o verbo, a própria palavra, Exu resiste à centralização do discurso através de manobras astutas que revertem, deslocam e reinscrevem a sua própria reflexividade". Isso significa que o poeta, uma vez assumido o papel provisório de Exu, também se vale de recursos para reverter, deslocar e reinscrever os signos que compõem seu poema. Isso se torna evidente durante a leitura do poema que abre o *Livro de falas* (PEREIRA, 2003c, p. 21), cujo título, "Visitação", vem precedido de uma epígrafe, também extraída do livro de Augras, que se refere ao começo do mundo na cosmogonia iorubá, segundo a qual "Exu se manifesta em tudo aquilo que vem em primeiro lugar":

> O cavalo das indagações me prostrará. Tua
> razão e tristeza talvez me reconfortem. O
> sol ardeu, agora murmura um lamento de
> chama e nuvem. Tua vida é nunca mas desde
> sempre pousada no princípio do mundo. O
> cavalo sou eu e também a sua negação. Tua
> paz deixa-me apreensivo. Estás na vertigem,
> tua bagagem de mutáveis espelhos: – ó nem
> saíste conhecido de pernas falantes.

Sem dúvida, o poema não representa uma outra maneira de recontar o mito iorubá, já que parece difícil identificar, aqui, elementos que revelam Exu ou as suas características. Nos poemas anteriores, embora os poetas fizessem uma recriação pessoal e original do mito, era possível encontrar marcas explícitas do universo mítico iorubá e referências mais ou menos diretas à sua constituição. Neste caso, torna-se realmente um desafio realizar o mapeamento da origem que teria motivado a escrita do poema: sabemos que o ponto de partida é o mesmo, isto é, o mito de Exu, mas, uma vez que o poeta assume totalmente o seu papel de transformador da palavra e do signo, o texto que decorre dessa transformação se mostra radicalmente afastado do contexto que o originou.

De certa maneira, o texto poético pode ser identificado por aquilo que Ricardo Aleixo (*apud* PEREIRA, 2003c, p. 15) apontou como sendo as linhas gerais da criação poética de Pereira, ou seja, por um lado, uma certa "estranheza da organização frásica, em que predominam a distorção sintática" e, por outro, "o domínio da técnica de montagem, responsável pela apropriação/transfiguração de fontes textuais as mais diversas – operação da qual resultam peças mínimas, intercambiáveis, conforme a participação ativa do leitor". Esses aspectos estão particularmente visíveis em textos como os que compõem o *Livro de falas*, nos quais o mito é apropriado e transfigurado de acordo com as intenções do autor. Intenções que Pereira revela numa entrevista concedida a Maria José Somerlate Barbosa (1998, p. 120), na qual encontramos a confirmação desse processo de deslocamento:[43]

> Pego os signos [da cultura africana] mas nunca reproduzo o fato original. Tento criar a minha própria leitura que vai partir um pouco da expectativa da invenção e até do próprio imaginário. Porque contar o que já existia antes pouco acrescenta nesse campo de significações. Quando montei o meu livro sobre os orixás [*O livro de falas*], simplesmente desloquei. [...] O meu texto não reconta o mito. É como se eu estivesse, de uma certa maneira, tentando criar uma outra mitologia que seja um desdobramento daquela original.

Essa superposição de "outra mitologia" sobre a mitologia tradicional mostra-se na maneira como os referentes da segunda são camuflados no texto poético de Pereira. Para conseguir esse efeito, o autor lança mão de técnicas e formas diferenciadas como, por exemplo, o uso do poema em prosa – talvez por ser este um gênero que está mais próximo das narrativas de fundação, das quais se compõem os mitos

[43] Ver, a esse respeito, outro depoimento dado por Pereira, em entrevista a Steven White (1996, p. 45), no qual o autor afirma que com o *Livro de falas* "queria escrever poemas que despertassem a emoção e mostrassem o esforço do poeta para conhecer as palavras. [...] Eu sentia a necessidade de internalizar ou engolir a beleza dos mitos para depois devolvê-los ao mundo. Trazer os mitos para dentro de mim era uma maneira de conhecê-los; ainda que parcialmente. E o que me atraía mais era devolver os mitos com algum sentido a mais, além dos sentidos sagrados que eles possuem no Candomblé. O novo sentido para os mitos está na minha experiência de não iniciado, ou seja, do homem moderno e fragmentado que deseja se reaproximar do sagrado. Daí, vem o segundo ponto de orientação para o *Livro de falas*: estabelecer uma ligação entre a tradição e a modernidade da cultura afro-brasileira. As epígrafes de cada poema remetem para o mito original e os poemas procuram ser uma outra voz, conversando com o mito original. [...] O *Livro de falas* não é livro do poeta que se entrega a lamentar a totalidade perdida. É livro do poeta que tem admiração pela totalidade, mas que se compreende parte da modernidade fragmentária. [...] É interessante observar como algumas imagens dos mitos originais do Candomblé trazem uma estimulação que lembra o Surrealismo".

– ou o aproveitamento da técnica surrealista que, sempre de acordo com o autor (*apud* BARBOSA, 1998, p. 120), oferece "vários labirintos por onde se pode entrar para tentar chegar a uma significação", fato que torna essa técnica particularmente idônea para escrever sobre o mito, pois este "é o grande labirinto por onde se entra nas várias portas" (PEREIRA *apud* BARBOSA, 1998, p. 120).[44] Cabe ao leitor espreitar os significados a partir destas "várias portas" e escolher uma delas para entrar no próprio poema.

O mesmo ocorre com os outros textos do livro que, tal como "Emissários" (poema dividido em três partes), também trabalham com o mito de Exu e suas transformações. A linguagem empregada nos poemas é cifrada, fechada, beirando aos apelos do Simbolismo. A primeira parte, "O encontro", é relativa ao encargo de Exu de receber as oferendas e distribuir os dons. No entanto, no texto não há referência a despachos, e sim unicamente a uma rosa "de um morto sobre os jardins", talvez uma imagem que tenha lembrado as oferendas nas encruzilhadas. O disfarce (entre a referência explícita e a alusão à homenagem a Exu) é sugerido pelo verso "Nossa morte repousa, vontade merecida de um incêndio. Também eles desmontam as flores auxiliados pelos *arlequins*" (PEREIRA, 2003c, p. 22), no qual o sujeito plural, "eles", não tem um referencial claro, podendo ser tudo, respeitando a ambiguidade que envolve a figura de Exu. Nesse sentido, a presença de "arlequins" torna-se metonímia dessa transformação constante dos referentes. Aliás, é relevante a presença de elementos que remetem ao universo do carnaval – máscaras, arlequins, abre-alas, passistas – nesse livro. Não por acaso um dos últimos poemas, "Escola" (PEREIRA, 2003c, p. 49), reitera a presença do disfarce por meio de metáforas decorrentes do universo do carnaval:

> Passamos as ruas como um segredo
> e nossas alegorias exprimem realidades mais
> fundas que o espanto.
>
> São dias de máscaras, de intenções claras
> somos em nós, em nós se concentra o mundo e
> suas cartas.
>
> Reconhecemos a nuvem e a fantasia
> nada há nestas ruas que as impeçam de nos
> iludir e decifrar.

---

[44] Vale ressaltar que, embora não tenha trabalhado com os mitos iorubás, o poeta Adão Ventura também se serviu da técnica do Surrealismo para compor alguns dos seus textos mais significativos, tais como *Abrir-se um abutre ou mesmo depois de deduzir dele o azul* (1969) e *As musculaturas do Arco do Triunfo* (1972).

Passamos como um rio de madrugada
e nossas alegorias designam verdades mais
    firmes que a sabedoria dos
    homens.

Embora saibamos que o contexto aluda ao Carnaval – apesar de não haver nenhum sinal explícito sobre esse evento no texto –, o fato de esse poema estar inserido no livro em que o autor trabalha com a significação dos orixás é índice de que podemos interpretá-lo a partir dessa chave de leitura. E, de fato, pode-se ler o poema como se tratando do desfile carnavalesco ou como o cortejo dos orixás, já que, quando "descem", eles respeitam uma ordem (o *xiré*) e vêm paramentados, reproduzindo o aparato que compõe o ritual sagrado. No poema, pode-se tratar tanto de um ritual sagrado quanto de um ritual profano, uma vez que muitos dos elementos que aludem a essa pluralidade de leituras – palavras como "segredo", "alegorias", "máscaras", "as cartas", "a fantasia", assim como as expressões "realidades mais fundas que o espanto" ou "não há nada nestas ruas que as impeçam de nos iludir e decifrar", ou ainda "nossas alegorias designam verdades mais firmes que a sabedoria dos homens" – não indicam uma decifração única, ao contrário, deixam em aberto o campo de significação, no qual tanto os signos profanos do Carnaval quanto os signos sagrados dos mitos constituem possíveis vertentes de interpretação. Como observamos anteriormente, no *Livro de falas* o poeta engoliu a realidade e, num momento posterior, devolveu-a ao mundo como sendo outra, disfarçada, mascarada, transfigurada.

A escolha da ambiguidade como opção estética para reproduzir certa modalidade de pensamento e de expressão de origem não judaico-cristã ou cartesiana também é reconhecível nas opções estéticas que caracterizam a obra de Ronald Augusto. Autor de uma dicção poética que, nas palavras do crítico Cândido Rolim, não ambiciona "atingir uma margem, nem o ambíguo conforto da forma", Ronald Augusto expõe um "verbo giratório" (ROLIM, 2005) por meio do qual as palavras estão sempre "em vias de, prestes a", revelando um pensamento não fechado sobre si mesmo, mas, ao contrário, exibindo com coragem e ousadia uma concepção de obra literária aberta, cujas características de *work in progress* potencializam as fissuras por ele abertas na linguagem e na significação. O poema "Ogum", de Ronald Augusto, evidencia essa modalidade de escrita:

o assentamento do quatro
ogum justiceiro encarnado
as armas de mercúrio
nariz de abas brabas

os tacões alados de hermes
a espada e a palavra armas
de jorge
wordswordswords
swords
parolagem brasa assoprada sem coração
verba
algum para ogum
despojos da guerra
banquete após uma expedição de conquista
ogum sentado firmeforte no quatro
se sua cadeira vermelha
aquele estrago
ogum bebum
gira dedibrônzeo o compasso na ponta
de um quatro
entrada de sola que talha
sempre dentro do esquadro
aparta-nos ogum de retrato e
de sol quadrado
ogum brugurundum nos quatro
costados de qualquer besta quadrada
à espádua do iracundo não chegam
os retardatários dardos da inveja.[45]

Vale lembrar, antes de entrar em mais detalhes do poema, que Ogum é o orixá que governa o ferro, a metalurgia e a guerra. De acordo com Reginaldo Prandi (2002, p. 21), Ogum é o dono dos caminhos e da tecnologia sendo que, antigamente, era considerado também o orixá da agricultura, da caça e da pesca. A partir dessas informações, podemos perceber, mesmo disfarçados, alguns elementos que identificam Ogum no poema citado. Apesar disso, não se trata de um poema de descrição dos atributos desse orixá, mas uma livre recriação dessa entidade mítica, agora situada num contexto que extrapola tanto o sagrado quanto o profano: o Ogum de Ronald Augusto está "firmeforte" encaixado no contexto da linguagem poética, que é individual e, portanto, responde unicamente ao "fio de um pensamento-linguagem"[46] que lhe é próprio. A cadência dos versos, cujos laços semânticos estão sempre prestes a serem cortados, interrompidos, sugere uma ruptura da noção de uma poesia de

[45] Poema disponível em: <http://www.palmares.gov.br>.

[46] Ver, a esse respeito, o artigo de Ornellas, "A festa da fala". Disponível em: <http://www.ailha.com.br/ameopoema/aut_ronald.htm>.

ritmo harmônico, deixando pairar uma sensação de suspensão geral que torna elíptica qualquer mensagem (por mais explícita que pareça) que o poema pretenda transmitir.

No poema "Ogum", os versos são enunciados como uma sequência de fragmentos e não como um "todo", que vai se compondo aos poucos. O ritmo resulta fraturado, atravessado por pausas, elipses, registros que vão do culto ao coloquial, como se seguissem o ritmo da respiração, conforme já assinalamos anteriormente ao falarmos das poéticas de Luís Carlos Patraquim e Edimilson de Almeida Pereira. Nessa perspectiva, Cândido Rolim (2005) explica que

> Ronald Augusto experimenta quase todas as possibilidades de síntese, através de um surrealismo sincopado, minimal. Dançando esse ritmo truncado, de signos devidamente frustrados de qualquer pretensão de uniformidade, eleva o significante a um ponto onde o significado se rarefaz (logo, multiplica-se), proliferante, polissêmico.

O poeta explora determinados recursos estilísticos (como as rimas internas e assonâncias) para criar ligações entre palavras que, em termos semânticos, não têm familiaridade. Os signos apresentados por Ronald Augusto no poema estão sujeitos a um contágio mútuo, desgovernado, constituindo aproximações imprevisíveis, beirando o desconcerto. Um exemplo: a introdução da sequência em língua inglesa "swordswords..." desconcerta a cadeia semântica não apenas pelo fato de o poeta mudar repentinamente de registro linguístico (do português, com que vinha escrevendo, para o inglês), mas principalmente pelo fato de a palavra repetir-se várias vezes como se fosse uma palavra só. Neste caso, o autor introduz um choque em termos fonéticos, já que a palavra "sword" em inglês não lembra nenhuma outra por ele usada em português; no entanto, não se trata de um uso arbitrário ou leviano desse recurso, pois a sequência "swordswords..." está relacionada com os versos anteriores, nos quais lemos: "a espada e a palavra armas/ de jorge". É interessante notar nesta sequência o jogo sutil de palavras e conceitos, na medida em que "sword" em inglês significa precisamente "espada", assim como "word" – escrito no princípio do seu verso sem o "s" – significa "palavra". O poeta condensou em uma única palavra dois conceitos, por meio do suporte de outro registro, ou seja, a língua inglesa. Isso mostra como o poeta está atento aos horizontes da produção de significados, no intuito de acolher tudo aquilo que lhe permite potencializar o texto, concebido não como uma instância fechada, acabada, mas como uma obra em andamento.

Diante dos aspectos observados e analisados neste capítulo, podemos concluir que as poéticas de Edimilson de Almeida Pereira, Adão Ventura, Paula Tavares, Ruy Duarte de Carvalho, Oliveira Silveira, Ricardo Aleixo e Ronald Augusto se portam como a metonímia de Exu – lembrando que este orixá é comparado ao signo linguístico, por trazer em si o potencial de várias mutações. No trabalho criativo desses autores, a palavra poética torna-se maleável, sempre prestes a criar novos significados, abertos, como uma encruzilhada, uma bifurcação ou um "trívio",[47] nos quais os signos podem circular com fluidez. Essa poética pretende menos comunicar, e sim ser um elemento ativo de mudança e renovação de eixo no que diz respeito à poética que possa incorporar, entre outros signos, aqueles decorrentes da diáspora negra, assumindo o risco da ambiguidade, à maneira do seguinte poema de Ronald Augusto (2004, p. 37):

> à mudez isolante com que a fala
>
> aléns do mais aqui o pá do iorubá

Podemos observar como o fragmento está caracterizado pela presença do paradoxo (a mudez da fala) e pela estrutura sintática e semântica quebrada. Isso gera a ambiguidade e obscurece os signos, pois, se, por uma parte, identificamos a palavra "iorubá", por outra, o sentido da estrofe não se mostra ao leitor de maneira evidente. Dessa forma, as poéticas dos autores aqui analisados tornam-se receptáculos de uma visão de mundo em que o sagrado constitui um forte elemento de identificação e de criação. No entanto, os poetas (principalmente os brasileiros) se apoiam na experiência do sagrado ou na consciência da existência e fundamental relevância da mitologia iorubá (assim como da experiência sagrada banto), extraocidental, para forjarem uma modalidade de criar, de dizer e de existir que seja inovadora dentro do universo da poesia escrita em língua portuguesa.[48] Por conta disso, esses poetas representam uma significativa virada de tendência, por introduzirem no processo criativo e na observação do cotidiano modificações radicais que dizem respeito a uma maneira de olhar, de pensar e de sentir as próprias fontes culturais despojadas de exotismo, bem como da fidelidade a um cânone literário. O olhar que norteia as poéticas aqui consideradas é múltiplo, ambíguo e rápido como um Exu felino que chispa entre os signos e as palavras, ziguezagueando entre diferentes estímulos que possam concorrer para a criação de uma poética híbrida. Como bem apontou Sandro Ornellas, ao

[47] Referência ao título de livro de poemas de Ricardo Aleixo, publicado pela editora Scriptum, de Belo Horizonte, em 2001. O poeta explica que a palavra *trívio* designa, entre outros significados, a reunião de três caminhos.

[48] É importante frisar, aqui, que a "inovação" da qual estamos falando refere-se principalmente ao contexto da literatura escrita, uma vez que o vasto repertório poético da oralidade revela a presença de um universo extremamente rico em termos de experimentações.

escrever sobre a poética de Ronald Augusto,[49] os autores "se encaminham pelo que Severo Sarduy denominou de 'proliferação dos significantes', cuja prática textual vai da leitura sofisticada da poesia ocidental até a [criatividade] da linguagem da rua".

[49] Sandro Ornellas, "A festa da fala". Disponível em: <www.ailha.com.br/ameopoema/aut_ronald.htm>.

Capítulo 3

A MINERAÇÃO COMO METÁFORA DA ESCRITA POÉTICA

3.1 Das palavras no labirinto

A estrutura socioeconômica das sociedades coloniais que se apoiaram na escravidão como a máquina produtora de riquezas, por meio do cultivo ou da exploração de determinados produtos (café, cacau, açúcar, algodão e ouro, entre outros), tem levado vários estudiosos das questões culturais a analisarem as problemáticas relativas a estas sociedades (por exemplo, a caribenha, a norte-americana, a sul-americana ou a brasileira), tomando como referência o estudo do fenômeno da *plantation*, por considerarem-no um paradigma do funcionamento da multiplicidade de atitudes culturais e o ponto inicial que fundamenta uma série de valores tidos como inerentes às sociedades mencionadas. Este é o caso da investigação levada à frente por Benítez-Rojo (1998), que, após debruçar-se sobre o "desenvolvimento da economia de plantação e seu impacto nas superfícies socioculturais" do Caribe, estabelece sua análise das manifestações culturais dessa região. Para tanto, observa:

> En mi opinión, la plantación podría resultar un parámetro aún más útil; podría servir de telescopio para observar los cambios y las continuidades de la galaxia Caribe a través de los lentes de múltiples disciplinas; a saber : la economía, la historia, la sociología, la ciencia política, la antropología, la etnología, la demografía, así como a través de innumerables prácticas, que van desde las comerciales a las militares, desde las religiosas hasta las literarias. Pienso que [...] la plantación resulta uno de los principales instrumentos para estudiar el área, si no el de mayor importancia (BENÍTEZ-ROJO, 1998, p. 56).[50]

[50] "Na minha opinião, a plantação poderia resultar um parâmetro ainda mais útil; poderia servir de telescópio para observar os câmbios e as continuidades da galáxia Caribe através das lentes de múltiplas disciplinas, ou seja: a economia, a história, a sociologia, a ciência política, a antropologia, a etnologia, a demografia, assim como através de inúmeras práticas, que vão desde as comerciais às militares, desde as religiosas até as literárias. Penso que a plantação consiste em um dos instrumentos principais para estudar a área, quando não o de maior importância".

Nesse sentido, Benítez-Rojo reitera a validade do ensaio de Fernando Ortiz, *Contrapunteo cubano del tabaco y azúcar* (1978), como amostra daquilo que uma análise referente à plantação pode revelar para além dos dados socioeconômicos de determinada época e determinado lugar. O ensaio de Ortiz evidencia a maneira como o cultivo do tabaco e a plantação do açúcar, em Cuba, interferiram na definição da identidade nacional e demonstraram, ao mesmo tempo, os modos que levaram à representação dessa identidade. Tabaco e açúcar assumem, nas palavras de Ortiz, um valor metafórico, explicando muito mais do que simplesmente a maneira como a plantação era organizada em Cuba. Para Benítez-Rojo, o que está em jogo no ensaio de Ortiz é uma abertura de significantes – e de universos – relacionados com os dois elementos, uma vez que, lendo as descrições de Ortiz no tocante ao tabaco, citadas por Benítez-Rojo, reparamos que "en el tabaco hay siempre algo de misterio y sacralidad [...] fumar el primer tabaco es como un rito de *passage*, el rito tribal de iniciación" (ORTIZ *apud* BENÍTEZ-ROJO, 1998, p. 206).[51] O ensaio de Ortiz acrescenta que "la economía del azúcar fue desde sus inicios siempre capitalista, no así la del tabaco [...] en la producción azucarera todo está metrificado, casi siempre por *standarts* de valor universal" (ORTIZ *apud* BENÍTEZ-ROJO, 1998, p. 207).[52]

Graças a essas observações, Benítez-Rojo chega à conclusão de que é possível pensar nas diferenças culturais instauradas em Cuba a partir da análise das práticas socioeconômicas da plantação do tabaco e do açúcar, e que essas práticas culturais se dividem, *grosso modo*, de acordo com as diferenças que caracterizam o cultivo desses dois produtos:

> El tabaco es el carnaval, la palabra-ritmo, el sacrificio ritual, la danza sagrada, el tambor que habla y une, la posibilidad de bailar el lenguaje, [...] el territorio del arte, de la imaginación y de lo poético ; es el supersignificante que remite a las tradiciones más antiguas de África, Asia, América y Europa. Por otra parte, el azúcar alude al ritmo binario de la ley y de la norma, de la jerarquía partriarcal, del conocimiento científico [...] es, sobre todo, el significante que se propone como centro, como origen y destino fijo para el significante del Otro (BENÍTEZ-ROJO, 1998, p. 207).[53]

---

[51] "no tabaco sempre tem algo de mistério e sagrado [...] fumar o primeiro tabaco é como um rito de passagem, o rito tribal da iniciação".

[52] "A economia do açúcar foi desde os seus começos sempre capitalista, não assim o tabaco [...] na produção açucareira, tudo está metrificado, quase sempre por *standarts* de valor universal".

[53] "O tabaco é o carnaval, a palavra-ritmo, o sacrifício ritual, a dança sagrada, o tambor que fala e une, a possibilidade de dançar a linguagem, [...] o território da arte, da imaginação e do poético; é o supersignificante que remete às tradições mais antigas da África,

Sob essa perspectiva, seria pertinente partir da estrutura socioeconômica da plantação para individualizar elementos culturais decorrentes dela, elementos relativos à difusão da cultura da diáspora negra nos diferentes territórios em que a plantação foi praticada. De fato, essa teoria é frequentemente considerada no tocante ao campo da música, no qual se explicita, talvez, com maior evidência a linhagem cultural de determinados ritmos vinculados à origem do trabalho escravo na plantação. Para reforçar a relação entre a plantação e a estrutura cultural das sociedades em que ela foi implantada, vale citar um fragmento do teórico René Depestre (1980, p. 87):

> Sous les régimes de plantation, et sous les systèmes nationaux également oppressifs qui leur ont succédé, les initiaux africanismes, indianismes, européismes, par la confrontation métabolique de leurs éléments propres, ont débouché, transmués, sur une vitalité singulière: une composite *américanité* qui résulta réciproquement profitable à tous les peuples de notre originale famille de sociétés. Les échelles de valeurs apportées de l'extérieur et celles qui fonctionnaient sur place, à des niveaux variables d'une société à l'autre, ont été l'objet d'un processus universel de créolisation américaine".[54]

Particularmente fascinante, sob esse ponto de vista, é a história do nascimento do *blues*, nas proximidades do Delta do rio Yazoo, no sul dos Estados Unidos, região na qual muitos africanos e afrodescendentes trabalharam em regime de escravidão nas plantações do algodão. Como o regime escravocrata impedia os negros vindos da África de usarem seus instrumentos de percussão ou de sopro, a voz tornou-se o principal e único instrumento do negro. Diante dessas restrições, a voz era empregada nas *work-songs*, ou seja, "canções em que o feitor cadenciava o trabalho dos escravos, a batida dos martelos ou machados" (MUGGIATI, 1995, p. 9). Estas *work-songs*, por sua vez, vieram a se constituir como a origem do *blues*. No entanto, anterior ao canto nas plantações, e mais significativo para a perspectiva literária que abordamos, o *grito* foi uma prática cultural que, durante a escravidão e depois da abolição, se firmou como uma manifestação diaspórica transplantada em solo americano, origi-

---

Ásia, América e Europa. Por outro lado, o açúcar alude ao ritmo binário da lei e da norma, da hierarquia patriarcal, do conhecimento científico [...] é, sobretudo, o significante que se propõe como centro, como origem e destino fixo para o significante do Outro".

[54] "Sob o regime da plantação, e sob os sistemas nacionais também opressivos que os sucederam, os iniciados africanismos, indianismos, europeismos, por meio da confrontação metabólica dos seus elementos próprios, desembocaram, modificados, numa vitalidade singular: uma compósita americanidade que resultou reciprocamente proveitosa a todos os povos da nossa família original de sociedades. As escalas de valores trazidas do exterior e aquelas que funcionaram no lugar, com níveis variáveis de uma sociedade para outra, foram o objeto de um processo universal de crioulização americana".

nária da expressão vocal básica dos africanos – os chamados *hollers*. De acordo com Muggiati (1995, p. 10), estes

> eram uma forma de comunicação nos campos do Sul e muitas canções evoluíram a partir deles. Eram ouvidos também nas ruas das cidades, onde vendedores ambulantes negros anunciavam seus produtos ou serviços através de um pungente canto rítmico, expressão semimusical de rara beleza. [...] Este som único do grito que veio da África reflete características culturais típicas que têm desafiado análises segundo os padrões convencionais da musicologia ocidental.

O emprego da voz e do grito e o aperfeiçoamento das técnicas para utilizá-los são fundamentais para os músicos ou *performers* que remetem ao universo da diáspora negra, conforme veremos também no próximo capítulo, ao analisarmos as *performances* poéticas e pluridimensionais de Ricardo Aleixo e de Ronald Augusto.

Vale acrescentar, a propósito da história do *blues*, que há uma característica significativa em sua estrutura musical, ou seja, o fato de a "célula básica do blues" – chamada de *blue note* – interferir na escala musical ocidental pois, na tonalidade de Dó maior, o Mi e o Si são diminuídos em meio tom. Isso faz com que as *blue notes* não possam ser tocadas nem no piano (por estas notas estarem *entre* as teclas), nem em instrumentos de sopro, nem de corda. Para resolver essa "inadequação" da escala musical do *blues* com a escala ocidental, foram criados meios de fazer "deslizar" as notas graças aos instrumentos derivados dos originários ou, como ocorreu com o violão, estudando-se o uso de outros instrumentos (o violão passou a imitar o estilo *slide* da guitarra havaiana). Por conta disso, as *blue notes* eram chamadas de "notas rebeldes", e a tonalidade musical do *blues*, originada do grito, foi interpretada, por especialistas no assunto, como uma forma de resistência étnica, manifestando "a incapacidade – ou recusa – do negro de aderir estritamente à tonalidade europeia" (MUGGIATI, 1995, p. 12). Isso nos ajuda a entender, por exemplo, a escolha de Edimilson de Almeida Pereira (2002, p. 49), quando cita, como epígrafe de seu poema "Clube", a afirmação de Duke Ellington, para quem "o blues é sempre cantado por uma terceira pessoa, aquela que não está ali".

Ora, por que fizemos essa digressão sobre o *blues*, uma vez que nosso trabalho não versa sobre questões musicais? Se existe uma ligação direta e evidente entre a estrutura socioeconômica da plantação (no caso, do algodão) e a produção de manifestações culturais diaspóricas como o *blues*, nos Estados Unidos, gerado a partir do grito decorrente do trabalho no campo, então é possível pensarmos em outros casos nos quais a estrutura socioeconômica colonial teve um impacto significativo na produção de determinada dicção poética, tal como aquela que estamos considerando.

O teórico Édouard Glissant frisou a importância da herança da *plantation* no surgimento do "grito poético", particularmente nas situações culturais que ele chama de culturas compósitas: "a verdadeira Gênese dos povos do Caribe dá-se no ventre do navio negreiro e no antro da Plantação" (GLISSANT, 2005, p. 43). Os poetas de língua portuguesa que aqui reunimos se mostram sensíveis e cientes da teoria do grito, uma vez que este representa a matriz de uma estética diaspórica calcada sobre a ausência, ou seja, a noção de um "ritmo sincopado" no qual o tempo da falta é precisamente aquele que remete ao "vazio da plantação" (BENÍTEZ ROJO, 1998, p. 400). Não é casual, portanto, que o poeta Edimilson de Almeida Pereira tenha escolhido como epígrafe para seu livro *Ô lapassi & outros ritmos de ouvido,* recopilado no volume *Zeosório Blues* (2003a) o seguinte fragmento de Oswaldo de Camargo: "Súbito o grito – ô! – cresceu depressa ante as portas do ouvido, um 'ô!' tão longo para viver nos séculos" (CAMARGO *apud* PEREIRA, 2003a, p. 18). Nesse sentido, a leitura do livro *Ô lapassi & outros ritmos de ouvido* demonstra a preocupação do poeta no trato com o ritmo, bem como na busca de uma dicção poética que reproduza o seu ritmo interior e revele a sua identidade, tal como sugere Benítez-Rojo em suas reflexões acerca do ritmo e da *performance* na literatura. De fato, o teórico cubano assinala, ao analisar a novela de Caryl Phillips, que este

> en tanto hijo de la plantación, acerca su propria literatura a los ritmos de la samba, el calipso y el jazz. Y no sólo eso, el tipo de puntuación que utiliza para separar sus palabras, junto con el número de sílabas de sus palabras y la sintaxis que conecta a éstas, dan un significado rítmico a su discurso narrativo [...] Así podríamos decir que el performance de su lenguaje literario [...] está dictado por los ritmos interiores del escritor.[55]

O fragmento a seguir de *Ô lapassi & outros ritmos de ouvido* (PEREIRA, 2003a, p. 24) torna-se mais inteligível se considerado sob a perspectiva proposta por Benítez-Rojo, na medida em que explicita o "significado rítmico" ali inscrito como um possível código de leitura do poema e do livro no seu todo:

a boca firme
        o Toninho

[55] "Como filho da plantação, aproxima sua própria literatura aos ritmos do samba, do calipso e do jazz. E não só isso, o tipo de pontuação que utiliza para separar suas palavras, junto com o número de sílabas de suas palavras e a sintaxe que as conecta dão um significado rítmico ao seu discurso narrativo [...] Assim poderíamos dizer que a *performance* da sua linguagem literária [...] está ditada pelos ritmos interiores do escritor".

num compasso belo belo
jazzeia até o

fim

o Tropical Ritmos
na boca firme o Toninho
transvira até o som
band

A sintaxe do poema, como se pode notar, é fraturada, sincopada, deslizante. Na realidade, o que ajuda a unir os fragmentos do poema e propiciar uma leitura compreensível depende mais do aspecto rítmico, sonoro, dos versos e menos do desenvolvimento lógico dos seus conceitos. A construção sintática entrecortada dificulta a compreensão, e gera a confusão, pois não parece tão evidente dizer quem "jazzeia até o fim", se "a boca firme" ou se "o Toninho". Benítez-Rojo relaciona essa tipologia de ritmo, entrecortado, sincopado, marcado pelos vazios na escrita literária, ao vazio originário decorrente do sistema socioeconômico da plantação e explica que

> un performer, a través de su performance, puede iluminar el misterio de su identidad. Aunque esto sólo será posible poéticamente, sólo a través de una compleja relación entre su propio ritmo interior y los ritmos posibles en la música, en el arte, en la literatura [...] Así, podría decirse que la plantación se repite incesantemente en los distintos estados de criollización que aquí y allá presentan nuestros *performances* culturales, el lenguaje y la música, la danza y la literatura, la comida y el teatro, la religión y el carnaval" (BENÍTEZ-ROJO, 1998, p. 398-404).[56]

Se a organização econômica da sociedade estruturada por meio da plantação e situada em um determinado momento histórico, por um lado, tem provocado repercussões estéticas tais como as evidenciadas por Benítez-Rojo, no tocante ao Caribe, ou Muggiati no que tange ao nascimento do *blues* nos Estados Unidos – repercussões estas que interferem no ritmo e na dicção poética ou narrativa dos escritores pertencentes a essas sociedades –, acreditamos, por outro lado, que é pertinente propor um contraponto à tendência estética ligada à *plantation* considerando, para tanto, outra modalidade de organização socioeconômica relativa também ao período histórico

[56] "um performer, através da sua *performance*, pode iluminar o mistério da sua identidade. Ainda que isso só seja possível poeticamente, só através de uma complexa relação entre o seu próprio ritmo interior e os ritmos possíveis na música, na arte, na literatura [...] Assim, poderia se dizer que a plantação se repete incessantemente nos diferentes estados de crioulização que aqui e ali apresentam os nossos *performers* culturais, a linguagem e a música, a dança e a literatura, a comida e o teatro, a religião e o Carnaval".

da colonização e da exploração da mão de obra escrava, particularmente no Brasil. Estamos nos referindo à atividade da mineração como uma possível metáfora, entre outras, do processo de criação literária. Trata-se de uma categoria que, como suporte teórico, permite-nos interpretar alguns aspectos das poéticas dos autores aqui considerados.

Para entendermos a formulação dessa categoria – a mineração como operador de leitura de certo tipo de texto poético –, vejamos, a seguir, a descrição dessa atividade exploratória no campo específico da produção econômica. A partir dessa descrição, indicaremos a transposição de sua prática para o campo da análise literária, na qual serão analisados os procedimentos adotados pelos poetas para garimparem o texto da linguagem.

No Brasil, como indicam inúmeras pesquisas históricas, os escravos foram empregados na exploração de metais preciosos durante séculos. A prática da mineração ou, melhor, da garimpagem, descrita por Aires da Mata Machado Filho em *O negro e o garimpo em Minas Gerais*, é associada à índole "imprevidente" do minerador, haja vista que o "garimpo era a mineração furtiva, clandestina, do diamante, e garimpeiro, o que a exercia". Além disso, as características relacionadas ao garimpeiro apresentam-no como sujeito "audaz, intrépido e ambicioso aventureiro, que [procura] fortuna nessa vida cheia de riscos, perigos e emoções" (MACHADO FILHO, 1985, p. 19). Nesse sentido, pelo fato de ser uma prática "fora da lei", a garimpagem, em muitos casos, foi associada à prática da fuga dos quilombolas, na medida em que os dois, garimpeiro e quilombola, buscavam a subsistência nas minerações furtivas.

Um dos aspectos marcantes dos garimpeiros é a capacidade de descobrir reservas de ouro e diamante em terrenos considerados falhos ou improdutivos. Essa sagacidade na investigação, acompanhada do conhecimento da região, resultava, muitas vezes, em importantes achados, mantidos sob segredo, para "conservar o prestígio que há no fluxo e refluxo das ondas da sorte" (MACHADO FILHO, 1985, p. 34). Por isso, ao se inventariar a formação de um certo imaginário social, é possível pensar-se a lógica de "esconder o ouro" como uma das peculiaridades das práticas culturais decorrentes da mineração. Conforme assinala Aires da Mata Machada Filho (1985, p. 34), a lógica de mundo dos garimpeiros está pautada precisamente nesse fluxo da sorte, ou melhor: "a escassez ou abundância do diamante marca o fluxo e refluxo da existência". Como consequência disso, podemos dizer que essa tensão entre a exuberância, por um lado, e a escassez, por outro, deixou suas marcas simbólicas nas práticas culturais decorrentes desse universo.

Antes de analisarmos os poemas, vale a pena observarmos mais um aspecto relacionado à mineração, ou seja, os vissungos. Estes cantos de trabalho coletados na região de São João da Chapada e cercanias de Diamantina caracterizavam-se por um certo teor místico, pois, além de serem cantos que acompanhavam as fases da operação nas minas, eram, geralmente, encobertos por um enigma. Por conta disso, a escuta de algumas cantigas ficava reservada aos iniciados, e isso contribuía para aumentar a sua carga de mistério. O universo da mineração aparece, desse modo, marcado pela tendência a um discurso velado, econômico, escasso, destinado a esconder os achados, assim como a confundir as pistas de quem quisesse rastrear o caminho do ouro ou do diamante.

Sob esse ponto de vista, é particularmente significativo o fato de que a voz, no universo da mineração e dos vissungos, se torna um elemento decisivo na enunciação dessa modalidade poética. Salientamos esse aspecto para indicar a importância que as "poéticas da voz" assumem no trabalho criativo de autores como Ricardo Aleixo, conforme veremos no próximo capítulo.

Em função do que foi dito, consideramos pertinente a aplicação da metáfora da mineração (com o seu desdobramento da ação de escavar) como um meio para analisarmos determinadas linhas poéticas, na medida em que esta metáfora representa a ideia da busca realizada a partir de um discurso fundamentado pela escassez e que se exprime através de uma linguagem parca e econômica. Trata-se de uma busca, em termos estéticos (ou de uma poética da garimpagem, se preferirmos), que os autores aqui analisados têm realizado por meio de diferentes estratégias inscritas nos textos; estratégias estas que lhes conferem um ritmo específico, o da procura, "que oscila entre a história e o mito" (BENÍTEZ-ROJO, 1998, p. 395), ou seja, um ritmo híbrido, entrecortado, que não se rende totalmente à linearidade da história nem à circularidade do mito.

É importante frisar, a esse respeito, que a busca que relacionamos à metáfora da mineração não traz consigo a noção de unidade, de enraizamento, de identidade fixa, já que o trabalho de mineração, em muitas ocasiões, era realizado em repetidas tentativas de escavação, abrindo-se vários buracos nas rochas. Esse procedimento, por vezes, acabava criando um labirinto de túneis, com bifurcações de sendas, que desafiavam a perspicácia do garimpeiro. Em outras circunstâncias, os garimpeiros voltavam a explorar uma área considerada vazia, movidos pela teimosia ou pela convicção de que ali ainda havia matéria-prima de valor. Em casos mais fortuitos, a riqueza aparentemente perdida voltava a ser redescoberta. Isso mostra como o trabalho da mineração ou da garimpagem se construía a partir da repetição e/ou multiplicação de ações semelhantes, impulsionadas pela esperança da riqueza futura. Tratava-se de "incursões" sustentadas pela expectativa de um indivíduo ser escolhido pela sorte e, por conta dela, encontrar os diamantes, mas também de incursões reforçadas pela persistência e sagacidade do indivíduo, que se dispunha a desafiar as aparências e as adversidades para alcançar o seu objetivo.

De modo similar, a noção de identidade que encontramos no *corpus* poético tratado neste estudo aproxima-se à de um mosaico composto a partir de diferentes fragmentos. Conforme demonstraremos a seguir, tanto na escavação no interior da linguagem, para transformá-la em manifestação de uma tensão, quanto na reapropriação ou reinvenção da cultura, os autores aqui reunidos se servem destas modalidades criativas para escrever uma obra poética que apresenta numerosas possibilidades de incursão em seu interior. Incursões, na maioria das vezes, sobrepostas, simultâneas, labirínticas, que multiplicam as perspectivas e os olhares acerca de questões relacionadas à identidade. Outras vezes, como no caso de Paula Tavares, o processo criativo se assemelha mais à insistência do garimpeiro, isto é, ao ato de procurar em terreno já trilhado, insistindo na mesma pista, e fazendo da incerteza da fortuna a razão da própria busca.

A esse respeito é interessante retomar a análise de Benítez-Rojo (ampliando--a para o contexto que estamos considerando) quando este, ao se perguntar sobre a natureza dos "objetos culturais" do Caribe, afirma que "para mí, no es un proceso [que los produce] – palabra que implica un movimiento hacia adelante – sino una serie discontinua de recurrencias, de *happenings*"[57] (1998, p. 396). Esses *happenings* correspondem ao que chamamos agora há pouco de "incursões". Esse prisma de leitura, sugerido pelo teórico cubano no contexto da plantação, pode nos servir na medida em que reforça a visão do texto poético como um lugar labiríntico e/ou lugar de passagem.

Se observarmos a obra de Adão Ventura, teremos diante de nós um painel com diversas portas de entrada ao poético: as primeiras publicações do autor (*Abrir-se um abutre ou mesmo depois de deduzir dele o azul*, de 1970, e *As musculaturas do Arco do Triunfo*, de 1976) apresentam uma dicção surrealista, nos livros seguintes encontramos, concomitantemente, a face engajada com as questões sociais e raciais – que é também a mais extensa – e a poética na qual Ventura expressa uma visão lírica das manifestações do sagrado em Minas Gerais, perspectiva essa que abordamos no capítulo relativo ao sagrado. A partir dessas três faces, expressas em livros diferentes, mas próximos, no que diz respeito aos períodos de publicação, o poeta constrói uma obra múltipla e aberta, na qual transitam vozes diferenciadas, que não parecem pertencer ao mesmo sujeito. De fato, é complexa a tarefa de encontrar marcas ou sinais que nos levem do Adão Ventura surrealista ao Adão Ventura engajado e, por sua vez, deste ao lírico. No entanto, a análise da poética de Ventura demonstra que tais faces se constituem como desdobramentos enriquecedores, que tornam o solo literário forjado pelo autor ainda mais escorregadio e móvel.

Na matéria do jornal *Estado de Minas*, publicada uma semana após o fale-

[57] "Para mim, não é um processo [que os produz] – palavra que implica um movimento para frente, mas uma série descontínua de recorrências, de *happenings*".

cimento do poeta,[58] podemos encontrar uma série de depoimentos e comentários críticos no tocante à poética de Adão Ventura. Sérgio Rodrigo Reis indica, no artigo do referido jornal, a opinião do escritor Ronald Claver sobre a trajetória literária do poeta mineiro, que teria começado com um estilo surrealista, passando num segundo tempo para um estilo mais realista, que o fixou no cenário literário brasileiro com uma poesia enxuta, econômica e com uso de poucos adjetivos. Em vista disso, tal como ocorria no processo de escavação em busca do ouro, o poeta também abre diferentes túneis de acesso ao seu universo criativo.

A mesma observação é válida para analisarmos a obra de Edimilson de Almeida Pereira, composta por, pelo menos, quatro diferentes vertentes criativas – a primeira, permeada por referenciais musicais tais como o *jazz*, o samba, o *soul*, bem como por uma dicção urbana; a segunda, tendo uma perspectiva mais existencialista; a terceira caracterizando-se pelo aproveitamento de elementos das culturas orais e por uma ênfase na experimentação linguística; e a quarta radicalizando o existencialismo graças a uma linguagem cifrada e enigmática –, que, sob os cuidados do poeta, foram editadas em 4 volumes.

No entanto, a leitura do conjunto da obra de Edimilson Pereira indica a presença de um dado relevante, que diferencia o seu processo de escrita daquele de Adão Ventura. Se o primeiro criou paralelamente pelo menos três vertentes poéticas, sem que estas se entrecruzem explicitamente, o segundo espalhou nos livros elementos que lançam pontes de uma vertente à outra. São reenvios intertextuais no interior da própria obra em construção, que funcionam como *links*, abrindo janelas para que o leitor, de um livro, possa espreitar outra vertente, exilada em outro. Vejamos concretamente um exemplo que melhor exemplifica quanto ao referido.

No final do primeiro livro publicado por Edimilson Pereira, em 1985, *Dormundo*, recolhido no volume *Lugares ares* (2003b), encontramos o poema "Ô lapassi" (p. 63), título do qual será feita uma *reprise* por um livro que integra o primeiro volume da reunião poética, *Zeosório Blues* (2003a), originalmente publicado em 1990. De fato, o livro que abre o primeiro volume é *Ô lapassi & outros ritmos de ouvido*. Entre a publicação de *Dormundo* e *Ô lapassi & outros ritmos de ouvido* transcorreram cinco anos, nos quais o poeta publicou outros trabalhos poéticos. Isso talvez explique a distância, no que diz respeito à dicção poética, existente entre o poema e o livro homônimo: o primeiro apresenta uma poética de cunho mais existencialista, na qual predomina um certo desalento decorrente da "poetização de um cotidiano de impossibilidades radicais" (FREITAS *apud* PEREIRA, 2003b, p. 15), conforme podemos observar:

[58] REIS, 2004, p. 5.

digo de um esquecimento
onde andei à sombra dos tiros
já nem morro e não sou eterno

e a vida imatura
haverá passado como
um animal esperando a chuva.

Nesse sentido, o poema se encaixa no livro *Dormundo* e na linha estética escolhida por Pereira para o volume *Lugares ares*. Já o livro *Ô lapassi & outros ritmos de ouvido* se situa no cerne da vertente poética que incorpora a provocação e as síncopes próprias de determinados ritmos musicais de matriz afrodescendente, tais quais o *blues*, o samba, o *jazz*, e que, além disso, traz para dentro do texto poético o mundo simbólico relativo a esse universo cultural. Outro dado significativo é que a estrutura poética está mais próxima da "desconstrução" realizada pela oralidade. Por isso, não encontramos o tom existencialista que caracteriza o poema supracitado, mas uma maior complexidade formal, caracterizada pela fragmentação léxica e sintática, acompanhada pela frequente repetição de um refrão que, no entanto, introduz algum elemento novo que provoca um deslizamento de referentes. Vejamos como exemplo o fragmento n. 2 (PEREIRA, 2003a, p. 19):

Oié
meu irmão Chico bebeu

mas ninguém pegou
a pedra do fogo melhor que ele

oié
meu irmão Chico ouviu
a
tempestade

Essa dicção poética, assim como o contexto cultural que a inspirou, perpassa os quatro livros que, juntos, formam o primeiro volume da obra reunida. No entanto, o reenvio do poema para o livro permite deixar em aberto a janela que nos mostra a outra vertente poética de Edimilson de Almeida Pereira.[59]

[59] A análise proposta dos fragmentos constitui um exemplo, entre outros, do processo de relação que o autor estabelece entre as suas diferentes vertentes poéticas. Ou seja, uma obra dialoga com a outra a partir de prenúncios que o poeta distribui ao longo dos livros, índices que relacionam uma vertente poética a outra. Só para citar outros exemplos desse processo, tem-se: tema dos tambores que relaciona os livros *Árvores dos Arturos* (1988) e *O homem da orelha furada* (1995); referência à memória sagrada dos ancestrais, na citação do Deus Numo, em *Kianda* (1988) e também em *Corpo imprevisto* (1989).

Em algumas declarações, em entrevistas, o poeta revela seu projeto de criar uma obra poética que seja como um sistema funcionando à maneira de um caleidoscópio: "estas quatro vertentes da minha escrita, ao mesmo tempo que são polares, se entrecruzam. Eu poderia trocar a organização dos livros, e a ordenação pode ser feita a critério do leitor. [...] Cada percurso feito se ramifica em vários outros" (ROCHA, 2003, p. 1). Isso comprova que esse processo de disseminação de álibis ao longo da obra é um ato intencional, e mais, que o projeto de cada volume, apesar de ser forjado de acordo com o critério do autor, representa um projeto sempre provisório, pois a ordenação pode ser mudada. Em consequência disso, o labirinto criado por meio das quatro vertentes, que por sua vez se ramificam em várias outras, está, em certa medida, arquitetado e controlado pelo autor, mostrando-se, também, aberto às interferências de interpretação do leitor.

No caso de Ruy Duarte de Carvalho também se mostra pertinente a aplicação da metáfora da mineração e do universo que ela evoca, quando nos deparamos com a heterogeneidade de sua produção literária, reunida em *Lavra* (2005). Ao lado de uma dicção experimental e visual, na qual o signo gráfico intervém na composição semântica, encontramos livros resultantes do reaproveitamento de dados etnográficos colhidos em diferentes regiões do continente africano e procedentes de diferentes cosmogonias. Além disso, fazem parte da poética de Ruy Duarte livros nos quais o sagrado deixa uma marca profunda nas referências estéticas e culturais, bem como livros em que o uso constante da metalinguagem se apresenta como um instrumento a serviço da multiplicidade de perspectivas. Outra característica da poética do poeta angolano é a mistura dos gêneros literários no interior do mesmo texto: o poema em prosa é uma presença constante, que compartilha o espaço com o poema em verso. Tem-se também o uso de "notas" ou observações da realidade (como no livro *Diário*) ou, ainda, de aforismos em diferentes momentos, misturados à estrutura do poema.

Em se tratando da obra de Ruy Duarte, é possível dizer que o emprego de diferentes gêneros textuais decorre de uma necessidade de diversificar as estratégias da escrita, no intuito de se dar conta de um panorama cultural múltiplo. Conforme assinala Rita Chaves (2005, p. 126), a obra de Ruy Duarte de Carvalho se articula como "meio de expressão e, a um só tempo, instrumento de pesquisa, o verso participa do processo de organização da consciência, agudizando o modo de apreensão e depuração do real transfigurado em matéria poética". Vale a pena, a esse propósito, lermos a abertura de *Hábito da terra* (2005, p. 229), obra na qual Ruy Duarte "explica" quais são os elementos que intervêm na composição da sua "arte poética":

> Atento, desde sempre, às falas do lugar, nada sei dos sinais se os não confirmo no encontro da memória com a matriz, quando a carência impõe esforços de

> equilíbrio não entre o corpo e as formas que os sustêm mas entre as margens de uma paragem breve. Registro acasos que desmentem datas e só as não confundem porque é mesmo assim: regularmente e a confirmar a história. Que se constrói, a vida, um texto? Em busca das coordenadas recorro diligente à pauta de um compasso para saber no texto em que me inscrevo o que se sabe do que havia já, as leis que alguma angústia desvendasse, o legado da argúcia, a vocação da pausa.
>
> Um texto é como um esforço de existir. A intenção de lado, uma moral herdada. Do outro lado o curso das palavras, a esteira do seu eco, os sons e os gestos seguidos uns aos outros, um som que pede um som e essa resposta é já um bolbo de emoção autônoma, para florir madura, à revelia da intenção primeira.
>
> [...]
>
> Que se constrói? Um texto ou um percurso?
>
> [...]
>
> Há um lugar que invade outro lugar e esse lugar estará presente noutro. Não há lugar achado sem lugar perdido.
>
> [...] Partir de uma palavra. Partir numa palavra. Confirmações possíveis. Texto: lugar de encontro.

A leitura desses fragmentos revela que o autor considera o texto como um lugar labiríntico, no qual são registrados "acasos que desmentem datas", mas que, ao mesmo tempo, "confirmam a história". Além disso, repare-se que o poeta aproveita a sugestão metalinguística do texto como sendo a vida, construída com suas contradições ("a intenção de lado, uma moral herdada. Do outro lado o curso das palavras"). A intenção e a emoção autônoma se opõem no processo criativo, mas no texto aparecem lado a lado, sugerindo trilhas opostas, porém, conciliáveis, pelo menos no espaço textual. Por isso, fazem do imprevisível caminho sugerido pela palavra um lugar de encontro, isto é, um lugar de ancoragem, mesmo que provisória. Ou melhor, um encontro de vários caminhos, de bifurcações, de "trívios". A contradição está presente, nessa ideia de "texto: lugar de encontro", se comparada com tudo o que a precede, que é da ordem do desencontro, daquilo que não se fixa e que permanece em construção ("que se constrói? Um texto ou um percurso?"). Aqui, novamente, a contradição permanece, pois não há diferença entre o texto, visto como um processo, e a ideia de percurso.

A construção do percurso parece ser, de fato, o que mais interessa ao poeta. Talvez, por isso, alguns livros de Ruy Duarte de Carvalho como *Ondula, savana branca*, *Hábito da terra* e *Ordem de esquecimento* registrem, com anotações e observações, as intenções de textos que virão depois, isto é, sugerem, primeiramente em textos escritos em prosa, as ideias que serão aproveitadas sob a forma de poema. É importante frisar que esses elementos, de ordem metalinguística, compartilham o mesmo espaço textual. Dessa maneira, o poeta oferece pistas de leitura e de abordagens possíveis para sua obra plural. No entanto, vale sublinhar que, principalmente em *Hábito da terra*, essas camadas de texto – sejam os poemas, teoricamente o produto lapidado, sejam as observações feitas pelo próprio poeta com o objetivo de explicar o processo criativo que gerou determinado livro, sejam os provérbios das tradições orais africanas reaproveitados por ele – não são apresentadas segundo uma hierarquia de importância, posto que todas essas modalidades textuais partilham o mesmo espaço.

Também o poeta Ricardo Aleixo trabalha intencionalmente com a temática do labirinto, e de diversas maneiras. Se, por um lado, o *performer* compõe sua obra artística (e não apenas literária) como se ela fosse uma grande ópera, ou seja, uma explosão de vários eixos, na qual intervêm registros e suportes diversificados (teatro, música, poesia, *performance*, ensaio, roteiro musical, grafismo, artes plásticas), o que já constitui uma pluralidade instigante e desafiadora para quem pretenda encerrar sua produção artística em uma categoria definida; por outro lado, ele se interessa pelas questões relacionadas ao planejamento urbano e aos labirintos das cidades contemporâneas, bem como pela maneira como os signos (seja o corpo, a letra, a voz, o silêncio) se instalam nas cidades e nelas encontram os seus lugares.[60] O interesse pela maneira como o corpo ocupa o espaço urbano, e se move dentro dele, configurando as cenas cotidianas que "fazem das grandes cidades espaços tensionados" (ALEIXO, 2000, p. 150), está presente no poema que traz como título "Labirinto" (ALEIXO, 2003, p. 12):

> Conheço a cidade
> como a sola do meu pé.
>
> Espírito e corpo prontos
> para evitar
>
> outros humanos polícias
> carros ônibus buracos
>
> e dejetos na calçada
> incorporo hoje o Sombra amanhã

[60] Ver, a esse respeito, o CD do espetáculo *Quilombos urbanos*, realizado pela companhia teatral SeráQuê.

o Homem In
visível sexta à noite

o perigoso Ninguém
e sigo.

Como os cegos
conheço o labirinto

por pisá-lo
por tê-lo

de cor na ponta dos pés
à maneira também do que

fazem uns poucos
com a bola

num futebol descalço
qualquer. Conheço a

cidade toda (a
mínima dobra retas cada borda

curvas) e nela – à
custa de me

perder – me
reconheço.

No poema, torna-se evidente o interesse do poeta pela cidade e seus labirintos, mas principalmente pela significação que o labirinto assume para o ser humano, ou melhor, pelo modo como isso o afeta internamente. Podemos observar que, no poema, o sujeito está preparado para "enfrentar" os obstáculos da cidade, enumerados nos versos 5-7. A ironia intervém para sublinhar a condição do sujeito que se anula para sobreviver, conforme lemos nos versos 8-12. Nesse ato de anular-se, tornando-se invisível em termos sociais, podemos entender que o poeta alude à condição de "invisibilidade" dos escravos nas áreas de extração do ouro (ocultados nos fundos das minas), embora na relação entre as funções destes e a do poeta no texto se trate de contextos histórico-sociais diferentes. De fato, trata-se agora de um novo homem invisível ou fragmentado, que tateia a realidade social à procura de sua identidade (ou identidades). O poeta capta esse movimento revelado num jogo sedutor, que prenuncia a liberdade (já que a identidade é algo que está sempre por vir, deixando o sujeito disponível para as experimentações), mas também o risco de andar pelas ruas driblando as muitas curvas do labirinto-cidade sem se perder e evitando as "armadilhas" que nela se escondem.

No poema, a ideia do labirinto, por conta de sua ambiguidade, aponta para várias leituras possíveis. Por um lado, temos a já referida concepção da cidade como um labirinto; por outro, Aleixo pode estar se referindo a outros tipos de labirintos, existenciais ou metafóricos, nos quais o ser humano, destituído da visão, sente-se obrigado a fazer das pernas o canal de reconhecimento do espaço. A familiaridade com o espaço, tanto na sua totalidade ("conheço a/ cidade toda"), quanto nos detalhes, determina a fragmentação do sujeito que, apesar do paradoxo, se reconhece justamente nessa fragmentação. Sob essa perspectiva, se o perder-se no labirinto se torna uma condição de autorreconhecimento, deduzimos que o ato da procura consiste naquele que melhor define o processo de construção da(s) identidade(s), mesmo que intermitentes e provisórias.

No entanto, na obra de Ricardo Aleixo existem outros dados que remetem com maior força ainda para a ambiguidade e a possibilidade de leituras múltiplas dos textos. Estou me referindo ao fato de que muitos dos seus poemas, por serem visuais, permitem que a leitura seja abordada a partir de diferentes pontos de entrada. Sob esse aspecto, o labirinto constitui mais do que uma metáfora para falar dos poemas, já que concretiza várias possibilidades de leitura (ou compreensão) dos signos, que estão espalhados no espaço bidimensional da página. Vejamos o exemplo de "Humanos" (2001, p. 71):

```
                    nos mais
          normais
dorme a fera:
o des                         o in
  o h                         umano
          nela
```

Nesse poema, o que chama a atenção é a fragmentação visual, provocada pela ruptura léxica e lógica dos enunciados. Não se trata somente de romper a sequência das palavras ou de deslocá-las na página, mas, principalmente, de multiplicar as possíveis relações entre elas, fazendo com que cada diferente combinação assuma novas significações. Veja-se a possibilidade de sentidos relacionados com "umano": a sequência pode ser transformada em "inumano", em "humano" ou em "desumano", deixando a critério do leitor interpretar qual entre essas possibilidades seria "a fera" que dorme nos mais normais, preanunciada nos versos precedentes. Por outra parte, é possível entender que o humano é composto por essa pluralidade de perspectivas (o desumano, o inumano e o humano) que, convivendo dentro dele, formam "a fera".

Essa linha interpretativa reforça a noção de que o ser humano é plural, mutante e contraditório (ou seja, como podem ser estas três diferenças contemporaneamente?). É significativo, a esse respeito, o fato de que o título do poema seja "Humanos", indicando que o enunciado poema ressalta, desde o começo, a noção de pluralidade do humano. Qualquer que seja a interpretação elaborada para o poema, faz sentido observar que Ricardo Aleixo propõe uma peça criativa cuja característica principal a fragmentação – associa-se de modo evidente ao tema do poema. Sem dúvida, há poemas mais explícitos, na obra de Aleixo, no que diz respeito ao labirinto de possibilidades de leitura e/ou interpretação deles. Vejam-se, em particular, seus poemas de maior apelo visual, alguns dos quais serão analisados mais detalhadamente no Capítulo 4.

Retomando a questão da obra poética construída como um labirinto, é oportuno dizer que, evidentemente, cada poeta mencionado constrói sua obra a partir de concepções e estéticas singulares, que, por sua vez, compõem as diretrizes do labirinto que cada poeta articula. Limitamo-nos aqui a apresentar algumas vias de análise relativas a esse aspecto que atravessa as poéticas de Adão Ventura, Edimilson de Almeida Pereira, Ruy Duarte Carvalho e Ricardo Aleixo.

3.2 Das escavações na língua e na cultura

A análise da poesia a partir da categoria da mineração (e dos gestos relacionados a esta realidade social, econômica e cultural) nos permite estabelecer uma interpretação do texto poético que vincula o imaginário da atividade nas minas à atividade criadora de determinados poetas. A ideia da escavação está carregada de estímulos para pensarmos o trabalho do poeta empenhado em escavar a língua e a produção poética para torná-las maleáveis aos seus propósitos, conforme já assinalamos no item 1.2. Alguns dos autores aqui mencionados realizam um processo criativo mergulhando na língua à procura da palavra que, como o diamante, brilhe e se destaque, enriquecendo o poema com a perspectiva de novos significados. Essa escrita pode ser lida no binômio barroco "escassez *versus* abundância", "miséria *versus* exuberância", delineado nas Minas Gerais, no auge da mineração, período em que a (súbita) riqueza convivia, com intensos contrastes, com a miséria. Diante disso, as questões que se colocam são: como identificar a presença dessa lógica de construção social na composição do poema? Como estabelecer essa ligação?

Pensamos não haver uma única maneira de se articular essa ligação. Alguns poetas, como Paula Tavares, Adão Ventura – exceto em seus dois livros iniciais – e

Ricardo Aleixo incorporam uma lógica feita de contrastes, graças à construção de uma poética caracterizada pelo emprego de elementos refinados, ricos em desdobramentos culturais, porém expressos por uma linguagem contida, econômica, quase escassa. A capacidade de arquitetar uma obra poética densa, lançando mão da menor quantidade possível de palavras representa um contraste instigante, se considerada a perspectiva de análise desenvolvida neste capítulo. Vejamos, por exemplo, o poema "Luanda", de Adão Ventura (2002, p. 59):

lavrar as palavras
à maneira de Manuel Rui
– pentear-lhes as sílabas
uma por uma,
– se possível com um pente
de metralhadoras.

O poema consta de apenas 6 versos, mas sugere uma série de reflexões de caráter social, metalinguístico e intertextual. Primeiramente, observa-se que Ventura explora o aspecto fonético do poema, por meio de falsas rimas internas ("lavrar as palavras") e aliterações ("pentear-lhes as sílabas"). No entanto, o aspecto formal do poema é somente um dos aspectos relevantes, uma vez que há outros elementos também significativos. Na medida em que o poema se refere ao processo da escrita, por um lado, se caracteriza pelo teor metalinguístico ("lavrar as palavras/ [...] pentear-lhes as sílabas"); por outro, estabelece uma relação intertextual com a obra do escritor angolano Manuel Rui, escolhido como modelo de poética ("à maneira de Manuel Rui"), ou como metonímia da resistência angolana ao colonialismo.

Já o final do texto – acossado por uma ironia quase cínica, que contrasta com o tom inicial do poema – nos transporta subitamente para o contexto da realidade social angolana, em que a "metralhadora" lembra a guerra civil que assolou o país durante quase três décadas. As várias pistas de leitura sugeridas pelo poema indicam a exuberância de significados ali abarcados, apesar da sua forma contida. Nessa mesma linha de criação vale, para o nosso propósito, analisar outro poema, desta vez da poeta angolana Paula Tavares (2003, p. 34):

A bola de cera do meu corpo
Foi partida a golpes de catana
A cerveja do meu sangue de dentro
Já tinha bolhas
Caminhar por dentro do meu corpo
Não foi difícil
Com o chicote de couro
E as sandálias.

Uma das marcas da poética de Paula Tavares é o fato dela se apoiar em valores simbólicos caracterizadores de grupos sociais específicos, o que lhes outorga uma densa carga enigmática: bola de cera do corpo, cerveja do sangue, bolha e sandálias são símbolos através dos quais a poeta constrói um universo poético impregnado de cumplicidades internas (as sandálias, por exemplo, são um símbolo do "viajante" ou do forasteiro, às vezes identificado com o amado inominado, que perpassa o conjunto de sua obra. Em função disso, cria-se uma linha temática frisada pelo movimento e pela errância, como se esse forasteiro transitasse de livro em livro, aparecendo e sumindo anonimamente). Vejamos, a esse respeito, outro fragmento no qual encontramos a presença do símbolo das sandálias:

> O meu amado chega e enquanto despe as sandálias de couro
> Marca com o seu perfume as fronteiras do meu quarto.
> [...]
> Depois parte.
> ....
> Deixa perdidas como um sonho as belas sandálias de couro.
> (TAVARES, 1999, p. 19)

Por esse motivo, apesar da coesão revelada pelo universo poético da autora, os caminhos de leitura e interpretação da sua poética se multiplicam, permanecendo abertos à maior ou menor competência investigativa do leitor. Com efeito, essa é uma das vertentes que constituem a lírica moderna (lembremo-nos aqui da alusão já feita ao pensamento de Hugo Friedrich sobre esse tema) e assim o demonstram Adão Ventura, Ricardo Aleixo e Edimilson de Almeida Pereira, através do poema econômico, minimalista, que se inscreve no cerne da modernidade. Isso significa dizer que tal poética não se apresenta como peculiaridade apenas dos poetas cujos referentes culturais remetem de alguma forma às questões da diáspora negra ou africana. No entanto, à luz da nossa investigação, esses poemas tornam-se emblemas de um trabalho poético sustentado pela capacidade de "escavar" – no sentido de cavar seguindo diferentes e imprevisíveis pistas – e de "ordenar" as palavras de maneira a gerarem camadas de significados postos uns sobre os outros, uns dentro dos outros.

Esse procedimento de encaixar as camadas de significados é particularmente evidente no trabalho poético de Edimilson de Almeida Pereira e de Ruy Duarte de Carvalho. Os dois poetas desenvolvem uma estética do encaixe, na medida em que o diálogo que travam com a cultura popular – paradigma de uma lógica de mundo estruturada como um palimpsesto, conforme analisaremos a seguir – ata e desata os nós com a própria cultura e o próprio tempo. A propósito dessa questão, analisada na obra de Edimilson Pereira, o poeta e crítico Sebastião Uchoa Leite (*apud* PEREIRA, 2003a, p. 13) sinalizou o fato de que "poder-se-ia dizer que sua poesia tem caráter antropológico, mas não no sentido superficial de uma poesia temática e sim no sentido vertical que incorpora o ponto de vista nuclear do ser humano como centro de suas preocupações". Por seu turno, a professora Enilce Albergaria Rocha (2003d, p. 4) observa que a voz poética em

> *As coisas arcas* embrenha-se pelas trilhas e ravinas da terra – lugar do sagrado das Minas Gerais, à espreita e à escuta dos tambores e ritos do presente que perenemente ressignificam os gestos e signos, pois é na linguagem, e graças a ela, que a tradição se renova, se reatualiza e se mantém viva. Nesse sentido, *As coisas arcas* desvenda fragmentos do relicário negado, destruído ou ocultado pela sociedade mineira e brasileira, mesmo se lavrado na memória de arquivos históricos.

Essa ideia do "relicário negado" constitui o fio fundamental que percorre os volumes inseridos na reunião intitulada *As coisas arcas: obra poética 4* e, de modo particular, torna-se o elo entre os poemas do livro *Sete selado*, que traz em sua abertura uma epígrafe enigmática, extraída dos cantos de vissungo registrados na região mineira de São João da Chapada. A epígrafe, citada abaixo, remete a um contexto histórico determinado, mas não delimita o campo de leitura apenas à interpretação histórica, pois, como podemos observar, ela aponta também para outros campos semânticos que interferem na composição do universo poético de Edimilson Pereira, ou seja, a oralidade e a estética barroca do "mundo encaixado", no qual as coisas, as palavras e os significados estão embutidos uns nos outros, à maneira das sete bonequinhas russas que se encaixam, uma contendo em si a outra, que por sua vez contém a outra etc. Esse vem a ser um dos sentidos atribuíveis às "coisas arcas", ou seja, a ideia de um mundo contendo outros mundos possíveis:

SOLO
Jambá tuca rirá ô quê

CORO
Jambá catussira rossequê

SOLO
Rio, rio
O menino grita para o pai que encontrou
um diamante; este responde que o esconda
no cascalho e – Silêncio!

A epígrafe se articula, de acordo com a tensão barroca, entre aquilo que é visível e aquilo que é sonegado, entre aquilo que é dito e aquilo que permanece não dito.

Enquanto os mineradores eram vigiados, tecia-se uma resistência por meio daquilo que silenciavam, os diamantes escondidos, os achados-perdidos. O autor lança sua lente sobre essa sonegação, construindo sua fala a partir dela e do silêncio onde se escondem "os cantos da sala virados pelo avesso" e onde, por meio dessa travessia na linguagem, "o que se acumulou (ou escondeu) volta a se oferecer" (PEREIRA, 2003d, p. 144). É importante ressaltar esse aspecto porque ele compõe a moldura e o ancoradouro cultural do livro *Sete selado*, no qual as coisas aparecem "expostas", porém, "seladas", cifradas e em permanente estado de tensão entre a visibilidade e a invisibilidade. Essa tensão passa do conteúdo para a forma, para enraizar-se numa poesia que, de acordo com Rita Chaves (*apud* PEREIRA, 2003d, p. 17), "sem poder ignorar a desordem das coisas, assume a inquietude como uma forma de estar e exercita o papel de semear interrogações e cultivar perplexidades".

É sintomático, nesse sentido, que o livro se abra com o poema "Senha" (PEREIRA, 2003d, p. 143), como se fosse preciso ter um código de entrada que permitisse o desvendamento do universo. No entanto, nada nos é dado de mão beijada, pois, inclusive coisas comuns têm inscrições enigmáticas, na medida em que o poema exibe "movimentos que objetivam descamar objetos, mobilizando a memória na decifração de coisas e gentes" (CHAVES *apud* PEREIRA, 2003d, p. 19), como é o caso dos tecidos que são "bordados em nós/ mais que em si mesmos" (PEREIRA, 2003d, p. 143).

Compreende-se, por meio do *incipit* do livro, que o autor condensa em imagens as contradições, os paradoxos da realidade, de maneira a gerar uma mediação entre a linearidade do cotidiano e o estranhamento da representação literária, que diz respeito ao mundo do qual se está falando, onde tudo é uma coisa e outra também, como demonstram os seguintes versos do poema "Sítio" (PEREIRA, 2003d, p. 164):

> Na chácara moramos, os outros em nós/ [...]
> Os cômodos prosseguem com
> menos coisas e mais enredos. A falta de uma
> peça rende mil conversas

No universo aqui representado, a precariedade material é suprida pela abundância da fala e adquire um novo sentido em função dos desdobramentos que ocorrem nos signos da linguagem, neste caso, da oralidade. Esse poema expressa o paradoxo característico com o qual trabalha Edimilson Pereira ao longo do livro, ou seja, não obstante o título evocar a noção de propriedade, de bem material ("sítio"), de espaço geográfico delimitado, o poeta inverte a lógica ao falar da escassez, da decadência material, pois, como lemos no poema, se "os cômodos prosseguem com menos coisas", ao mesmo tempo indica-se que "nesta chácara morou Antônio

Francisco,/ a lepra morando nele" (PEREIRA, 2003d, p. 164). Isso quer dizer que a degradação (material e física) invade pelas fissuras invisíveis, come de dentro para fora, enquanto se dá a construção de algo que perdura em outras incisões. Podemos falar, a esse respeito, de uma "metafísica da escassez", na qual a linguagem sublima os hiatos da vida real.

Em outro verso do poema "Dedicatória" (PEREIRA, 2003d, p. 160), lemos precisamente isso: "Essa carência é um discurso". Por outra parte, se nos apoiarmos em elementos que decorrem da sociedade e da história de Minas, nos lembraremos da agonia de Antônio Francisco Lisboa, o "Aleijadinho", cujo corpo físico exibia sua degradação à medida que esculpia obras de arte, como parece sugerir o verso do poema "Bordados" (PEREIRA, 2003d, p. 169): "Lacerações/ vestem o enfermo com flores". Essa contradição, constitutiva da arte barroca, é recuperada pela poética de Edimilson Pereira e compõe a lógica de mundo "ao avesso" que perpassa as páginas de *Sete selado*, de acordo com a qual "o moinho come desde a suicida/ que o girou" (PEREIRA, 2003d, p. 149).

Em vista disso, o poeta se vale com frequência de binômios opostos (imobilidade *versus* movimento, escassez *versus* abundância), de paradoxos, de oxímoros e do *nonsense* para provocar um estranhamento que rompe a representação linear. O absurdo, nessa perspectiva, passa a fazer parte da realidade, na tentativa de se dar conta dos elementos estranhos que, embora inexplicáveis, se encontram dentro da vida das pessoas. Contudo, a maior erosão operada pelo poeta se situa no interior da linguagem, uma vez que ele deixa permanentemente em aberto o campo de significação das palavras, que se movimentam no texto de acordo com as diferentes leituras que incidem sobre elas ("palavras esperando/ se tire delas o insólito" [PEREIRA, 2003d, p. 177]). A maleabilidade dos signos, uma das marcas da poesia do autor, dialoga com suas pesquisas de campo no interior de Minas Gerais, desenvolvidas ao longo de duas décadas, nas quais o autor, em parceria com a professora Núbia Pereira de M. Gomes, coletou informações sobre manifestações do sagrado, tais como o Congado, a Folia de Reis, os mitos serpentários e as benzeções, analisadas em diversos livros.

Em vista da duração e da intensidade dessas pesquisas de campo, compreende-se que as informações coletadas, além de influenciarem a poesia do autor, aparecem também nos textos poéticos como agentes fundadores de uma cosmogonia pessoal, retrabalhada e ressignificada a partir das experimentações da linguagem. O livro *Árvore dos Arturos & outros poemas*, publicado em 1988, é o melhor exemplo dessa intersecção entre o corpo vivido e o corpo ressignificado, entre a experiência na carne e a experiência na linguagem, já que o autor propõe poemas inspirados na convivência com a comunidade dos Arturos, em Contagem, em razão da pesquisa que originou o livro de ensaios *Negras raízes mineiras: os Arturos*, também de 1988. Como afirma o poeta numa entrevista (*apud* WHITE, 1996, p. 50),

> as viagens no interior de Minas Gerais mudaram minha poesia, porque abriram caminhos linguísticos e ricas representações culturais para mim [...] A paisagem humana está frequentemente revelada através dos nomes das pessoas [...] Crio uma metalinguagem como uma maneira para encarar meu trabalho e os fatos socioculturais que discuto nele [...] Na especificidade de Minas está o meu caminho para atingir o universal como ser humano e como artista.

Percorrendo os livros de ensaios publicados em coautoria com Núbia Pereira de M. Gomes, tem-se a impressão de que eles contêm as chaves que nos permitem abrir (e entender) as arcas seladas nos versos do autor. O livro *Mundo encaixado: significação da cultura popular*, publicado em 1992, por exemplo, traz como epígrafe um depoimento recolhido na cidade de Guaraciaba, no interior de Minas, e revela uma visão de mundo estruturada e dinâmica:

> Ah, dona, tudo nesse mundo de Deus tem explicação, tudo é uma coisa só, com outras coisa dentro. Eu falo que é encaixado igual telhado, a ponta de uma telha juntano na outra. Se quisé consertá goteira, tem que trocá no mesmo jeitim: se as telhas do remendo fô maior, ou menor, tem até que desmanchá um pedaço grande, pra dá encaixe. O mundo é encaixado, tudo certim.

Podemos nos recordar desse depoimento ao lermos o poema "Porfia", do livro *Sete selado* (PEREIRA, 2003d, p. 146): "[...] Não assino isso, mas/ outra voz que não está em mim/ e me povoa"; ou estes versos de "Escariações" (PEREIRA, 2003d, p. 180), título que sugere, uma vez mais, as ideias de alargamento e de incisão dos signos: "Fila de casas/ com orgulhos enfileirados./ Uma ordem dentro da outra./ Quartos, metade quartos".

Esse recorte do universo poético de Edimilson Pereira, povoado por coisas dentro de outras coisas, por "recados atrás de calendário" (PEREIRA, 2003d, p. 181), por sulcos abertos "sob o retrato" (PEREIRA, 2003d, p. 180), decorre da maneira como a cultura popular decifra o espaço, o tempo, a vida e a morte, enfim, os elementos que fundamentam uma certa filosofia de vida, e compõem os traços gerais de uma determinada ordem cultural. A esse respeito, vale citar o depoimento do devoto de Santos Reis, Nélson Carvalho da Silva, presente no livro organizado por Pereira e Gomes, *Do presépio à balança: representações sociais da vida religiosa*, de 1995, no qual o agricultor afirma que "O dia da gente começa e termina com o Divino Espírito Santo. O resto acontece é no meio"(GOMES & PEREIRA, 1995, p. 120). Em relação a esse aspecto, a poesia de Edimilson Pereira representa o meio do caminho, a encruzilhada entre vários pontos, pois, como anuncia o eu poético, "minha natureza/ está na intriga das coisas, nem/ sal nem fel. A margem me/ propicia os meios" (PEREIRA, 2003d, p. 160). Poderíamos dizer que aqui se trata da realidade sociocultural que também inspirou Guimarães Rosa, embora explorada a partir das marcas pessoais de cada autor. As atitudes de Rosa e Pereira na escrita conferem mobilidade aos signos (semânticos e linguísticos), que não se cristalizam num significado único, mas que, ao contrário, circulam nas entrelinhas do texto.

A esse respeito, vale evocar a leveza com que as palavras atualizam o passado e vislumbram o futuro, apesar de estarem carregadas de presságios e de rituais sagrados que as vinculam a um lugar e a um tempo presente. Cada palavra, ao fazer isso, cumpre a tarefa de se desdobrar, como um buquê, em muitas outras, pronunciadas ou não. Trata-se de uma economia linguística que, se, por um lado, preza a contenção, a precisão, a ideia da *misura*, por outro, se movimenta em silêncio e multiplica suas referências e significações, não pertencendo apenas a coordenadas específicas (Minas), mas abrindo-se para significados mais amplos.

Para ilustrar esses elementos, e a maneira como se explicitam no texto de criação, escolhemos os seguintes fragmentos: "para exibir a sete chaves o invisível só/ mesmo a arca e a família que nos habita" (PEREIRA, 2003d, p. 157); "Vem da umidade/ a enumeração dos nomes" (PEREIRA, 2003d, p. 156). Pensamos ser pertinente, na leitura dos versos referidos, remeter aos conceitos de raiz e rizoma que Deleuze e Guattari propuseram a partir da classificação botânica das raízes. Segundo os autores, as raízes se classificam em dois grupos: no primeiro estão as raízes que possuem um eixo central a partir do qual a planta se desenvolve verticalmente; o segundo grupo, o dos "rizomas", contempla raízes fasciculadas, que possuem um ponto de origem do qual nascem, em todas as direções, e inúmeras fascículas. Essa divisão botânica foi estendida pelos autores a outros campos da ciência, deslocando a aplicação da multiplicidade do rizoma para a literatura. Em nosso caso, isso se torna relevante, pois, de acordo com Deleuze e Guattari (1995, p. 11-37), "um rizoma não cessaria de conectar cadeias semióticas" e, além disso,

> Um rizoma não começa nem conclui, ele se encontra sempre no meio, entre as coisas, inter-ser, intermezzo. A árvore é filiação, mas o rizoma é aliança, unicamente aliança. A árvore impõe o verbo 'ser', mas o rizoma tem como tecido a conjunção "e...e....e....". Há nesta conjunção força suficiente para sacudir e desenraizar o verbo ser.

Como podemos notar, esse pensamento perpassa a cultura popular e é significativa a similaridade entre essa teoria e a frase de Nélson Carvalho da Silva citada há pouco. Essa linha de pensamento aparece nos versos do poeta, mesmo que de forma disfarçada, quando ele nos fala de raiz (o signo) com suas múltiplas florações. Pensamos também que a teoria da arbitrariedade do signo de Saussure encontra-se implícita na visão de mundo proposta pela poesia de Edimilson de Almeida Pereira, para quem o signo não diz apenas aquilo que lhe é conferido por atribuição e por código, mas é deslizante, foge das cristalizações e procura a subversão da linguagem, dialogando com diferentes registros linguísticos: do popular ao erudito, do coloquial ao arcaico. Em suma, essa tendência poética de Pereira incorpora uma multiplicidade de fatores culturais, sociais, históricos, étnicos e éticos, à maneira de um rizoma.

É válido observar como esse tipo de discurso multifacetado aflora quando o que está em jogo é a abordagem da questão relativa à identidade do sujeito, como revelam as palavras de Stuart Hall (2002, p. 13): "A identidade torna-se uma 'celebração móvel': formada e transformada continuamente em relação às formas pelas quais somos representados ou interpelados nos sistemas culturais que nos rodeiam". De maneira semelhante se porta o signo, rebelde, desassossegado, como um camaleão disfarçado nos versos do autor, como demonstram os seguintes fragmentos: "a noite/ engorda signos, o pai/ a altura do filho" (PEREIRA, 2003d, p. 153); "O manuscrito/ se imprime e circula" (PEREIRA, 2003d, p. 149); "Passando de casa em casa,/ de um parente a outro atinge a inércia de/ jamais ancorar. Embora seja esse o plural/ da vida, alguma raiz reclama seus gumes" (PEREIRA, 2003d, p. 157). A esse respeito, recordamos o ensaio de Silviano Santiago, *O entre-lugar do discurso latino-americano*, no qual o crítico afirma que o escritor latino-americano precisa encontrar seu lugar por meio de uma escrita que se situe

> entre o sacrifício e o jogo, entre a prisão e a transgressão, entre a submissão ao código e a agressão, entre a obediência e a rebelião, entre a assimilação e a expressão – ali, nesse lugar aparentemente vazio, seu templo e seu lugar de clandestinidade, ali, se realiza o ritual antropófago da literatura latino-americana (SANTIAGO, 2000, p. 24).

Conforme assinala Nubia Jacques Hanciau (2005, p. 127) ao trabalhar com o conceito de "entre-lugar", podemos dizer que

> O desejo de releitura dos tradicionais espaços de enunciação – desafiados pelos discursos pós-colonialistas e pela posição singular da crítica ante a dependência cultural –, fez com que fossem criados esses novos espaços que, misturados às virtualidades globais e às regionalidades enunciativas, atendem ao apelo de instâncias subjetivas dos discursos em circulação.

Pensamos que, no caso de Edimilson de Almeida Pereira e dessa sua vertente poética específica, trata-se do emprego de uma palavra que busca a concisão e, ao mesmo tempo, expõe a flexibilidade da cultura popular, a palavra que nasce no contexto da Folia de Reis, do Congado, das benzeções e que, a partir desse contexto, opera a desconstrução no interior do discurso poético e, de certa forma, no interior do universo estético do leitor que desconhece, ou conhece em parte, esses elementos culturais. Essa estratégia exprime, do ponto de vista do eu poético, a tentativa de inserir uma dinâmica de substituição, troca, mistura e transformação dos códigos situados no limite entre a flexibilidade da oralidade e a rigidez da língua padrão, de maneira que os códigos da oralidade e da escrita se afetem um ao outro, mutuamente.

Em vista disso, cabe salientar que o aprendizado obtido ao lado das comunidades do interior de Minas associou-se ao processo criativo do poeta, para quem "o trato com o sagrado ensinou-nos a multiplicidade de significações contidas em um gesto ou em uma palavra" (GOMES; PEREIRA, 1988, p. 15). A partir disso, é pertinente o fato de lermos em seus versos que "gestos são metáforas" (PEREIRA, 2003d, p. 146), "linguagem são golpes, ainda que a fragilizem as falhas/ da comunicação" (PEREIRA, 2003d, p. 172), "os tecidos de suas/ barcas, alvejados, viram história" (PEREIRA, 2003d, p. 183).

Conforme observamos nessas passagens, o entrecruzamento entre pesquisa e criação é profundo, e a análise dos volumes de ensaios do escritor pode apresentar chaves de leitura de sua poesia. Sob essa perspectiva, se esclarece o sentido (até então) enigmático do título da obra *Sete selado*. De acordo com os depoimentos recolhidos por Edimilson Pereira e Núbia Magalhães Gomes (1995, p. 145), durante as pesquisas de campo,

> O sete selado é um livro sagrado muito difícil e, segundo os foliões, sua leitura pode enlouquecer as pessoas. Pelas citações, parece tratar-se de uma parte do Apocalipse, livro das revelações de São João Evangelista no Novo Testamento. Segundo as informações, o segredo da Folia de Reis está escrito num livro que é *selado com sete selos* e todo folião será reconhecido no céu porque tem o *selo de Deus na testa*.

O título do livro considera, entre outras possibilidades, uma reescrita desse "livro sagrado muito difícil", em versos, como a querer estabelecer uma outra mitologia, uma outra versão da *Bíblia*. Existe, de fato, em *Sete selado*, um poema que simula a recriação do mundo, à imagem do *Gênesis* cristão. O poema tem o título sugestivo de "Oitavo dia" (PEREIRA, 2003d, p. 162), e a última estrofe enuncia: "E o mar reclamou sua orla em envelopes-ondas com/ peixes pardos enguias mexilhões hipocampos conchas/ contratos corais. Tudo em verbos. O gênesis revisto e/ aumentado". Para um mestre da Folia de Reis é importante conhecer o sagrado, e para isso ele precisa ler os livros sagrados, apropriando-se do saber reservado aos iniciados, afirmando a oposição entre o sagrado e o profano. Da mesma forma, essa oposição está presente na "reescritura" de Edimilson Pereira, um viajante no mundo da religiosidade popular. Sob esse aspecto, a densidade que cada palavra assume no interior dos poemas decorre do fato de o poeta ser um aprendiz da palavra sagrada, que possui suas fórmulas indecifráveis e que exige dos interessados um percurso de iniciação, do mesmo modo como sucede aos que conservam, ainda hoje, a memória dos vissungos, assim como comentamos no início deste capítulo.

A poética de Edimilson Pereira, no entanto, não está voltada apenas para a busca dos sentidos imutáveis do sagrado, já que o poeta, uma vez aprendidos os códigos da iniciação, os transforma em signos deslizantes que dialogam com outros signos, decorrentes de contextos disfarçados, deslocando-os, portanto, do lugar "raiz" do sagrado para que circulem nos espaços rizomáticos da cultura.

Assim como recitam os versos de "Escariações" (PEREIRA, 2003d, p. 180), essa estética se serve da astúcia que "abre sulcos sob o retrato", num movimento de escavação que remete novamente à ideia da mineração. Como observa a professora Rita Chaves (*apud* PEREIRA, 2003d, p. 19), "ao atravessarmos suas páginas vamos nos deparando com movimentos que objetivam descamar objetos, mobilizando a memória na decifração de coisas e gentes. O processo é o da escavação, referenciando a urgência de uma descida a espaços ainda não explorados".

Por sua vez, Maria José Somerlate Barbosa (FIGUEIREDO; FONSECA, 2002, p. 187) descreveu com sutileza essa superposição de camadas e afirmou que

> a produção poética de Edimilson imprime estratégias de uma linguagem reinventada na qual vai-se descortinando um palimpsesto cultural. Se a sua poesia apresenta a heterogeneidade de momentos históricos e representa práticas culturais de origem africana em Minas Gerais, também oferece uma investigação linguística e uma estética apurada.

De volta à poesia de Edimilson Pereira, observamos que a ideia do palimpsesto, no seu sentido de rasura, borrão e superposição de camadas, está presente de forma explícita em poemas como "Insurrectos" (PEREIRA, 2003d, p. 190), no qual se lê:

> Espátulas tiram camadas de pinturas, umas sobre
> outras dizendo e calando coisas. O que machuca as pare-
> des não é o tempo, mas os exílios.
>
> Raspa-se a história, aqui e ali se movem cavalos. Uma
> negativa ao templo. Uma vida dentro, outra entre
> macerações. Raspa-se o pathos.
> Este e outros deuses respiram livres da cadeia de
> cores. De agora em diante, as leituras serão mudadas. O
> mudo léxico rasurou o que estava impresso.
>
> Raspa-se o cárcere. Efes e erres. A concha-índice da
> era em que tivemos rêmoras. Raspa-se, pois há códigos
> que não se abrem aos instrumentos rápidos.

O poema remete ao universo sociopolítico de Minas, terra da Inconfidência, mas também terra na qual os escravos tramaram numerosas insurreições durante o século XVIII. Embora não haja referências explícitas à experiência dos afrodescendentes, a temática do poema é a da superposição de camadas de pinturas nas igrejas coloniais, cujas presenças revelam os legados que os escravos, na maioria das vezes, registravam, clandestinamente, sob a camada de pintura oficial.[61] Talvez, por isso, o poeta evoque a ideia de "dizer e calar coisas", uma vez que atrás da pintura exposta foram encontradas outras pinturas, signos e interrogações deixados a amadurecer ao longo do tempo. No poema, o movimento de raspagem não se refere apenas ao ato de raspar a parede; há, isto sim, outro movimento subentendido, que consiste na raspagem da história, como se escavando o passado pudéssemos descobrir novas perspectivas que mudam não só a interpretação dos fatos ocorridos, mas também dos fatos do presente ("de agora em diante as leituras serão mudadas"). Esses signos, depositados no tempo, são como uma escrita cuja decifração é trabalhosa, demorada, pois, como lemos no último verso, "há códigos que não se abrem aos instrumentos rápidos".

Na realidade, não somente aquilo que é relatado no poema se refere ao palimpsesto, mas o próprio texto se constrói a partir dessa estrutura, pois escava significados nos meandros e no esplendor barroco de Minas Gerais, que encanta, mas que nem por isso deixa de inquietar e de acenar para as facetas obscuras da história: "raspa-se a história [...] Uma negativa ao templo. Uma vida dentro, outra entre macerações. [...] O mudo léxico rasurou o que estava impresso". Essa escavação produz novos sentidos, inesperados, e tenta recriar (mesmo que não seja de forma linear e unívoca) o elo entre uma história escrita e aprendida e outra, sonegada, e que, por ter sido silenciada, oferece múltiplas pistas abertas de interpretação. Nesse sentido, no processo criativo do poeta, a metáfora da escavação não alude tanto à busca de algo original que está no fundo, e sim à ideia de produzir novos sentidos.

Em contrapartida, na poética de Edimilson Pereira o fundo cultural relativo à prática da mineração se torna explícito em versos como "Séculos de ouro secos,/ a busca de pedras não" (PEREIRA, 2003d, p. 147). Se o ouro acabou, não é possível dizer o mesmo do espírito de busca que anima o minerador, ou seja, ainda que exilado no tempo, o ser humano continua sendo estimulado por valores e objetivos que, não obstante a passagem do tempo, contribuem para definir a sua própria condição de humanidade. A lembrança daquilo que o homem foi, especialmente dos fatos ligados à sua capacidade de superação dos obstáculos, permite-lhe elaborar um ideário de crença no presente, ainda que as evidências desse presente mostrem que não há razões para tal atitude. O poema "Garimpo" (PEREIRA, 2003b, p. 213) explicita as

[61] Ver, a esse respeito, o livro *A mão afro-brasileira* (ARAÚJO, 1988).

tensões inscritas no universo da mineração e do garimpo, e revela a maneira como o poeta olha e ressignifica essa realidade de acordo com a sua leitura:

> O casario vive seu desamparo.
> Para excitá-lo só um poeta-arqueólogo
> que avia a foto dizendo: nesse laivo
> de crime e oratório deus grifou
> minha infância. Entre as ruínas, o levante
> de escravos, outras arengas se inflamam.
> Quem trama? onde ? Fiel ao nome,
> o território se inventa na avaria.
> O poema tira os arreios da sombra.

Podemos observar que o poema está construído a partir da lógica binária entre o registro semântico da precariedade e dos elementos que se desgastam no tempo ("desamparo", "ruínas", "avaria") e o registro semântico da rebeldia, desenhando-se, desse modo, um microuniverso no qual as coisas permanecem e tramam, onde se tece o levante, as "outras arengas se inflamam", o território "se inventa". Trata-se da tensão barroca já salientada no capítulo, que aqui se configura sob a perspectiva metalinguística privilegiada pelo poeta. De acordo com essa lógica, não é a linearidade dos acontecimentos que interessam ao poeta, ou que ele pretende anunciar nos seus poemas, mas a possibilidade de fixar determinados acontecimentos – mesmo os não visíveis, os não palpáveis – mediante a produção de um discurso que abre um percurso no tempo, resiste e se impõe como um abrigo simbólico. A esse respeito, o poema em prosa "O grito" (PEREIRA, 2003c, p. 211) é bem representativo, pois nele torna-se mais explícito o fato de que o acontecimento de alguma rebeldia de outrora persiste no tempo e "irrompe na página", conforme podemos ler a seguir:

> A palavra tem sido o lugar onde levantamos abrigo.
> Na plantação, no garimpo tecemos o grito, origem do que falamos.
> O que foi registro de rebeldia não se aplacou, irrompe na página
> desnorteando os cães de caça. O grito espreita atrás da escrita,
> não confia em setas, escolhe os atalhos. Os cães foram ensinados
> a varar a noite e o tempo. A palavra, no entanto, é um edifício
> e se alarga para as margens da floresta.

Contrariamente às aparências, o ato que ficou no passado da história oficial (alguma atitude de rebeldia) se multiplica no tempo através da palavra, portadora dessa permanência, que "se alarga para as margens da floresta". Atrás da palavra se esconde o grito, anterior a ela, com a sua noção de origem do discurso "desnorteador", questionador e perturbador, sempre em alerta, que se propaga nos atalhos da memória individual e coletiva.

Ao considerarmos a obra poética de Ruy Duarte de Carvalho, reparamos que ele opera outra modalidade de garimpagem, trazendo à tona mitos e símbolos das diferentes culturas tradicionais africanas recolhidos em campo ou extraídos de livros de pesquisa etnográfica. Trata-se de fazer emergir esses traços culturais não tanto sob uma perspectiva antropológica (ou não apenas), mas, sobretudo, sob a perspectiva de quem lida com a linguagem ciente de que, nestes traços culturais, está depositada uma fonte de renovação poética ou, em outras palavras, uma forma de expressar poeticamente a realidade africana tradicional. Vê-se então que à riqueza da cultura tradicional é dispensado um tratamento literário contemporâneo, e desse movimento (que implica trazer para um contexto moderno textos relativos ao mundo tradicional) resulta um interessante processo de estranhamento. Isto porque, na elaboração do texto poético, não se tem mais a versão fiel à cultura de origem, mas, do mesmo modo, não se tem um poema totalmente livre das âncoras que o prendem a um certo contexto sociocultural. O "dizer festivo" de Ruy Duarte de Carvalho interfere na decodificação do texto tradicional, que se torna outro, renovado e "reconvertido". De acordo com Laura Padilha, esse fato ocorre no momento em que o poeta reinventa as "velhas imagens" fixadas pela tradição. Em outros termos, pode-se dizer que o poeta "está inventando [estas imagens], delas fazendo a matéria primeira de um dizer inaugural: com isso demarca o espaço habitado pelo signo poético, sempre intratável, no dizer de Roland Barthes (1981)" (PADILHA, 2002, p. 254).

Desse modo, acreditamos que o "dizer inaugural" apontado por Laura Padilha se refira ao trabalho de Ruy Duarte que consiste no ato de inaugurar, revestir, a cada vez, os signos relativos a determinada cultura de um sentido novo, por isso inaugural, porém transitório, sujeito a novas transformações, pois a cada nova elaboração poética de símbolos e aspectos das culturas africanas tradicionais não corresponde a fixação, mas a reinvenção, a reelaboração constante de formas e sentidos, respondendo à natureza "intratável", isto é, escorregadia, do signo poético, relatada por Barthes, mas também respondendo à estrutura do texto poético de Ruy Duarte de Carvalho como sendo um borrão, constantemente em fase de trabalho na oficina literária.

Ruy Duarte de Carvalho faz incursões na cultura popular africana, de extração oral, para dali retirar os elementos de uma poética condensada em fórmulas ou provérbios. Esse movimento de ir até as fontes plurais, de procurar um caminho de leitura e de percepção do poético, de retrabalhar essas fontes e de reagrupá-las no livro *Ondula, savana branca*, representa, segundo o nosso entendimento, também uma modalidade de garimpo, pois se assemelha ao trabalho de busca, extração, seleção e transformação realizado pelo garimpeiro ou pelo minerador. Da mesma forma como o diamante e o ouro eram encontrados em estado "bruto", necessitando passar pelo trabalho de depuração para ter evidenciados o seu brilho e o seu valor, o material poético garimpado pelo poeta angolano sofre, em seus textos, um processo de "exposição", ou seja, é apontado explicitamente, em notas e na introdução do livro, como portador de um valor poético, já que aparece em livro de poesia sob forma de texto literário.

Ao explicitar o valor poético dos dados coletados, o poeta encena o embate que envolve a legitimação do texto literário. De modo geral, atribui-se ao texto escrito um valor que supera o texto da tradição oral, principalmente nas sociedades ocidentais. Transitando entre a África e a Europa e conhecedor, portanto, dessa hierarquia relativa aos textos, Ruy Duarte procura desestabilizá-la, na medida em que conhece, em contrapartida, a importância das poéticas orais em várias sociedades africanas. Em função desse embate, Ruy Duarte explicita os seus propósitos numa introdução que vale a pena ser citada, na íntegra, pois demonstra as etapas do seu processo de extração – seleção – reconversão das diferentes textualidades:

> Este livro, dividido em três partes – versões, derivações, reconversões –, resulta do tratamento dado a vários testemunhos da expressão oral africana. Sem querer entrar em matéria que poderia induzir em equívoco quanto ao carácter que achei dever procurar preservar-lhe – o de um livro de poesia – julgo vantajoso, ainda assim, manter esta breve notícia.
>
> O meu objectivo, ao reunir em volume parte do resultado da atenção e do labor que tenho dispensado à expressão oral, corresponde à retenção da hipótese de poder trabalhar ou reconverter para poesia alguns materiais de origem africana, recorrendo para tanto às modalidades seguintes:
>
> 1. adaptar para língua portuguesa versões já divulgadas noutras línguas de grande expansão;
>
> 2. devolver ou atribuir a algumas versões fixadas em português uma configuração e dimensão poéticas que as traduções existentes apenas permitiram reconhecer sem contudo configurar;
>
> 3. transformar em poesia algum material que, fixado já, embora dotado de uma carga poética evidente, não poderia, tal como se apresentava, ser remetido à esfera das produções poéticas normalmente reconhecidas como tal;
>
> 4. disponibilizar, para um público de poesia, produções recolhidas e traduzidas por etnógrafos, às quais no entanto é de admitir que apenas tivessem tido acesso especialistas mais preocupados com o interesse informativo dos testemunhos do que com as suas qualidades, potencialidades ou natureza literárias.
>
> Ao capítulo versões corresponderá a modalidade 1. Trabalhei aí, de facto, peças formalmente estabelecidas já como poesia em língua francesa ou inglesa.

> A modalidade 2 foi a que utilizei no tratamento do material kwanyama do capítulo derivações, aproveitando traduções literais de cantos e de imprecações que, conforme os casos, refundi, aglutinei ou reordenei. O material nyaneka desse mesmo capítulo foi estabelecido de acordo com a modalidade 3, operando sobre uma colecção de provérbios. O mesmo quanto ao material bambara, na sua origem uma sequência de máximas iniciáticas, cujo tratamento, no entanto, remete também para o enunciado na modalidade 4 em que, por sua vez, assenta a elaboração do texto peul, que constitui o capítulo reconversões.
>
> Daqui resulta que o livro excede o âmbito de um trabalho de tradução, não só por isso ser o que sempre acontece quando se transfere poesia de uma língua para outra, mas também porque o elaborei consciente de que o resultado solicitava a firmeza de uma rigorosa opção de compromisso. Procurei, de facto, produzir poesia que não desmerecesse da qualidade dos elementos poéticos contidos nas versões a que recorri e bem assim respeitasse a especificidade das suas referências de significado e de pensamento, não deixando nunca, porém, ao mesmo tempo e pelas mesmas razões, de tentar um exercício de equilíbrio entre fidelidade e liberdade.
>
> O livro pretende ser, pois, tanto um trabalho de criação poética quanto um instrumento de divulgação. Foi como poeta que o elaborei e é como tal que assumirei a responsabilidade do que nele houver de desvio em relação às fontes.

Após a leitura da longa nota introdutória, torna-se evidente que o livro *Ondula, savana branca* se apresenta sob a perspectiva da mistura e da hibridação entre o texto original e o texto retrabalhado, entre a fidelidade à fonte e a liberdade de criação. Nesse sentido, a aproximação entre o processo criativo de Ruy Duarte de Carvalho e a metáfora da mineração se torna pertinente, pois, em ambos os casos, insinua-se um procedimento marcado pelas ações da busca e da escavação, que se fazem seguindo dados pelo tipo do solo, seja o metal precioso, seja o texto poético. Os caminhos trilhados pelo poeta, de acordo com a nota introdutória, são caracterizados pelos movimentos de vaivém e de superposição de diferentes processos, de adaptações acompanhadas da liberdade para criar outros sentidos a partir daqueles já existentes.

Conforme assinala Maria Nazareth Soares Fonseca (2002, p. 17), ao analisar a maneira como o poeta preserva as tradições orais africanas na sua poética, podemos dizer que, "nos poemas de *Ondula, savana branca*, os apelos do passado ancestral dialogam com recursos inovadores da escrita e a restauração das tradições enfocadas assujeita-se ao processo determinado pelo uso da escrita".

Contudo, a costura entre a tradição oral e a liberdade de criação não é facilmente observável, pois muitas vezes é ocultada nas dobras do texto, nas entrelinhas ou, quando não, apenas na intenção do poeta. Há outro detalhe que chama a atenção na arquitetura desse livro: na nota ao pé de página da introdução, Ruy Duarte de Carvalho indica a fonte consultada para a montagem de cada poema. No entanto, o poeta sinaliza para o leitor a possibilidade de consultar as fontes originais apenas após a leitura do poema, para que não se perca de vista a "fruição poética". Isso revela a prioridade do poeta em focalizar primeiramente o valor estético inerente aos textos e, secundariamente, o seu teor documentarístico, e desse modo sua poética "opera sempre em tensão com uma pluralidade semântica, pois procura inscrever [...] no universo da literatura tradições de gestos e a palavra sábia dos ancestrais" (FONSECA, 2002, p. 17).

Vejamos, a seguir, exemplos de cada uma das partes do livro enumeradas pelo poeta. Na primeira, intitulada "versões", agrupam-se poemas como "Bantu (floresta equatorial)", procedente da tradição social e cultural Bantu:

> Corre canoa
> suave pelo rio.
>
> Brincavam, choram agora
> em cada ramo, os macacos.
> Caçador desta floresta
> de que estarão a chorar?
> – quebrou a perna, o mais novo
> por isso estão a chorar.
>
> Corre, corre caçador
> faz força sobre o teu remo
> avisa a mãe do mais novo
> que o filho está a chorar.
> – quebrou a perna, o pequeno
> e agora estão a chorar.
> (CARVALHO, 2005, p. 162).

Nesse caso, o grau de interferência no texto é mínimo, mas o interesse do poeta em disponibilizar em língua portuguesa aspectos relativos à cultura africana, mesmo que não seja a dos países de língua oficial portuguesa, pode ser interpretado como um movimento de garimpagem na cultura africana como um todo. Com esse procedimento, Ruy Duarte de Carvalho abre caminho em direção às diversas tradições culturais do continente, disponibilizando-as para outros leitores (vale lembrar, a esse propósito, que *Lavra*, livro de onde se extraiu o poema acima, foi publicado por uma editora portuguesa).

Assim, tal como ocorre com o território africano, que está ocupado por diversas etnias e suas respectivas culturas – situadas, às vezes, a distâncias mínimas umas das outras, independentemente das fronteiras nacionais traçadas pelo padrão geopolítico atual – também esse livro de Ruy Duarte de Carvalho se apresenta como um mosaico de vozes, cada uma delas relacionada a um fragmento diferenciado de determinadas etnias e grupos sociais africanos. Prova disso é que na primeira parte encontram-se textos das tradições Fulani, Iorubá, Pigmeia, Bantu, Ngoni, Didinga, Akan, Dinkas, Xhosa, Thonga, Somali, Berg-Dâmaras, Mensa, Bosquímana, Zulu e Kwanyama.

Já na segunda parte, "derivações", detectamos como perspectiva uma mistura de processos criativos, vinculada às modalidades 2, 3 e 4 de composição literária, conforme a introdução de Ruy Duarte de Carvalho ao livro *Ondula, savana branca*, mencionada anteriormente. Tal perspectiva nos remete à introdução desta obra, quando nos referimos ao "desarranjo" introduzido pelos poetas nos textos por meio da mistura de elementos. Tanto na primeira quanto na segunda parte, torna-se evidente o fenômeno da "negociação de identidades em culturas multifacetadas" (HANCIAU, 2005, p. 139), uma vez que estamos diante de textos que procedem de diferentes tradições culturais. Vejamos, como exemplo dessa parte, um fragmento do poema "A fome", vinculado à tradição Kwanyama:

> [...] levou alguns para a lagoa
> outros foram para o Lubango.
> Não há para onde fugir
> quando se é presa da fome.
> A fome é filha das feras
> está no teu estômago e diz:
> vai roubar, vai roubar.
> Os seus cornos são agudos e direitos
> mais finos do que azagaias.
> Não deixam marca
> nem ferida nem chaga.
> Oh meu boi magro
> quando a chuva morre
> não há casa que não faça o inventário.
> Luto pesado!
> (CARVALHO, 2005, p. 181).

Em nosso modo de entender, mesmo conhecendo o processo criativo subjacente ao poema, a percepção de sua densidade poética se apresenta como uma tarefa difícil, na medida em que o fato de o texto privilegiar o teor estético não torna mais transparente o quadro sociocultural que o fundamenta. É importante frisar que esse fragmento pertence a um dos poemas nos quais e aos quais o poeta angolano tentou "devolver ou atribuir uma configuração e dimensão poética que as traduções existentes apenas permitiam reconhecer sem contudo configurar" (CARVALHO, 2005, p. 155).

A parte "reconversões", na sua totalidade, consiste na elaboração poética de um texto da tradição Peul, encontrado por Ruy Duarte no livro de Hampate Ba, *Koumen – Texte initiatique des pasteurs Peul*, indicado em nota no final do livro. O poeta angolano comenta, a esse propósito, também em nota, sobre as interferências que realizou no texto original que, segundo o seu ponto de vista, se apresentava como "pouco poético e muito descritivo" (CARVALHO, 2005, p. 224). Isso significa dizer que Ruy Duarte fez uma livre adaptação do texto para alcançar o objetivo de uma maior poeticidade, sem sonegar a fonte original. Esse processo se caracteriza pela sua inclinação dialógica, pois a poética resultante dele não se restringe à apropriação da tradição oral, mas a um intercâmbio de valores, formas e símbolos que interferem na estruturação das textualidades escrita e oral, simultaneamente.

Esse procedimento diferencia Ruy Duarte de outros autores que, conhecendo as fontes da oralidade, graças aos trabalhos antropológicos, utilizam-nas como se elas não tivessem autoria ou, muito menos, como se não se estabelecessem a partir de ordens sociais complexas. Nesse caso, o poeta explicita que o texto "pertence" à cultura Peul, mas se dá a liberdade de, como criador, operar interferências ou "contaminações", de maneira que o poema resultante se apresente como uma textualidade tecida entre a fonte tradicional, oral, dos Peul, e a adaptação "poética" autoral de Ruy Duarte. Esse encontro, entre a tradição oral e a sua versão modificada no texto criativo do poeta estaria para aquilo que Edward Said define como "contágio benevolente", isto é, uma contaminação entre registros que se influenciam mutuamente. Vejamos o exemplo seguinte, um fragmento da primeira clareira de *Koumen. Texto iniciático dos pastores Peul*:

> Conheço a temperatura inicial das águas
> a natureza das estrelas
> e a razão de ser de suas longas vidas.
> Conheço o segredo da lua
> quando, crescente, ela atravessa as nuvens
>   quando, redonda
>   ilumina as noites
>   e favorece o leite e a manteiga.
> (CARVALHO, 2005, p. 194)

Se, por um lado, esse texto conserva elementos característicos da tradição popular oral (tais como a estreita relação entre o homem e a natureza, o teor profético dos sinais lançados pela natureza e o forte simbolismo sagrado), por outro, conseguimos interpretá-lo abstraindo os traços do seu contexto original, ao mesmo tempo que passamos a considerá-lo em função dos apelos estéticos e da elaboração linguística com que se apresenta. Seria possível, inclusive, que um leitor o interpretasse ignorando o contexto ao qual ele pertence, sem sentir que alguma coisa estivesse lhe faltando para o entendimento. Isso se deve, acreditamos, ao fato de que existe uma elaboração poética inerente ao texto oral, que contribui para a universalização do conteúdo estético ali subjacente.

No livro *Hábito da terra* se destacam fragmentos nos quais o desejo de expansão do sentido do texto em direção ao universal se instaura como um apelo metalinguístico, movente que provoca a fala: "chamei-vos para assistir à minha indecisão durante as muitas horas que aqui passo a procurar expandir-me em quatro direcções ao mesmo tempo e à espera, desde sempre, que um dia se revele o que vivi e num instante, que me esfarele os ossos, eu possa ultrapassar os planos todos para ver tudo, enfim, ao mesmo tempo e novo" (CARVALHO, 2005, p. 233). O teor metalinguístico desses fragmentos de poema em prosa se afirma na medida em que o poeta fala tanto de um desejo de totalidade, quanto ressalta a importância do particular, ou seja, daquilo que foi vivido por ele individualmente.

Nesse mesmo livro, detecta-se a eficácia do processo de escavação no interior do texto literário, numa modalidade em que o poeta busca o alargamento dos significados por meio da volta do texto sobre si mesmo e de sua reelaboração. Além disso, o poeta estabelece a "espoliação" daquilo que já foi escrito no intuito de reduzi-lo ao osso da fala, muito embora, de modo paradoxal, articule um sistema de trocas que lhe permite introduzir algum elemento novo no texto anteriormente conhecido. Estamos nos referindo ao poema em prosa intitulado "Casos" (CARVALHO, 2005, p. 233), composto por duas partes, estando a segunda subdividida, por sua vez, em três partes. É precisamente esta segunda parte que apresenta um interessante processo de construção literária, uma vez que Ruy Duarte opera um progressivo enxugamento do corpo poético: se na primeira subdivisão (página 236), o poeta compõe longos parágrafos, na segunda (página 237), ele os retoma e os sintetiza preservando, de alguma maneira, a liberdade de modificá-los. Na terceira parte, uma nova síntese apresenta o conceito que estrutura o parágrafo – enxuto e poeticamente mais denso – sob forma de verso.

Vejamos alguns momentos desse processo extraídos do referido poema. O primeiro é um fragmento retirado da primeira parte (CARVALHO, 2005, p. 236), na qual se destaca o texto em prosa:

> [...] Escolher uma linguagem mais grata que o silêncio.
>
> Eu falo do silêncio de alguns bichos, da força que os rumina e busca as pragas da penumbra para derramar-se fluida e desaguar na noite, envolver manadas, a gordura do brilho que segregam, a sua fidelíssima paciência.
>
> Ou do silêncio das grutas, abertas indiferentes ao quadro de estações, balanceando a ordem, o renovar dos verdes, o adoçar dos morros, o seu arredondar-

> -se de incontáveis noites, o crepitar das pedras antes que o sol despeça a fria aragem e instale a luz futura que atravessa as eras.
>
> Eu falo do silêncio das mulheres sentadas, das tarefas autónomas que os seus gestos tecem, dos termos da aliança entre o seu porte e o fogo quando se afirmam sobre os calcanhares. [...]

A seguir, vejamos a primeira interferência no texto, operada por Ruy Duarte na segunda subdivisão do poema (CARVALHO, 2005, p. 237):

> [...] Escolher uma linguagem mais grata que o silêncio.
>
> Um bálsamo maduro com que se adoce a pele de algum discurso aceso, a súbita bravura do seu eco, a lâmina da brisa que levanta.
>
> Eu falo do olhar crepuscolar das feras, da sua apreensão a desaguar na noite, do brilho e da gordura que segregam, da sua fidelíssima paciência a envolver o cheiro das manadas.
>
> Ou da indiferença das grutas, abertas sobre o esforço de estações, e da ciosa noite que preservam, exsudante e virgem, eterna madrugada original, alheia ao curso e à fadiga do dia.
>
> Ou de mulheres sentadas, lavrando acordos entre o gesto e o fogo, quando se afirmam sobre os calcanhares. [...]

Como se pode observar, o segundo e o terceiro parágrafos apresentam versões mais enxutas, além de incorporarem mudanças relevantes em termos semânticos. No caso do primeiro parágrafo, acontece o contrário, ou seja, a segunda versão é maior, apresentando maior riqueza de elementos e de imagens. Por meio dessa operação, o poeta ensaia o acesso a possíveis variantes de significados, mas não para compor um "poema final", para o qual todas as tentativas de construção de sentido irão confluir. Vale dizer que essas próprias tentativas são propostas como *esquisses* ou esboços de um escultor ou pintor cientes de que estes *já são* a obra de arte. Por isso, muitas vezes, tais *esquisses* ou esboços são incorporados à obra apresentada ao público, não para ilustrar, pedagogicamente, o processo criativo do autor, mas para dialogar com as outras faces da referida obra. Esta, por sua vez, não teria os seus significados enunciados sem a presença dos *esquisses* ou esboços que, em outras ocasiões, poderiam ser dispostos apenas como uma prévia da obra final. O poema de Ruy Duarte pode ser interpretado a partir dessa linha de pensamento, que se aproxima da concepção de obra de arte abraçada pelas artes plásticas e pela escultura, por exemplo.

Vejamos a seguir como o poeta retrabalha novamente os parágrafos, desta vez para introduzi-los no discurso poético em verso (CARVALHO, 2005, p. 239):

[...] Eu falo do olhar crepuscular das feras
Da noite e da gordura que segrega
A sua fidelíssima paciência
A activar o cheiro de manadas quentes.

E da indiferença das grutas
Poupadas ao esforço do labro do dia.

Ou de mulheres sentadas
Rezando acordos entre o gesto e o fogo. [...]

O interessante, agora que se têm as três versões do texto para serem comparadas, é que o leitor pode optar por aquela de sua preferência, na medida em que cada uma diverge da outra, apesar de ainda conter algum fio presente na versão anterior. Trata-se, a bem dizer, de uma construção labiríntica do texto, por respeitar só aparentemente determinada ordem, que de fato não existe. O autor retrabalha e reelabora sem regras preestabelecidas os elementos, misturando-os como se fossem cartas de baralho. Destaca-se aqui o fato de não haver hierarquia entre as versões, nenhuma sendo "relegada" a servir de alicerce para a outra, mas, sim, cada uma gozando de autonomia dentro do texto. Em vista disso, a busca que o poeta empreende para compor o texto já é a sua realização, pois este se fundamenta a partir de camadas não fixas, que se movem de acordo com a necessidade estética do poeta ou dos receptores. Considerando esse dado, é possível insistir em uma aproximação entre essa modalidade de construção textual e a concepção de mundo que subjaz à prática da garimpagem e da mineração, também presente na poética de Edimilson de Almeida Pereira, cujo verso "séculos de ouro secos/ a busca de pedras não" (2003d, p. 147) é, como já citado, uma referência.

Diante disso, pode-se afirmar que Edimilson Pereira e Ruy Duarte articulam um processo de composição poética que se fundamenta, apesar das diferenças de vozes entre os dois, na aposta de escavar nos labirintos da cultura e da memória, coletiva ou individual, para extrair daí a construção de sentidos desejados, a pedra preciosa ou, usando as palavras de Pereira, "as coisas arcas". Em particular, há uma característica que aproxima o processo criativo de Pereira e Duarte, ou seja, o aproveitamento de provérbios ou ditos populares que entram dialogicamente nas composições poéticas, por um lado, modificando-as, e, por outro, sendo modificados pela liberdade criativa dos poetas. Conforme sugere Terezinha Taborda (2003, p. 171), seguindo as interpretações de Paul Zumthor, essa estratégia constitui um elemento intertextual, que revela a ligação do texto ao contexto. Interessante, a esse respeito e para o propósito desta obra, é a leitura realizada por Taborda, sempre de acordo com as análises de Zumthor, para quem

> O provérbio [é] um microdiscurso narrativo que se integra [...] ao discurso, constituindo uma estrutura vazia a ser preenchida conforme o contexto no qual se insere. Por processar o intercâmbio entre texto/contexto, o provérbio promoveria, ainda, a ligação entre esses e os elementos internos do discurso (ZUMTHOR *apud* TABORDA, 2003, p. 171).

Dessa maneira, os provérbios coletados e "resgatados" por Ruy Duarte em sua obra poética desempenham uma função intertextual, ou seja, constituem um "microdiscurso" inserido no cerne do discurso poético, cujas características nem sempre estão afinadas. Em decorrência disso, nota-se uma aproximação ou superposição de discursos, o "oral e o escrito". Às vezes, os dois discursos coincidem, outras vezes negociam entre si a fim de conviverem dentro do mesmo espaço textual. Em muitos casos, assistimos àquilo que Taborda (2003, p. 177) aponta como sendo a contribuição do texto proverbial e dos ditos populares à narrativa, ou seja, o fato de representarem "uma voz oracular" nos poemas de Ruy Duarte, como revelam os versos do poema "Vária – Yoruba (Oráculo de Ifá)", nos quais a contribuição relativa à sabedoria oral confere um aspecto profético às enunciações:

> A sabedoria é a primeira das belezas.
> O dinheiro não defende da cegueira.
>
> O dinheiro não impede a loucura
> nem previne o aleijão.
>
> O corpo, todo o corpo, é pasto para a doença.
>
> O melhor é pensar, repensar
> e armazenar saber.
> Vem e sacrifica:
> Que o teu corpo encontre a paz
> – por dentro e por fora –.
> (CARVALHO, 2005, p. 159)

Em face do exposto, podemos ressaltar que a poesia de Ruy Duarte está envolvida com as questões relativas à memória coletiva, em função do diálogo que o poeta estabelece com as fontes orais, cuja existência e manutenção dependem da memória coletiva e da oratória. Trata-se de um diálogo que nem sempre implica reproduzir a tradição, mas, sobretudo, valorizar a possibilidade de interferir, traduzir, deslocar os significados, ao mesmo tempo que se aponta a sua ancoragem num solo cultural reconhecido.

Particularmente oportuno, a esse respeito, é o ensaio de Martin Lienhard, *Etnografia e ficção na América Latina* (1999), que, embora aborde mais de perto a obra de três narradores latino-americanos, apresenta análises relativas aos cruzamentos que esses escritores realizam entre etnografia e literatura. Lienhard observa que, em geral, é sabido o fato de que "um etnógrafo precisa fazer uso de recursos narrativos para apresentar os resultados da sua investigação [e aqui o analista nos remete ao trabalho de Clifford Geertz], ou que um narrador de ficção incorpore trechos de descrição etnográfica a um relato basicamente romanceado" (1999, p. 107). Como já vimos, isso ocorre também na construção do discurso poético, uma vez que um poeta como Nicolás Guillén, por exemplo, nos anos vinte do século XX, incorporou refrãos e falas de rua em sua dicção poética. No entanto, o que nos interessa mais de perto é a seguinte observação feita por Lienhard:

> O momento é de antropologizar a literatura e/ou dramatizar a etnografia; trata-se de romper as fronteiras entre a etnografia documental e a ficção etnográfica [...]. Cabe aqui enfatizar que ao questionar ou romper as fronteiras entre a etnografia documental e a ficção etnográfica, os escritores-antropólogos procuram romper também a costumada exclusão das obras antropológicas do circuito "literário" (LIENHARD, 1999, p. 107).

Essa observação é propícia para se estabelecer uma aproximação entre as obras de Edimilson Pereira e de Ruy Duarte, uma vez que ambos trabalham a partir de uma perspectiva "antropológica" da cultura à qual pertencem. No caso de Ruy Duarte de Carvalho, como frisamos anteriormente, é explícita a sua intenção de retrabalhar a cultura oral angolana, mediante a possibilidade de interferir nela a partir da perspectiva literária. No caso de Edimilson Pereira, várias de suas entrevistas explicitam essa mesma intenção, subjacente em livros como *Árvore dos Arturos* (1988) e *O homem da orelha furada* (1995), inseridos no volume 3 da obra reunida (PEREIRA, 2003c). Na obra de ambos os poetas, encontramos citações, diretas ou não, de pensamentos, provérbios, alegorias e construções simbólicas pertencentes a determinada cultura e a determinado lugar, mas nem sempre correspondendo a uma intenção de expor claramente a origem desses textos, já que não se trata apenas de reproduzi-los a partir de uma perspectiva antropológica. Desse modo, esses textos decorrentes da cultura popular – que valoriza sobremaneira a oralidade como suporte – adquirem novos significados, uma vez que,

> inseridos no conjunto do texto sem uma ligação aparente com o seu todo, mas determinando a ambiguidade que vai caracterizar a enunciação, o provérbio migra para o contexto enunciativo de modo tal que o seu significado resulta da sua reunião com o conjunto de elementos que compõem o todo do texto para o qual são levados (TABORDA, 2003, p. 181).

A partir dessa observação, entende-se que as inserções geradas no âmbito da oralidade e da cultura popular potencializam o texto poético escrito na medida em que possibilitam um diálogo entre agentes que pertencem a fontes culturais diferenciadas. Ao mesmo tempo, a estrutura escrita do texto poético amplia as fronteiras de aplicabilidade do provérbio e das falas decorrentes do universo oral, uma vez que se encontram abertos ao diálogo com outros registros textuais e inseridos em contextos, às vezes, alheios às suas origens.

Esse fenômeno é frequente também na poética de Paula Tavares. Apesar de sua obra representar uma constante indagação sobre os "ritos de passagem" – que caracterizam a cultura tradicional angolana, principalmente no tocante à condição da mulher –, não deixa de tematizar a tensão decorrente do embate entre o mundo tradicional angolano e o contexto global contemporâneo, com o consequente deslocamento das fronteiras e dos limites que definem as identidades. Por isso, Paula Tavares garimpa na cultura tradicional angolana para trazer à tona a tensão já mencionada, levando em conta uma perspectiva de relacionamento "em contraponto" com a tradição, isto é, lidando com ela de maneira harmoniosa e conflituosa ao mesmo tempo.

A poeta angolana incorpora em seus textos provérbios e ditos populares sem, no entanto, explicitar as fontes e as vozes que proferem tais discursos. Essas informações estão implícitas nos poemas de Tavares, permanecendo, portanto, desconhecidas para o leitor alheio ao contexto tradicional angolano. No entanto, isso não representa um obstáculo ao entendimento e à apreciação da poética de Paula Tavares, que se encarrega de manifestar os encantos e contradições de sua cultura mediante o manejo sutil da arte de lidar com as palavras. O poema "Identidade", do livro *Ex-votos* (TAVARES, 2003, p. 28), representa um exemplo de como o provérbio aparece no texto poético sem uma prévia contextualização e assume uma significação em aberto, já que a interpretação do leitor será feita de acordo com elementos que não são indicados pela poeta. O risco na produção do discurso interpretativo enriquece o poema que, embora expresse um saber coletivo do grupo, pode ser lido também a partir de outros enfoques ou referências estéticas e culturais.

No que diz respeito a este livro, *Ex-votos* (2003), é importante sublinhar que Paula Tavares cria o marco contextual que o gerou, embora o faça de uma forma poética, sem acrescentar informações detalhadas sobre a origem de cada poema ou de cada provérbio inserido na obra. Vejamos alguns trechos da página inicial, identificada apenas com o título *Ex-votos* (2003, p. 9):

> Semeados um pouco por todo o lado de um vasto território existem santuários que, como marcos geodésicos da memória, estabelecem uma especial cartografia de sinais, histórias acontecidas. [...]
>
> Só as mulheres conhecem a entrada e podem mergulhar as mãos no líquido vermelho onde nada o barro. Choia, a mais antiga mulher da linhagem, continua a cozinhar loengos sobre o fogo certo [...]

> Ilhas de granito, lentas como certas tardes de calor e poeira, escondem, em ninhos muito afeiçoados, os textos sobrepostos a branco, vermelho e negro, que antigas sociedades da palavra deixaram nas paredes em baixo-relevo. Labirintos do gesto enquanto enleio e, como tal, texto sagrado [...] (TAVARES, 2003, p. 10).

Essa introdução pouco revela sobre o processo criativo que originou os poemas, já que apenas informa, poeticamente, sobre a possível fonte de inspiração que gerou a ideia do livro, ou seja, a presença, em um "vasto território", de santuários, de onde decorre o conceito de "ex-votos". A inserção marcante das mulheres, ao longo do livro, responde, por um lado, ao fato prenunciado neste *incipit*. Por outro, a estrutura em "baixo-relevo" de algum código escondido nas paredes através de textos sobrepostos pode prenunciar as vozes ocultas nas folhas, vozes da comunidade, das mulheres silenciadas, bem como dos provérbios e ditos populares sobre os quais falamos anteriormente.

Se compararmos os poemas de Paula Tavares com os de Ruy Duarte de Carvalho, principalmente os de *Hábito da terra*, observaremos a presença de várias semelhanças no que diz respeito ao tema e ao tratamento do material poético. A título de exemplo, vejamos, inicialmente, este fragmento do poema "Ciclo do fogo", de Ruy Duarte (2005, p. 259):

> E as raparigas, verdes, incriadas,
>
> vinham furtivas
> hesitantes escusas
> exibir os frutos:
> a frágil e expansiva floração do peito
> antes que o tempo a destinasse ao leite
> e as ancas magras a veloz bacia
> antes que o coito sagrasse a matriz.
> era onde o vento escorria
> desfraldava panos
> recentes e limpos
> alisava adornos
> poupados ao uso
> e a aragem fria das manhãs de junho
> vinha em espiral assinalar umbigos
> nos ventres lisos propícios
> ao tacto manso de dedos nubentes.

Para efeito de comparação, consideremos o poema "A abóbora menina", de Paula Tavares (1985, p. 9):

Tão gentil de distante, macia aos olhos
vacuda, gordinha,
de segredos bem escondidos

estende-se à distância
procurando ser terra
quem sabe possa
acontecer o milagre:
folhinhas verdes
flor amarela
ventre redondo

depois é só esperar
nela deságuam todos os rapazes.

Chama-nos a atenção a semelhança entre os dois poemas, que tematizam o mesmo fato, ou seja, a transformação da menina em mulher e o despertar da sexualidade. Os dois poetas empregam procedimentos literários parecidos, estabelecendo comparações com a natureza para sugerir a ideia da transformação física e natural do corpo da jovem, ou servindo-se da ironia para falar da malícia da jovem mulher. Como vimos anteriormente, Ruy Duarte de Carvalho identifica, em geral, as fontes antropológicas que sustentam a sua criação poética, ao contrário de Paula Tavares, que apresenta ao leitor apenas o texto de criação. Todavia, o resultado, isto é, o poema tecido pelos dois poetas, vem a ser o lugar de confluência de processos criativos que fazem da garimpagem na cultura o seu eixo principal de sustentação.

Tanto em Edimilson Pereira, quanto em Ruy Duarte de Carvalho e em Paula Tavares o diálogo com a cultura popular de extração oral constitui um importante suporte intertextual. Retomando as análises de Terezinha Taborda (2003, p. 181), podemos afirmar que esse material de extração oral, ao entrar no poema,

> [...], anuncia-se como fragmento de um mosaico. Num mosaico, os elementos não são distintos, mas semelhantes. No entanto, cada provérbio indica que o todo do texto já se compõe de unidades distintas [...] e destaca o fato de o sentido do texto não se entender senão como combinação de unidades distintas. O que a citação de provérbios [ou outro material decorrente das fontes orais] anuncia [nestes poemas] é a sua recusa à unidade, a sua construção polifônica e plural, resultado do diálogo que estabelece com os vários repertórios textuais com os quais entra em contato.

No nosso caso, a citação indica também a liberdade com a qual os autores põem em diálogo repertórios textuais plurais, permitindo, por exemplo, que estruturas linguísticas e simbólicas próprias da cultura oral definam o tom de um texto escrito, e fazendo com que o texto poético resultante seja intersticial no que diz respeito ao registro, isto é, tenha marcas dos dois universos, o oral e o escrito. É nesse sentido também que podemos entender esses textos como sendo polifônicos, ou seja, na medida em que apresentam características de um mundo que está entre a oralidade e a escrita, tornam-se portadores de realidades múltiplas que convivem no poema.

Há nesses poemas um processo de restauração da memória, na medida em que tanto Edimilson de Almeida Pereira, quanto Ruy Duarte de Carvalho e Paula Tavares encenam uma reconstrução de um passado parcialmente preservado na tradição oral, mas progressivamente diluído nas sociedades contemporâneas. Esse fenômeno se torna mais significativo no caso do poeta brasileiro, uma vez que a memória coletiva que remete à cultura da diáspora negra já sofreu um processo de fragmentação ao longo dos séculos, devido à escravidão e à dispersão dos referentes ancestrais. Nesse sentido, se a memória original é fragmentada, aquela que está presente nos textos representa um espaço híbrido, no qual "se misturam celebração e espetacularização, apropriação e perda" (FONSECA, 2002, p. 11), ou seja, vários fenômenos de preservação e de diluição se sobrepõem. Nessa linha de análise, Maria Nazareth Soares Fonseca observa que

> A hibridação, que os configura, permite, portanto, que várias tendências se exponham num mesmo objeto uma vez que o modo como ele é exibido aciona diferentes formas de percepção e produz diferentes leituras das histórias que a ele se acoplam. [...] O caráter híbrido desses lugares permite que convivam, ainda que sob forte tensão, a morte das tradições e rituais, acentuada na própria exibição das peças fora dos lugares que lhes foram consagrados, e uma outra forma de restauração do que foi perdido. É certo que os objetos exibidos não têm o poder de recuperar a vivência perdida, mas, ao produzirem novos significados, de algum modo retomam lembranças do que foi destruído. A espetacularização da memória mostra-se assim como um recurso que impossibilita o seu total desaparecimento e como impulso à produção de discursos sobre a memória.

Nos poemas que analisamos neste capítulo, torna-se evidente que não existe uma intenção explícita de preservar a memória, como se fosse uma herança intocada, mas, ao contrário, de fazer com que o discurso sobre a memória seja possível, mesmo em processos nos quais ela está em jogo em termos de recriação. Tanto os textos de Edimilson de Almeida Pereira, que lidam com uma memória desagregada da origem coletiva, e que fazem dessa ausência um estímulo para que o "lugar da memória" seja o "lugar da imaginação", quanto os textos de Carvalho e Tavares, que têm nas tradições africanas ancestrais um contraponto com a sociedade contemporânea com a qual eles as põem em diálogo, operam incursões poéticas no interior da própria cultura e no interior da língua portuguesa (para realizar a incursão poética), abrindo labirintos de significados e roteiros de procura na imaginação, potencializando os vazios ou as tensões presentes nos lugares da memória.

Capítulo 4

POÉTICAS DA VOZ E DA IMAGEM

Neste capítulo abordaremos, num primeiro momento, a *performance* de Ricardo Aleixo na série intitulada *poemanto*, na qual o poeta se vale de elementos tradicionais e modernos para produzir um "caos semiótico" em que a poesia funciona como o elemento principal. O perfil de *performer* contemporâneo com o qual se apresenta Aleixo consiste, segundo o próprio autor, em gerar efeitos *high-tech* mediante o emprego de recursos *low-tech*. Dito de outro modo, Aleixo trabalha, sobretudo, com os recursos do próprio corpo, em particular a voz, um manto e aparelhos como microfone e vídeo que, dado o rápido avanço da tecnologia, parecem menos complexos. Contudo, Aleixo trabalha intencionalmente com estes elementos, de maneira que a partir dos recursos do corpo (vinculados às práticas tradicionais de outros *performers*, tal como os trovadores medievais), associados a alguns aparelhos eletrônicos, habilita-se a gerar, no decorrer da *performance*, efeitos semelhantes àqueles extraídos dos mais sofisticados aparatos da tecnologia moderna.

A série *poemanto* exemplifica esses procedimentos de Aleixo, ao mesmo tempo que o situa como um *performer* portador de traços específicos. Ou seja, sua *performance* não reproduz os modelos dos *rappers* ou dos praticantes do *hip-hop*, embora ele deixe em aberto a possibilidade de assimilar elementos desses *performers*, bem como de outros sujeitos em ação performática, a exemplo de um jogador de futebol, de um lutador de capoeira ou de um bailarino. Nesse sentido, é importante frisar que a análise da relação entre o *griot* tradicional e o *performer* contemporâneo tomará como referente deste último o poeta mineiro. Por isso, é provável que as observações oriundas desta análise, ou pelo menos parte delas, não se aplique a outros *performers* modernos, o que acentuará, por um lado, a especificidade de Ricardo Aleixo e, por outro, a percepção do fato de que cada *performer* pode desenhar o seu percurso (seja realçando seus traços individuais, seja filiando-se ao modelo de determinado grupo), dependendo da maneira como interpretar suas heranças culturais.

Num segundo tempo deste capítulo, analisaremos a modalidade poética que privilegia os aspectos visuais e que, por conta disso, estabelece um diálogo com a linguagem das artes plásticas (pintura, desenho, escultura). Essa modalidade poética, abraçada pelo próprio Ricardo Aleixo, é adotada também, entre os poetas aqui reunidos, por Ronald Augusto e Oliveira Silveira, no Brasil, assim como por Ruy Duarte de Carvalho, em Angola.

Em se tratando de uma poética visual, será interessante notar como os poetas fazem uso dos recursos oferecidos por essa modalidade, mas indicando, às vezes, motivações e modos diferenciados no seu manejo. Em função disso, no processo criativo de Ricardo Aleixo e de Ronald Augusto, percebe-se uma vinculação às proposições do concretismo (por exemplo, o destaque do aspecto visual no poema pela espacialização da palavra na página); no processo de Oliveira Silveira, nota-se uma retomada dos *calligrames*, de Apollinaire, sobretudo aqueles nos quais a disposição das letras e palavras forma o desenho do objeto (por exemplo, a imagem da chuva num poema do autor francês e a imagem dos tambores no poema do autor brasileiro); por fim, no processo criativo de Ruy Duarte de Carvalho, verifica-se um diálogo entre o texto do poema e determinada imagem que o antecede ou segue.

4.1 A *performance* do *poemanto*

No ensaio intitulado "La mediatización de la oralidad", Adolfo Colombres descreve o processo de "midiatização" vivenciado pelas culturas populares que, segundo o autor, estaria sendo impulsionado pela "euforia que despertam as artes da imagem" (1997, p. 3) no seio das sociedades contemporâneas. Em função desse processo, as formas das oralidades tradicionais estariam sendo transformadas no fenômeno a que se tem chamado de "novas oralidades", desde que submetidas ao referido processo de midiatização. Ao descrever esse processo e a maneira como ele se manifesta nos diferentes meios de comunicação, sejam eles a televisão, o rádio, o cinema ou o vídeo, Colombres nos apresenta um exemplo oportuno para refletirmos sobre a "nova oralidade" encenada pelo poeta brasileiro Ricardo Aleixo, uma oralidade que absorve elementos da diáspora africana tradicional paralelamente ao aproveitamento da "tecnologia que leva à oralidade" (GLISSANT, 2005, p. 48). O exemplo indicado por Colombres se refere ao programa *Palabra bajo el baobab*, realizado em 1969 pela televisão da Costa do Marfim com o objetivo de produzir relatos sobre a história do país e que contou com a participação dos melhores atores da comunidade nacional. A intenção do programa era recuperar a tradição dos *griots*, "para revitalizar los valores literários, históricos y sociales del África negra mediante la poesía, la música, la coreografía y el teatro" (COLOMBRES, 1997, p. 6).[62]

[62] "Para revitalizar os valores literários, históricos e sociais da África negra através da poesia, da música, da coreografia e do teatro".

De acordo com as observações de Colombres, essa iniciativa não surtiu o efeito desejado, já que o suporte midiático representado pela televisão não deu conta de transmitir fiel e totalmente a estrutura de mundo e de pensamento "que traduz uma cosmovisão" (COLOMBRES, 1997, p. 6) constituída pela oralidade. No entanto, o que chama nossa atenção, nesse exemplo, é o fato de essa iniciativa recuperar, pelo menos na intenção inicial, a importância da voz e do corpo como um todo na *performance* de um relato. Esse fenômeno foi chamado, na época da realização do programa, de "griotização" (COLOMBRES, 1997, p. 6).

Nessa direção, é instigante para a nossa linha de análise a proposta de um fenômeno de "griotização" articulado graças ao suporte tecnológico ou aos diferentes procedimentos relacionados às poéticas da voz, uma vez que Ricardo Aleixo estrutura suas dialéticas da *performance* a partir de uma potencialização da voz, considerado tradicionalmente o instrumento midiático básico de qualquer *performance*. Vale dizer que a noção de *performance* aqui considerada se apoia nas reflexões de Paul Zumthor, para quem esta consiste na "ação complexa pela qual uma mensagem poética é simultaneamente, aqui e agora, transmitida e percebida. Locutor, destinatário, e circunstâncias [...] se encontram concretamente confrontados" (ZUMTHOR, 1997, p. 33). Além disso, a "*performance* implica *competência*" (1997, p. 157), isto é, além "de um saber-fazer e de um saber-dizer, a *performance* manifesta um saber-ser no tempo e no espaço. [...] É pelo corpo que nós somos tempo e lugar: a voz o proclama emanação do nosso ser" (ZUMTHOR, 1997, p. 157). Como se pode depreender dos excertos acima, a ligação entre a voz e o corpo se apresenta como um fator decisivo na construção do conceito de *performer*. Referindo-se à primeira, Zumthor (*apud* FRASCA, 2004, p. 728) ressalta a sua importância para a penetração da poesia na existência social, desde a Idade Média, e observa que

> La voce è l'unico mass medium allora esistente {nel Medioevo}; e più il testo si presta all'effetto vocale, più intensamente svolge la sua funzione; più la vocalità che esso manifesta appare intenzionale, più agisce.[63]

Antes de delinearmos os modos de atuação dos poetas contemporâneos, que articulam suas poéticas a partir do corpo e da voz (peças fundamentais na construção da *performance*), é pertinente indicarmos, ainda que de maneira sucinta, as funções desempenhadas pelo *griot* tradicional nas sociedades africanas. Esse procedimento desenha um quadro favorável a uma melhor compreensão do processo contemporâneo definido como "griotização". Para tanto, valemo-nos das observações

[63] "A voz é o único *mass midium* outrora existente (na Idade Média); e quanto mais o texto se presta ao efeito vocal, mais intensamente desempenha sua função; mais a vocalidade que este manifesta aparece intencional, mais age".

de Robert Palmer que, na introdução da obra (livro e CD) *Griots of West Africa*, de *Jali Kunda: Griots of West Africa & Beyond* (1996, p. 9), aponta as funções dos *griots* tradicionais, bem como as marcas de uma hierarquia social que define e legitima as funções desempenhadas por esse agente. Nesse sentido, Palmer nos remete ao trabalho do etnomusicólogo francês Tolia Nikiprowetzky, para quem os *griots* desempenham, de fato, um papel multifacetário:

> as historians and genealogists, they are the chief repositories of the history of a region, its designated chroniclers. As musicians, their presence was traditionally required at all celebrations and rituals [...] among them, one finds the most virtuosic of singers and instrumentalists. Their education and training, exclusively oral, necessitates a lengthy apprenticeship under the direction of a teacher [...] It is necessary to study for many years in order to master the technique of an instrument or to learn all the songs and histories, and master the ensemble work indispensable to the activities of the professional.[64]

De acordo com as características aqui mencionadas, o *griot* tem a habilidade de manipular e dominar diferentes instrumentos, tanto técnicos como simbólicos, e a reputação e a consideração das quais desfruta na sociedade decorrem de sua habilidade em desempenhar funções múltiplas. Para os *griots* tradicionais, a voz, a Kora, os gestos, os silêncios significantes, o repertório de informações e histórias que eles conhecem e relatam são todos instrumentos com os quais aprenderam a lidar e para os quais desenvolveram técnicas específicas, que compõem a arte e a profissão do *griot*.

De acordo com nossa perspectiva de análise, é evidente que não se trata apenas de equiparar o *griot* tradicional africano ao *performer* contemporâneo ou vice-versa, do mesmo modo que seria pouco hábil afirmar que o grito do escravo na *plantation* se equipara às estruturas do *blues* contemporâneo. Na aproximação entre o grito e o *blues* ou, ainda, no percurso que conduziu do primeiro ao segundo, há que se considerar uma lógica de relação entre os dois fenômenos, mediada pelas transformações sociais, pela inserção das suas formas e mensagens na vida dos indivíduos, pela legitimação desta voz dos excluídos no cenário artístico-cultural dos Estados

[64] "como historiadores e genealogistas, eles são os principais repositórios da história da região, seus cronistas designados. Como músicos, sua presença foi tradicionalmente exigida em cada cerimónia e ritual [...] Entre eles, encontram-se os mais virtuosos cantores e instrumentistas. Sua educação e treinamento, exclusivamente oral, requerem uma aprendizagem demorada sob a direção de um professor [...] É necessário estudar por muitos anos para dominar a técnica de um instrumento ou para aprender todas as canções e histórias, e dominar o conjunto do trabalho necessário para as atividades de um profissional".

Unidos e pelo acréscimo de instrumentos e *performances* que transformaram o grito em *blues*. Contudo, é preciso acrescentar que o traço próprio do grito na *plantation*, ou seja, a junção da precariedade de meios com um forte apelo estético-emocional perpassa as linhas do *blues*, ainda que não seja mais o grito em sua feição inicial.

No tocante à questão que envolve o *griot* tradicional e o *performer* contemporâneo interessa-nos, também, a lógica da relação que não nos leva a equiparar um ao outro, mas a entender, a partir de suas diferenças, tal como na relação entre o grito e o *blues*, aquilo que os coloca em sintonia no tempo e no espaço. O traço próprio do *griot* tradicional decorre de sua vinculação a contextos sociais do continente africano, bem como à sacralização de suas funções, fruto de um complexo processo de iniciação. A importância atribuída a esses portadores do conhecimento pode ser dimensionada pela sua presença em diversos grupos sociais africanos, que os nomeiam de maneira particularizada.

Conforme atesta Giordani (1985, p. 25-26), os narradores tradicionais são chamados de "*Doma* ou *Soma*, os *Conhecedores* ou *Donikeba*, fazedores de conhecimento; em fulani, segundo a região, de *Silatigui*, *Gando* ou *Tchiorinke*, palavras que possuem o mesmo sentido de 'conhecedor'". Esses mestres iniciados, entre outras funções, atuam como iniciadores de um certo campo de conhecimento tradicional (por exemplo, iniciam outros pretendentes na pesca, na caça, na tecelagem etc.). Contudo, salienta Giordani (1985, p. 26), há que se atentar para uma diferença entre o *griot* e os narradores tradicionais, ou *domas*:

> Não há que confundir o *doma* tradicionalista com os trovadores, contadores de história e animadores públicos, que, em geral, pertencem à casta dos *Dieli* (*griots*) ou dos *Woloso* (cativos da casa). Os *griots* são, pois, espécie de trovadores ou menestréis que perambulam pelo país ou se vinculam a uma família.

Em alguns casos, um *griot* pode se tornar um *doma* tradicional, fato que assegura a confiabilidade de suas informações, "pois sua qualidade de iniciado lhe confere um alto valor moral e o sujeita à proibição da mentira" (GIORDANI, 1985, p. 26).

Ao estabelecermos uma aproximação entre o *griot* e o *performer*, julgamos necessário destacar pelo menos duas diferenças fundamentais. No caso do *performer* Ricardo Aleixo, as características relacionadas ao contexto e à função sacralizadora adquirem um sentido que diverge daquele expresso pelo *griot* tradicional. Neste, tais características confirmam sua passagem pelos rituais de iniciação e seu pertencimento a um determinado grupo sobre o qual ele fala mediante a legitimação que o próprio grupo lhe assegura. Embora a *performance* de Ricardo Aleixo tangencie, muitas vezes, questões sociais e referências culturais ligadas, por exemplo, aos afrodescendentes, em nenhum momento o *performer*, em seu discurso e em suas atividades, se apresenta como "a voz" iniciada que pode falar sobre e por este segmento étnico-social.

Outra diferença entre a atuação do *griot* e a do *perfomer* Ricardo Aleixo diz respeito à plateia que os acolhe. Para o *griot* a demanda social – representada por cerimônias de casamento, de coroação de um soberano, de comemoração de um feito de guerra, entre outras – o converte num agente oficial de quem a plateia espera uma *performance* capaz de reafirmar os valores do grupo. Para o *performer*, a demanda social pode ser representada pela atuação em um festival de poesia ou em um simpósio acadêmico, ocasiões revestidas, algumas vezes, de um caráter cerimonial. Apesar disso, o percurso de Ricardo Aleixo não deixa indicadores de que sua *performance* se faça para reafirmar os valores de um grupo étnico-social ou de uma tendência literária e intelectual. Diferentemente do *griot*, a atuação de Aleixo costuma soar de maneira dissonante em relação às expectativas da plateia. Por isso, o saber do *performer*, ao contrário do saber do *griot*, não explica ou ensina algo sobre a tradição, mas questiona a tradição, reinventa a linguagem e descentra as linhas do significado.

Em nosso modo de ver, o elemento que mais aproxima a atividade do *griot* tradicional à do *performer*, e vice-versa, é o fato de ambos construírem seu trabalho a partir do domínio de uma pluralidade de instrumentos sonoros, visuais e corporais. Além disso, há, subjacente à atuação de ambos, uma concepção comum do instrumento *voz* – entendido como o instrumento primeiro e essencial para a *performance* – intimamente relacionada ao corpo, modificando-o e sendo, por sua vez, modificada de acordo com os movimentos do corpo. Levando em conta as reflexões de Paul Zumthor, podemos dizer que o *griot* e o *performer* atuam a partir de uma perspectiva em que "oralidade significa vocalidade" (1997, p. 28), ou seja, a vocalidade assume várias funções, uma das quais, evidentemente, é a linguagem, mas não a única. Na mesma linha de raciocínio, salientamos a importância não só da "vocalidade", mas também da gestualidade e de "tudo o que, em nós, se endereça ao outro" (ZUMTHOR, 1997, p. 203) para a constituição da oralidade. Por isso, o corpo representa a "mídia primária" da poética oral e os seus movimentos são essenciais para a configuração da poética.

Apesar das diferenças entre as práticas do *griot* e do *performer*, o reconhecimento dos pontos que os aproximam instiga a reflexão para buscarmos interseções de sentido já que, por meio destas, será possível pensar sobre a presença dos signos diaspóricos nas poéticas contemporâneas. A *performance* de Ricardo Aleixo na série *poemanto*, que analisaremos mais adiante, constitui um exemplo de griotização contemporânea e urbana, por reapresentar num contexto urbano, saturado de estímulos sensoriais, a prática tradicional da poesia oral e a estrutura típica de uma *performance*, que exige a presença de um *performer* (que Ricardo Aleixo chama de "performador"), de uma plateia (o público) e dos instrumentos, sejam eles: o corpo do *performer*, o texto proferido pela voz e a "interferência" da tecnologia.

Estamos cientes do fato de que "um poema composto por escrito, mas 'performatizado' oralmente, muda por isso de natureza e função" (ZUMTHOR, 1997, p. 40), tal como ocorre na *performance* de Ricardo Aleixo, na qual ele declama doze poemas, a maioria de sua autoria, previamente publicados. Uma das razões que nos levam a abordar a *performance* de Ricardo Aleixo neste capítulo é a intenção de demonstrar em que medida essa mudança de natureza e de função multiplica as potencialidades de significação do poema, já que "o texto oral nunca se encontra saturado, nunca preenche inteiramente seu espaço semântico" (ZUMTHOR, 1997, p. 59). Aproveitando essa abertura do texto oral, no qual o texto escrito se transforma durante a série *poemanto*, Ricardo Aleixo veicula diferentes mensagens, explorando a simultaneidade dos estímulos sensíveis.

No ensaio dedicado à escrita na idade multimidial, Gabriele Frasca percorre as diversas tradições orais, antes da invenção da tipografia e depois da sua incorporação em várias sociedades, para ressaltar o modo como este evento influenciou o pensamento humano e afetou a concepção de "oralidade". Frasca considera como fundamental para a "redescoberta da oralidade" na sociedade ocidental do século XXI a publicação de alguns livros de pesquisas escritos durante os anos 1960, em particular o livro *Cultura oral e civilização da escrita* de Havelock, de 1963. Nesse livro, o autor considera as práticas de ensino reservadas à cultura oral (através do canto e da *performance* do aedo) na Grécia antiga, analisando o impacto lúdico e didático dessas práticas sobre determinado auditório. De acordo com Frasca (2004, p. 731), Havelock chega à conclusão de que

> La cultura orale [...] tramandava la necessaria informazione [...] attraverso una sofisticatissima e apparentemente impalpabile macchina per il riposizionamento dei sensi, che avrebbe però finito col modificare, tramite la memoria {...}, il corpo stesso che si disponeva ad ospitarla. [...]. Nell'alone semantico della parola *mimesis* (termine scelto da Platone nella Repubblica per contrassegnare sia la tecnica dell'aedo sia la scomposta compartecipazione dell'auditorio), fluttuerebbe pertanto un significato ben diverso dall'innocuo concetto di *imitazione*: la *mimesis* adombrerebbe piuttosto un processo di incorporazione.[65]

[65] "A cultura oral [...] transmitia a necessária informação [...] através de uma sofisticadíssima e aparentemente impalpável máquina para o reposicionamento dos sentidos, que no entanto teria acabado por modificar, através da memória [...], o próprio corpo que se dispunha a hospedá-la [...]. No halo semântico da palavra *mimesis* (palavra escolhida por Platão na República para designar tanto a técnica do aedo quanto a descomposta coparticipação do auditório), flutuaria então um significado bem diferente do inócuo conceito de *imitação*: a *mimesis* disfarçaria melhor um processo de incorporação".

Ora, uma vez mais, destaca-se a importância do corpo na encenação oral do texto. De acordo com Zumthor, a *performance* representa uma "polifonia de informação", que aparece como "uma escritura do corpo: integrando a voz portadora de linguagem a um grafismo traçado pela presença de um ser, em toda a intensidade do que o torna humano" (ZUMTHOR, 1997, p. 58). Por essa razão, a *performance* (ou o teatro) constituem, para o crítico, o "modelo absoluto de toda poesia oral".

Vale lembrar que isso também remete às problemáticas da diáspora negra, cujas linguagens atribuem ao corpo, outrora motivo de dor e de aflição, um papel preponderante, tanto em termos de valorização da beleza do corpo negro, quanto de incorporação de questões relacionadas à sua plasticidade, à sua ocupação de determinado espaço público ou imaginário, à sua expressividade conseguida por meio de diversas formas, como a dança, o teatro[66] etc. As citações acima são interessantes na medida em que revelam, sob um ponto de vista teórico, algumas das possíveis características e procedimentos performáticos presentes no trabalho de Ricardo Aleixo.

Nesse momento, mostra-se particularmente interessante a *performance* do espetáculo *Um ano entre os humanos*, que Ricardo Aleixo vem elaborando e apresentando desde 1999. O espetáculo está dividido em diferentes blocos nos quais o performador se serve de diferentes suportes para declamar, ler, encenar, projetar e musicalizar poemas. No espetáculo, Aleixo faz uso de *discman*, *videoman*, microfones, projeção de imagens sobre a parede ou sobre o seu próprio corpo, enquanto ele se movimenta diante da plateia. No entanto, há um bloco, no interior do espetáculo, no qual o poeta se coloca sob um manto negro. À medida que se move, Aleixo confere vida ao manto, sobre o qual estão escritos, em branco, todos os substantivos do seu poema "Para uma eventual conversa sobre poesia com o fiscal de rendas" (2001, p. 73). O manto passa a ser chamado, em função do poema nele inscrito, de *poemanto*, graças a um neologismo criado pelo próprio autor. Esta *performance* difere da tradicional, elaborada pelo *griot*, na medida em que entre os seus componentes principais se destacam a inserção e o uso de recursos tecnológicos,[67] no caso, o uso de microfones acoplados ao corpo do performador, debaixo do *poemanto*. A *performance* repete, como um rito, as etapas gerais de uma encenação, para a qual há a necessidade de esquentar a plateia, a fim de estabelecer uma relação de empatia com ela e de lançar o desafio que, uma vez aceito, instaura a possibilidade de diálogo com o outro.

---

[66] Ver, a esse respeito, as análises de Leda Martins sobre o corpo negro na *performance* teatral, em: MARTINS, 1995.

[67] Vale observar que, em outras *performances*, Ricardo Aleixo se serve de outros suportes tecnológicos, como os *pickup*, o *DJ*, o *VJ*, ou seja, imagens gravadas em vídeo que são projetadas sobre o corpo do(s) dançarino(s) em movimento.

Apesar do jogo de sedução criado a partir da *performance*, Aleixo se vale de alguns suportes – como a iluminação escassa – que não facilitam a recepção imediata dos enunciados. A esse propósito, vejam-se adiante as imagens que ilustram esse momento de tensão provocada pelo performador. Além da iluminação, Aleixo utiliza os microfones, que lhe permitem experimentar ou repetir determinados efeitos estéticos, por exemplo, a verbalização simultânea do mesmo poema (ou de vários poemas) por vozes sobrepostas; a interferência na voz que declama o poema, impedindo a sua compreensão; e a reprodução de vozes em *off*, previamente gravadas e reproduzidas por um DJ. O cenário onde se desenvolve a *performance* do *poemanto* é despojado, já que Aleixo performa na quase total escuridão. Nesse caso, vale-se apenas de uma pequena lanterna, manuseada debaixo do *poemanto*, para enxergar os seus movimentos e as páginas do livro do qual extrai os poemas que lê.

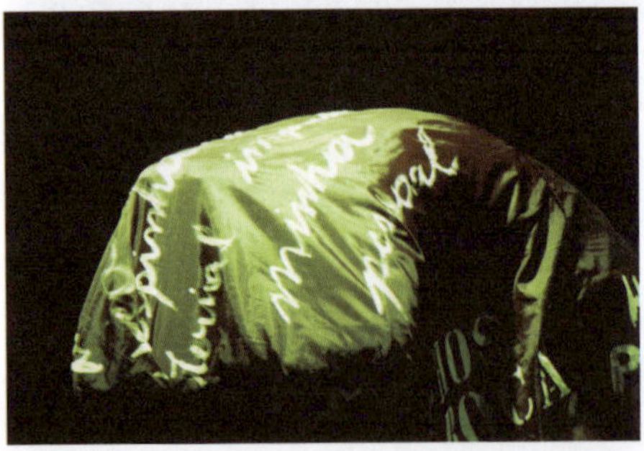

O início da *perfomance* ocorre de duas maneiras: o *performer* pode estar em cena (antes da chegada do público, oculto sob o manto em ambiente semiescuro, como podemos observar na imagem que segue) ou entrar depois do público. A opção por uma ou outra possibilidade, segundo o autor, depende da estrutura física do lugar e do grau de empatia com a plateia. Nesse sentido, não existe um roteiro fixo na *performance* com o *poemanto*, e sim um roteiro variável,[68] ou, dito de outra forma, é como se houvesse um esqueleto geral que sustenta a obra, composto pelo *corpus* dos doze poemas declamados, a maioria dos quais da autoria de Aleixo.

[68] Obtivemos essa informação em conversas com o próprio autor. O caráter performático do autor o tem levado a produzir peças que pela própria natureza do seu projeto criativo tendem a se desfazer no momento mesmo em que são executadas. Para o pesquisador isso representa uma dificuldade, pois muitas vezes não há registro duradouro dessas *performances*. Nesse sentido, os depoimentos do *performer* passam a ser uma fonte privilegiada de informação.

A esse propósito, há um aspecto relevante que aproxima a função deste *performer* à do *griot* tradicional, representada pelo uso da memória como um repositório de informações que são guardadas e recuperadas de acordo com o contexto. Por isso, tal como já ocorreu durante apresentações do *poemanto*, Ricardo Aleixo pode vir a declamar poemas escritos por outros poetas, como Sebastião Nunes ou Edimilson de Almeida Pereira. Esse fato é desencadeado no decorrer da *performance*, à medida que o *performer* vai puxando os fios da memória. Como vimos anteriormente, a função da memória como repositório das histórias e cantos de uma região corresponde a uma das características marcantes do *griot* tradicional. Portanto, o que viabiliza o diálogo entre ele e o *performer* contemporâneo não é exatamente o conteúdo dos textos guardados na memória e atualizados no instante da *performance*, mas o destaque que ambos conferem às funções da memória.

O que chama a atenção no espetáculo "Um ano entre os humanos", e em particular na *performance* com o *poemanto*, é que esta se desenvolve como uma "máquina para a recolocação dos sentidos", como propunha Havelock, e atualiza o sentido que Deleuze e Guattari (*apud* FRASCA, 2004, p. 732) atribuem à obra de arte, ou seja, o fato de ser um "bloco de sensações" que estimulam e desafiam o receptor. Essa afirmação se explica em vista da pluralidade de estímulos sensoriais explorados por Aleixo na *performance*, estímulos que compõem um "intreccio dei due labirinti"[69] (FRASCA, 2004, p. 741), ou seja, o alfabético, representado pelo poema escrito no manto, e o auditivo, representado pelos poemas vocalizados pelo *performer*. É importante considerar que esse cruzamento entre alfabeto e som, leitura e audição ocorre de modo simultâneo, gerando o contato entre os suportes da poesia, que se roçam, desafiam-se, chocam-se, às vezes. Vale dizer que se trata de um contato desafiador, já que a *performance* não é, por natureza, um acontecimento totalmente previsível. Em seu processo ela insinua a cada instante o risco de novas combinações, realçando o teor não controlável de formas, movimentos e sentidos, que são reinventados e impulsionados pela atuação do *performer*.

Ainda assim, é necessário esclarecer que a vocalização dos poemas durante a *performance* não consiste numa mera transposição da escrita para a oralidade, pois o livro está presente, na hora da *performance*, com a sua materialidade. Às vezes, o microfone debaixo do *poemanto* capta e emite o som do movimento das folhas do livro, enquanto são viradas pelo *performer*. Outras vezes, o poeta, antes ou depois de vestir o manto, manuseia o livro, cheira-o e mostra-o à plateia transformando-o, dessa maneira, num objeto significante, que vai além dos poemas nele impressos. O trânsito da escrita para a voz, nesse caso, não prescinde e não abre mão do livro, ao contrário, convoca para a *performance* as várias instâncias despertadas por ela, ou seja, a vocalização, a escrita (no *poemanto*) e o objeto-livro.

---

[69] "cruzamento dos dois labirintos".

A característica que viabiliza a renovação da poesia, durante a *performance*, é o movimento que esta ganha graças ao deslizamento contínuo dos suportes, da letra à voz, da voz ao livro. Como o manto contém versos de um poema, estes também se movimentam de acordo com as evoluções do corpo do performador; isto faz com que o poema se torne legível apenas parcialmente, propiciando novas associações entre as palavras. Além do movimento das letras fixadas no manto, destaca-se a cuidadosa emissão da voz que incorpora os poemas, vocalizando-os. Ao fazer isso, o *performer* humaniza os poemas, pois a voz que declama os versos sofre alterações devido aos movimentos que o corpo realiza em cena. A voz que fala os poemas (mesmo que mediados pelo microfone) sofre uma primeira interferência, anterior à tecnológica, que é a do corpo, suporte imprescindível da voz. Eis porque, a cada *performance*, os poemas são modificados, renovados, reinventados pela lógica da respiração humana, ditada pelos músculos e pelos minúsculos movimentos de cada parte do corpo, que logo se refletem no ato de expelir a voz. Nesse sentido, a *performance* de Ricardo Aleixo não está interessada na tecnologia enquanto tal, ou seja, no imediatismo da tecnologia, e sim na capacidade de testar os limites (e ultrapassá-los, se necessário) que unem intimamente o corpo e a voz.

Diante disso, é significativo o fato de que o poema lido a cada apresentação com o *poemanto* tenha como título "Para uma eventual conversa sobre poesia com o fiscal de rendas" (2001, p. 73) o que, *a priori*, coloca em cena dois discursos contrastantes: o da suposta (in)utilidade da poesia e o da suposta eficácia do Estado e de seus agentes. Em relação aos outros poemas, o *performer* faz a opção por lê-los ou não, em cada espetáculo; porém, o poema mencionado acima é sempre lido no bloco dedicado ao *poemanto*. Dessa forma, Aleixo une a materialidade e a abstração, o pessoal e o coletivo mediante processos que levam o espectador/ouvinte do corpo à fala, e desta de volta ao corpo. Enquanto ele lê o poema "Para uma eventual conversa sobre poesia com o fiscal de rendas", os substantivos extraídos do mesmo texto e escritos no manto são movimentados e se recompõem aleatoriamente de acordo com os gestos do *performer*, gerando novas associações entre eles. Para apreendermos o mecanismo de funcionamento desta cena, comecemos por um fragmento do poema "Para uma eventual conversa sobre poesia com o fiscal de rendas" (ALEIXO, 2001, p. 74):

minha própria língua meu
próprio limo meus próprios
ombros minha própria sombra
minhas próprias vértebras
minhas próprias pálpebras
minhas próprias veias
minhas próprias ventas meus
próprios punhos minhas
próprias unhas minha própria
altura minha própria
temperatura minhas próprias
plantas dos pés minhas
próprias palmas das mãos

[...]

O poema se estende, listando uma série de partes do corpo, de acordo com a lógica daquilo que representa "as propriedades" que o poeta reivindica para si. Ao compilar essa lista, o poeta aproxima as palavras de seus parentescos fonéticos. A materialidade do texto, tanto no conteúdo (todo relacionado à materialidade do corpo) quanto na forma (o poema é arquitetado num jogo de assonâncias, rimas internas, aliterações de determinados fonemas, resultando numa peça sonora), é reiterada pela sua presença no manto, como se fosse uma segunda pele do autor, colada a ele. Ao ser exposta à coletividade, essa "segunda pele pessoal" assume um valor coletivo, na medida em que é representado algo que se desvincula do Ricardo Aleixo conhecido, podendo, isso mesmo, ser interpretado como símbolo de uma individualidade contemporânea, anônima, uma "segunda pele" ou uma máscara anônima, presente em cada um de nós, ou disponível para cada um de nós.

Nesse sentido, podemos entender que o manto, para Ricardo Aleixo, é um instrumento que assume significação somente no momento em que é vestido, em cena, na hora da *performance*. O corpo dá vida ao manto e, por sua vez, ao poema. Esse "sopro de vida" conferido ao manto, na hora em que é vestido, remete à ideia do sopro vital que gera a respiração e a voz humana (do latim, *animus*). Em contrapartida, essa concepção do manto relê os parangolés pensados pelo artista carioca Hélio Oiticica durante os anos 1960. Como se percebe no depoimento do próprio Oiticica (1972), os mantos que ele projetou expressavam um desejo de experimentação, e mais em particular, a ideia de "construir – incorporar – trocar de um corpo [...] para outro como casulo vazio extensão solta que se reincorpora a cada vestir".

O diálogo entre o *poemanto* e o parangolé se torna mais profícuo ao observarmos outro elemento comum. De fato, para Oiticica, os parangolés eram mantos de algodão ou náilon, com poemas em tinta sobre o tecido, tal como ocorre com o *poemanto* de Aleixo. A analogia entre os dois mantos é reforçada pela proximidade dos dois artistas com o concretismo. No caso do artista plástico, a ligação com a Arte Neoconcreta é historicamente registrada pela sua filiação ao movimento e pela sua participação na II Exposição de Arte Neoconcreta, em 1961, no MAM de São Paulo. Já no caso do poeta, a relação afetiva e intelectual com os irmãos Campos é explicitada nas dedicatórias que lhes são destinadas ao longo da obra, mas também se torna visível pela maneira como a própria obra se apresenta, com evidentes características estéticas pós-concretas. A esse propósito, é interessante considerarmos o comentário que Haroldo de Campos fez ao se deparar com os parangolés: ele observou[70] que, quando estavam fechados, "lembravam as asas murchas de um pássaro" e que, quando alguém os vestia, abrindo os braços, "se confundiam com uma asa-delta para o êxtase", conforme se vê na imagem seguinte.

Essa descrição poética do parangolé serve para pensarmos sobre a funcionalidade atribuída por Aleixo ao manto usado na sua *performance*. É o corpo que dá vida ao manto, e, por consequência, ao poema (que, aliás, também fala do corpo) ali escrito. Da vitalidade e dos movimentos do corpo dependem a vida que o manto expressará como parte integrante do corpo. A funcionalidade do manto de Aleixo reside na possibilidade de ser dançado e deslocado no palco, de modo que o movimento lhe atribui plenitude de sentido. Não é, portanto, um manto cujo objetivo primeiro é ser visto, contemplado, como no caso do manto de Arthur Bispo do Rosário, um artista ao qual Aleixo se refere, dedicando-lhe o título de um dos seus poemas no livro *Trívio* (p. 52).

Em suma, o manto é para ser vestido e incorporado pelo *performer*, como uma "extensão solta" do próprio corpo, numa constante remessa de referencialidades ao corpo. É possível observar uma ambiguidade na relação entre o manto e a referencialidade do corpo, pois não podemos nos esquecer que este encobre e esconde o corpo do *performer*, que em nenhum momento se mostra ao público, a não ser pela voz.

[70] Disponível em: <http://www.terra.com.br/istoe/biblioteca/brasileiro/arquitetura/arq13.htm>.

Decorre dessa interpretação, assim como da leitura tradicional da *performance* realizada por Zumthor, o entendimento de que o corpo é o elemento fundamental e instigador das diferentes experiências semióticas. Por isso, uma vez mais, voltamos a Hélio Oiticica para compreendermos o processo que o levou da experiência visual à preocupação com a interferência direta do corpo nas obras de arte. Mário Pedrosa comentou essa mudança no caminho estético de Oiticica da seguinte forma: "foi durante a iniciação ao samba que o artista passou da experiência visual, em sua pureza, para uma experiência do tato, do movimento, da fruição sensual dos materiais, em que o corpo inteiro [...] entra como fonte total da sensorialidade".[71]

Transpondo essa afirmação para uma obra do contexto literário, podemos considerar a descrição daquilo que Manuel Rui, citado no primeiro capítulo, desejava realizar por meio da criação do "texto total". Por isso, de forma análoga, é possível pensar que a experiência visual de Aleixo, tanto na poesia, conforme analisaremos no próximo tópico, como no trabalho de criação dos "objetos suspeitos"[72] ou no campo do teatro, levou-o a articular uma conceptualização cada vez mais apurada no que diz respeito às potencialidades do corpo, tomado como um signo que se move e que cria relações com outros signos.

É oportuno dizer, a essa altura, que as análises da *performance* com o *poemanto*, assim como as que se seguirão, relativas aos poemas de Ricardo Aleixo, estimulam-nos a pensar na familiaridade de seu percurso com os propósitos expostos pelo *Manifesto Neoconcreto*. Vejamos um dos trechos do manifesto, assinado por Amilcar de Castro, Ferreira Gullar, Franz Weissmaner, Lygia Clark, Lygia Pape, Reynaldo Jardim e Theon Spamidis em 1959 (*apud* TELES, 1983, p. 408):

> Não concebemos a obra de arte nem como uma "máquina" nem como um "objecto", mas como um "quase-corpus", isto é, um ser cuja realidade não se esgota nas relações exteriores de seus elementos [...]

É interessante essa concepção da obra de arte como um "quase-corpo", tal como ocorre na *performance* de Ricardo Aleixo, um "quase-corpo" que se serve da tecnologia, ou melhor, que é afetado pela tecnologia, e cuja contribuição determina um frágil equilíbrio entre aquilo que na *performance* decorre do humano, em termos de imprevisibilidade e de instinto, e aquilo que responde aos acertos ou desa-

[71] PEDROSA, 1966.

[72] Em 1999, Ricardo Aleixo apresentou no Centro Cultural da Universidade Federal de Minas Gerais uma exposição intitulada "Objetos suspeitos". Um desses objetos ilustra a capa do seu livro *Máquina zero.*

certos do programático.[73] Nesse encontro entre o humano e o tecnológico se define o "quase-corpo" da *performance*.

Com evidência, a procura de uma aproximação com a tecnologia como instrumento que afeta e potencializa a capacidade expressiva do corpo não é prerrogativa do *performer* brasileiro, como revelam os ensaios de Donna Haraway, que analisa as relações do corpo com a tecnologia e as máquinas. No *Manifesto ciborgue: ciência, tecnologia e feminismo-socialista no final do século XX*, Haraway (*apud* SILVA, 2000, p. 46) observa que

> As máquinas do final do século XX tornaram completamente ambígua a diferença entre o natural e o artificial, entre a mente e o corpo, entre aquilo que se autocria e aquilo que é externamente criado, podendo-se dizer o mesmo de muitas outras distinções que se costumavam aplicar aos organismos e às máquinas. Nossas máquinas são perturbadoramente vivas e nós mesmos assustadoramente inertes.

Essa observação nos leva a considerar o grau de convivência e de interferência experimentado pelo ser humano no contato com as máquinas. A consciência do potencial que pode nascer desse encontro entre o humano e a máquina estimula o aproveitamento e a integração da tecnologia na *performance*. Se pensarmos na importância, para os afrodescendentes, da conquista do acesso à escrita nas sociedades escravocratas (como salientamos no primeiro capítulo), parece-nos pertinente mencionar a teoria do ciborgue, elaborada por Haraway, para quem este se torna particularmente significativo para os grupos sociais que foram marginalizados e "constituídos como outros" (HARAWAY *apud* SILVA, 2000, p. 99). A respeito disso, Haraway destaca que

> A escrita é, preeminentemente, a tecnologia dos ciborgues – superfícies gravadas do final do século XX. A política do ciborgue é a luta pela linguagem, é a luta contra a comunicação perfeita, contra o código único que traduz todo significado de forma perfeita – o dogma central do falogocentrismo. É por isso que a política do ciborgue insiste no ruído e advoga a poluição, tirando prazer das ilegítimas fusões entre animal e máquina.

---

[73] Em conversa particular com Ricardo Aleixo, este revelou o seu receio de que, durante o uso do *poemanto*, o microfone instalado perto do seu rosto roce, casualmente, no tecido do manto, causando uma interferência sonora não desejada. Segundo ele, isso resultaria menos do risco assumido no manejo e na potencialização da tecnologia, e mais do "mau uso" dos instrumentos em cena.

Nessa direção, a ideia da "poluição" dos signos, presente na *performance* do *poemanto* de Ricardo Aleixo, e também em seus trabalhos poéticos, pode ser vista como uma provocação intencional para desconcertar e reverter o quadro de dominação linguística e social. Quanto à poesia de Aleixo, o crítico Antônio Sérgio Bueno já observara a respeito do livro *Festim* que este é "uma sarabanda de signos, iconizando um grande carnaval, uma parafernália plástica e sonora, nova e desorbitada" (ALEIXO, 1992). Esse aspecto, presente já nos textos de *Festim*, assume maior dimensão em *Trívio*, como podemos notar no poema "Passagens" (2001, p. 63):

vai ver o que

você ouviu

era mesmo

o rumor

das imagens

umas contra

as outras

umas rentes

às outras

umas dentro

das outras

umas

No poema, percebe-se a intenção de Aleixo de misturar os registros sensoriais, ao relacionar o "rumor" ao conceito de "imagem". Paralelamente a isso, expõe-se a ideia da superposição de imagens, que parecem estar em todo lugar; essa densidade plástica geraria o ruído, como se as imagens ocupassem um "espaço sonoro" e não apenas um espaço no campo visual. Essa troca ou intercâmbio dos recursos sensíveis é desenvolvida pelo poeta e *performer* ao longo do seu trabalho, tal como na série *poemanto*. A esse propósito, Frasca (2004, p. 735) observa que

> Nella ricezione estetica, quanto più evanescenti diventano i supporti che la mediano, vi è sempre in azione qualcosa di massiccio e di greve: qualcosa,

> insomma, come il corpo immerso nell'alone percettivo con cui modifica, modificandosi a sua volta, il campo sensoriale.[74]

A aproximação de Aleixo com o mundo tecnológico tornou-se evidente principalmente com a publicação do seu último livro de poemas, *Máquina zero*, de 2004. Nossa análise começa pelo sugestivo título do livro, que abre para uma leitura plural do campo de significação, já que *Máquina zero* remete a vários contextos culturais. Se, por uma parte, o título se perfila como um paradoxo (ou negação) da modernidade, na qual a máquina, ao invés de ser o epicentro da racionalidade e do sistema comportamental do ser humano, faz-se "zerada" no livro, negando-lhe o movimento e a incisão que lhe são próprios, por outra parte, o título remete ao corte radical dos cabelos, em que nenhum fio sobra na cabeça, pois a máquina raspa-os de maneira incisiva. Lidando com o universo da linguagem e da poesia (no caso, o livro filiando-se à vertente satírica), o título sugere a ideia de alguma coisa que raspa, que corta totalmente, usando a língua à guisa de máquina zero.

A máquina e o corpo estão, desde o título do livro, num *tête-à-tête*, reforçando a ideia de que este é um dos temas caros ao autor, ou seja, a maneira como corpo e máquina estão em confronto, na vida como na criação artística, superpondo-se e modificando-se mutuamente. Além disso, podemos pensar que, como lembrou Marçal Aquino no breve comentário nas orelhas do livro, "Ricardo Aleixo põe seus engenhos poéticos em funcionamento, para compartilhar conosco suas inquietações e, sobretudo, seu espanto diante de outra máquina – a máquina do mundo", aludindo ao poema de Carlos Drummond de Andrade, com igual título.

Analisando o aspecto visual da capa do livro, reparamos que esta apresenta a reprodução fotográfica de um "objeto suspeito", que integrou a mencionada exposição de Aleixo. O objeto – uma máquina de escrever – agarra o globo terrestre, assumindo a feição ameaçadora de um inseto metálico. O título do objeto é *scriptura continua*. A máquina escreve no mundo que está às avessas (o globo está de cabeça para baixo). Esses dois elementos nos dão um roteiro de interpretação dos textos no livro, que apresentam um marcado tom satírico e de crítica à sociedade brasileira, e indicam que para o poeta o espaço de criação e de "*scriptura*" são contínuos, isto é, não são restritos aos caracteres gutemberguianos da letra impressa. A partir disso, torna-se mais fácil entender como a crítica mordaz, que conduz esse livro, é direcionada aos (antigos e novos) processos que cristalizaram as estratificações da sociedade brasileira, incluindo nela a "República das Letras" (no poema *Exercício de*

[74] "Na recepção estética, quanto mais evanescentes se tornam os suportes que a medeiam, há em ação alguma coisa de maciço e de grave: alguma coisa, em suma, como o corpo imergido no halo perceptivo com o qual modifica, modificando-se por sua vez, o campo sensorial".

lira maldizente, p. 33) ou os "*slogans* pró-racismo" (no poema "Dois exercícios de língua pária", p. 28).[75]

No livro *Máquina zero*, Ricardo Aleixo lança mão de várias linguagens para que dialoguem e provoquem uma sutil erosão no *status quo* da sociedade brasileira, comparável à "proeza das traças" (2004, p. 14) no papel. Desconstruções linguísticas, reprodução de detalhes de revistas, figuras em sombra (no caso, a própria silhueta da cabeça do autor, reproduzida três vezes), páginas em preto são todos elementos gráficos que se portam como "signos em rotação" no livro, interagindo (ou pedindo uma relação direta) com os poemas impressos.

Um exemplo representativo é a suíte de três poemas acompanhados pelo mesmo retrato do poeta na infância, modificado cada vez por interferências gráficas, reapropriando-se de signos da religião oficial para revertê-los nos poemas: "Teofagia" (2004, p. 17), mostra o retrato do menino, "consumada falha/ de papai e mamãe", que recebeu Deus "à guisa de primeira comunhão", porém com uma venda preta nos olhos, sugerindo a ideia do sujeito que não pode enxergar "como realmente é"; "Antropofagia" (ALEIXO, 2004, p. 19), onde o mesmo retrato está com uma venda na boca, sugerindo novamente a ideia de uma voz censurada pela religião e reforçada pelo tom de leve erotismo contido no poema, que fala do olhar devorador de um ele/ ela; e, finalmente, *Autofagia* (2004, p. 21), que apresenta o retrato livre, sem interferências gráficas "críticas" ou "autoirônicas", porém acompanhado por um poema que contrasta e realça de maneira chocante a diferença entre o "eu" no contexto oficial – e repressor – do retrato e no contexto da transgressão sexual declarada do sujeito adulto: "No mar de água morna/ e sem ondas// de minha cama/ de velho/ puto// a punhetas relegado [...]."

Como já assinalamos, a preocupação do poeta com o aspecto visual do poema (ou ainda, da realidade) fundamenta toda a obra de Aleixo e se manifesta na concepção de que o corpo, ou melhor, a corporeidade (seja na letra, no som ou na imagem) é um signo em movimento no espaço. A exploração, no poema, de recursos sonoros e visuais consiste, portanto, numa tentativa de se aproximar da tridimensionalidade do real, aproximação que Aleixo atinge de maneira eficaz por meio da *performance* com o *poemanto*. Nessa linha de pensamento, a realidade e a página são um campo aberto para ser marcado com camadas de signos que formam um palimpsesto, do mesmo modo como as cidades – como vimos, tema recorrente na obra do autor – constituem-se como "espaços tensionados" (ALEIXO *apud* PEDROSA, 2000, p. 150), isto é, lugares onde os que as ocupam (os cidadãos visíveis e os invisíveis),

[75] Veja-se, a esse respeito, o já citado livro publicado em parceria com Edimilson de Almeida Pereira, *A roda do mundo*, no qual Aleixo trabalha os poemas a partir dos orikis, os mitos da cultura iorubá.

por estarem nelas e por se relacionarem de determinada forma com as outras "peças do tabuleiro", fixam seus "valores" como cidadãos. Esse tema da cidade reconduz ao tema do corpo – a conquista e refuncionalização do corpo e do espaço que ele ocupa, do ponto de vista cívico e semiótico – pois, como num cenário teatral, este não deixa de ser um agente atuante, por meio do som, do gesto, do movimento, do fingimento.

A centralidade do corpo na poética de Aleixo remete às reflexões relacionadas com a questão do corpo negro na diáspora. Nesse sentido, a sofisticação conceitual e estética elaborada por Ricardo Aleixo não sacrifica determinada ancoragem a um solo social e inclusive biográfico do autor. Com evidência, existe, no trabalho de Aleixo, uma explícita assunção de um questionamento social ditado pela preocupação para com as problemáticas sociais, principalmente aquelas que dizem respeito ao lugar físico e simbólico ocupado pela população afrodescendente. Em vista dessa preocupação, Aleixo não se limita a questionar apenas o espaço físico atribuído ao negro (ou seja, aquele espaço que, historicamente, o negro tem que ocupar, na periferia da sociedade brasileira), mas principalmente o espaço que ele ocupa no imaginário coletivo, ou ainda, aquele que ele deixa de ocupar, por ser considerado, desde a época da escravidão, um sujeito "invisível".[76]

A "invisibilidade" social do negro está sutilmente trabalhada e questionada na *performance*, através da criação de um ambiente cênico em que a escuridão e a reiteração de elementos em preto reenviam à condição do negro na sociedade brasileira. Como primeiro elemento de destaque, podemos lembrar que a *performance* é apresentada num cenário em *blackout*, isto é, num contexto de quase total obscuridade. O manto que cobre o *performer* é negro, com apenas algumas palavras que se destacam por estarem escritas em branco. Nessa direção, vale lembrar que o *performer* é afrodescendente e está coberto (escondido) totalmente pelo manto, além de estar envolvido pela escuridão cênica.

É fato que outras interpretações podem ser feitas a respeito desses elementos cênicos. No entanto, acreditamos que esses dados sejam significativos, uma vez que se conhecem as preocupações que norteiam o trabalho artístico de Aleixo. Além disso, é preciso considerá-las à luz dos poemas que são falados, alguns dos quais abordam explicitamente a questão do lugar do negro na sociedade, como é o caso do poema "Rondó da ronda noturna" (ALEIXO, 2001, p. 69), no qual o poeta faz uma análise, ou melhor, uma constatação sobre a relação que une pobreza, afrodescendência, suspeita e criminalidade.

[76] Remeto, para uma reflexão mais demorada sobre a questão da visibilidade do negro na sociedade brasileira, ao livro de Gilberto Freyre (1979). Abordamos brevemente essa temática no primeiro capítulo.

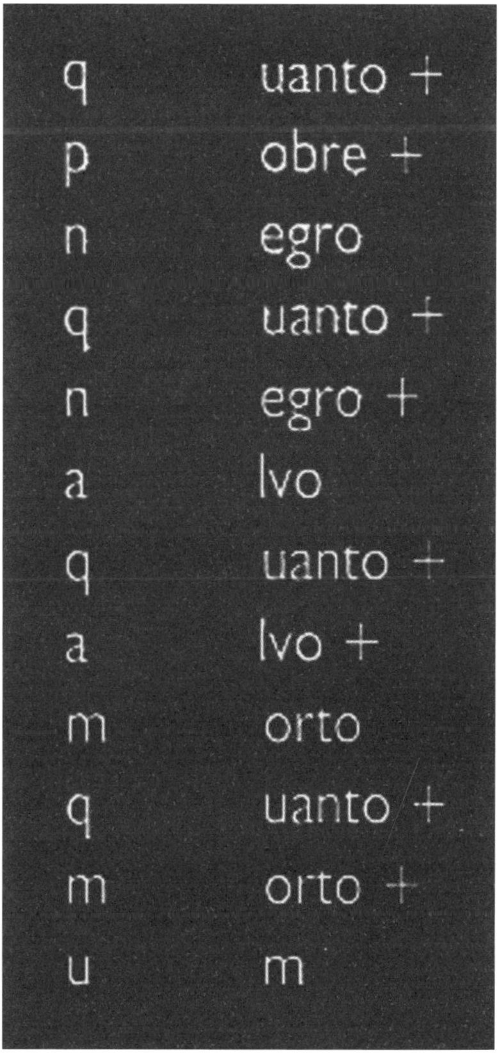

O poema deixa uma fresta de ambiguidade, no final, quando, ao associar o fato de ser negro com o fato de se tornar alvo e, finalmente, estes signos (negro e alvo) com o resultado de uma morte (mais uma), ele não explicita se essa morte ocorre por conta da criminalidade ou se por conta do preconceito da sociedade, que faz com que qualquer negro na noite seja visto como alvo e como suspeito. A esse respeito, podemos considerar as "piadas de negros" que circulam na sociedade brasileira, para comprovar como estas carregam ideias discriminatórias. Vejamos um exemplo: "preto calado já está errado, parado é suspeito, correndo é ladrão" ou ainda "preto quando não suja na entrada, suja na saída" (GOMES; PEREIRA, 2001, p. 121). O poema "comenta", de alguma maneira, essa questão, mas sob a perspectiva do negro. Outro poema lido durante a *performance*, e que contrasta com a impostação cênica do *poemanto*, é o poema "brancos" (ALEIXO, 2001, encarte).

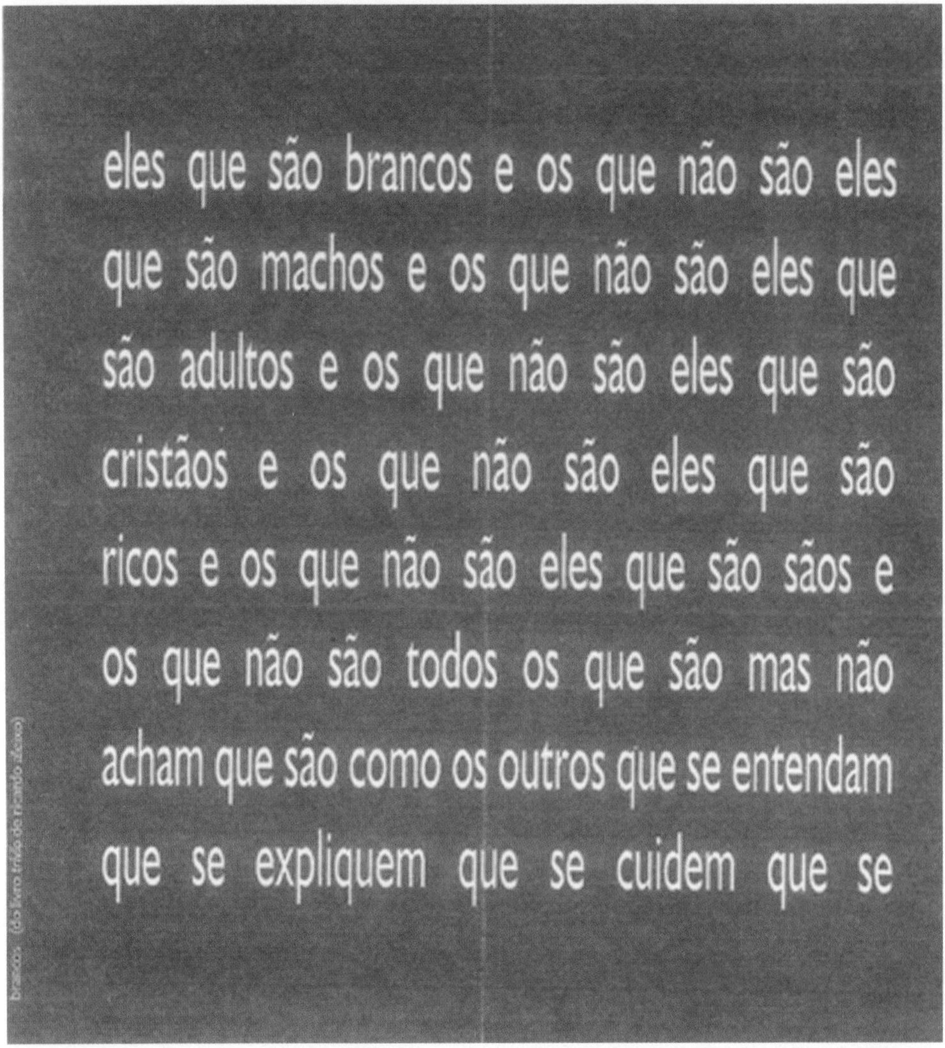

O contraste decorre do fato de o poema falar dos "brancos" numa situação em que tudo remete ao negro. O próprio poema impresso aproveita, na sua linguagem visual, esse contraste, por estar escrito em branco sobre fundo de papel preto. Além disso, Aleixo fala esse poema com um tom de voz baixo, quase como se se tratasse de uma ameaça, ou de alguma mensagem assustadora. Esse texto causa um forte impacto durante a *performance*, não somente pelo seu conteúdo, incômodo e ameaçador, mas também pelo interessante resultado sonoro provocado, no momento da vocalização, pelas aliterações dos sons em "s". O fundo preto do cenário ajuda a criar um ambiente de desconforto e de medo, sensações das quais o texto está impregnado. Por isso, repara-se que o poema está caracterizado por um tom de violência contida, representada pelo uso repetido do pronome "eles" ao se dirigir a outros anônimos, no entanto, bem definidos.

Por um lado, o poema "brancos" está construído a partir da ambiguidade, pois, se Ricardo Aleixo parece estar se referindo aos "brancos", "machos", "adultos", "cristãos", "ricos" e "sãos", por outro, ele também desconstrói essa referência, ao incluir, para cada categoria citada, "os que não são eles", isto é, os que não são brancos, machos, adultos, cristãos, ricos e sãos. No final, explicita-se o receptor ao qual Aleixo dedica o poema, ou seja, "todos os que são mas não acham que são como os outros", isto é, os que se acham diferentes, apesar de serem humanos comuns, mortais como os outros. Aleixo parece lançar um aviso, no final do poema, para que estes "outros" se entendam, se expliquem, se cuidem, deixando no ar um outro enunciado imperativo ("que se..."), que fica suspenso e ressoa como se fosse uma ameaça.

Nesse caso, encontramos um sujeito lírico negro que fala sobre "os outros", os brancos, invertendo a lógica das frases sobre negros que vimos anteriormente. No entanto, o que determina a diferença entre o discurso sobre o negro e o poema "brancos" é que, atrás da referência explícita aos brancos, Aleixo deixa em aberto os significantes para qualquer sujeito que se encaixe na condição de "outros que são mas não acham que são como os outros". Dessa maneira, o discurso e o questionamento sobre o preconceito se universalizam, não ficando circunscritos à condição racial.

A partir dessa perspectiva, o diálogo que Aleixo tece com as problemáticas relacionadas com os sujeitos diaspóricos nos auxilia para melhor entendermos sua *performance*. No livro *A cena em sombras*, no qual é analisada a teatralidade da cultura negra, Leda Martins destaca a função dialógica da teatralização, que se manifesta pelo fato de a tradição afrodescendente ser de "dupla voz, de dupla fala" (MARTINS, 1995, p. 53). Para Martins, essa duplicidade não se reflete somente na "formulação de sentido", mas também na elaboração de formações "discursivas e comportamentais de dupla referência, que estabelecem, em diferentes níveis, um diálogo intertextual e intercultural entre formas de expressão africanas e ocidentais" (MARTINS, 1995, p. 54). Para explicar esse recurso, "inerente às mais diversas manifestações do *ethos* africano nos novos continentes", Leda Martins recorre às interpretações de Molette (*apud* MARTINS, 1995, p. 54) referentes ao teatro afro-americano, para quem

> A experiência da escravidão demandou a criação de uma técnica de sobrevivência que deve ser apreciada se quer compreender o desenvolvimento do teatro afro-americano. Essa técnica de sobrevivência é de duplo sentido. As coisas

nunca eram o que pareciam ser, quando vistas e ouvidas pelos brancos. O uso do duplo sentido era uma característica comum, utilizada pelos praticantes das primeiras formas de comunicação artística [...]

Por meio da análise da formação da teatralização negra, decorrente da história da escravidão e das práticas sociais instauradas a partir dela, Leda Martins nos aponta a origem de algumas características estéticas que podem ser consideradas como marcos da *performance* encenada por Ricardo Aleixo. Uma dessas características é exemplificada pelo código da duplicidade (de referências, de sentidos), que estabelece uma ambiguidade (ou "código da ambiguidade", conforme propôs Roger Bastide ao se referir à *performance* do samba rural,[77] propondo a categoria do "teatro em potencial") explorada na *performance* do *poemanto* pela aproximação entre o uso quase ritualístico do manto (cuja inserção ocorre num palco sem adornos especiais, de modo que tudo gira ao redor do despojamento do manto e dos movimentos do corpo) e o aproveitamento da tecnologia como suporte fundamental para criar novos efeitos na voz que fala os poemas.

A combinação entre esses dois elementos, o visual e o sonoro, gera um contraste da natureza da linguagem, que encarna um jogo histriônico no qual os significantes deslizam, fogem das cristalizações e se confundem na superposição de novos signos produzidos no decorrer da *performance*. Sob essas perspectiva, a *performance* do *poemanto* encarna aquilo que Benítez-Rojo identifica como "concerto barroco", ou seja, uma "*performance* turbulenta que, lejos de remitirse al pasado que manipula la historiografía, busca legitimación en sí misma, en su propio carácter experimental e innovador" (1998, p. 361).[78] A experimentação consiste também no fato de que a *performance* do *poemanto* não tem uma direção ou um roteiro fixo, e sim um acúmulo de direções que nos chamam para inúmeros pontos de mudança. Algo semelhante se passa com o livro *Trívio*, que apresenta uma pluralidade de direções sugeridas pelo signo gráfico da flecha que, por sua vez, perpassa todo o livro. Trívio significa, de fato, reunião de três caminhos, e o paradoxo do signo que se desdobra em vários caminhos se repete na ideia do acúmulo de direções possíveis para a *performance*.

Da mesma maneira que procura legitimação e autonomia no trabalho performático, no palco, onde o corpo é convocado para atuar junto com a voz, Ricardo Aleixo trilha um percurso parecido na poesia impressa, ou seja, ele compõe seus poemas visuais partindo de uma concepção da escrita como algo performático e que, por conseguinte, responde às mesmas exigências do texto vocalizado durante a *per-*

[77] BASTIDE, 1983.

[78] "*performance* turbulenta que, longe de referir-se ao passado que manipula a historiografia, procura a legitimação em si mesmo, no seu próprio caráter experimental e inovador".

formance. Em entrevista concedida ao jornalista Sérgio Rosa, no *site Overmundo*,[79] Ricardo Aleixo afirma: "eu compunha os poemas, no plano gráfico-visual, como se eles fossem partituras. E até hoje é assim que procedo, buscando sempre uma inter--relação entre os códigos". Mais à frente, observa que, para ele, "palavra também é imagem, além de provocar o surgimento de novas imagens". Tal depoimento atesta a existência, em sua obra, de uma ligação estreita entre som e imagem, entre conceito (no silêncio da palavra escrita) e imagem. Por isso, podemos dizer que a sua obra escrita e impressa constitui um *continuum* performático, na medida em que responde àquilo que o manifesto concretista apregoava como sendo próprio da poesia concreta, ou seja, uma composição verbivocovisual.

Existe outra característica da obra de Aleixo (e também de Ronald Augusto) que remete àquilo que Leda Martins observou no teatro afro-americano, ou seja, a criação de um diálogo intertextual e intercultural entre formas de expressão africanas e ocidentais. Como salientamos no Capítulo 2, Ricardo Aleixo aproxima o contexto africano ou afrodescendente (por meio da recriação dos orikis, forma de expressão da mitologia iorubá) com elementos estéticos do mundo ocidental (mediante o emprego de técnicas relacionadas à poesia concreta e à neoconcreta). No próximo tópico, analisaremos em detalhes o aspecto performático da poesia escrita por Ricardo Aleixo, bem como da poesia de Ronald Augusto.

4.2 A *performance* da poesia visual

Para falarmos sobre a poesia performática de Ricardo Aleixo e de Ronald Augusto, que têm filiação estética com a concepção "verbivocovisual" concretista, podemos estabelecer um diálogo fértil com a obra do artista plástico Rubem Valentim, ao qual, aliás, Aleixo dedica o poema "Emblema para Rubem Valentim" (2001, p. 44), que reproduzimos a seguir:

mitos   habitam   círculos

meias-luas   pontas

de setas   machados

de duplo corte

[79] <www.overmundo.com.br>.

cruzes de bizâncio

séculos   o instante

A visualidade do poema (que se apresenta em palavras-signos espalhadas pela página), ao expor os elementos nos quais se inspira Rubem Valentim para compor a sua obra, indica também a "tradução" semiológica que o poeta faz das peças do artista, uma interpretação livre, na qual a visualidade da palavra (que é também imagem) compõe a configuração plástica do poema. Paralelamente, lendo o *Manifesto ainda que tardio*, de Rubem Valentim, sobre a visão de mundo que está nos alicerces da sua criação, reparamos que há pontos de convergência entre os propósitos do poeta e os do artista plástico. No *Manifesto* (*apud* ARAÚJO, 1995), os propósitos do artista consistem em criar uma "fala" a partir dos instrumentos simbólicos, das ferramentas do Candomblé, ou seja, "uma poética visual brasileira". Rubem Valentim confessa que tem a impressão de ter criado "uma estrutura totêmica, um ritmo, uma simetria, uma emblemática, uma heráldica, um hieratismo, uma semiótica/semiologia não verbal, visível. Isso tudo partindo das formas vivas da 'fala' não verbal do nosso povo" (VALENTIM *apud* ARAÚJO, 1995).

A criação de um sistema de signos que se fundamenta principalmente no aspecto visual ou sonoro está presente no poema citado de Aleixo, que propõe múltiplas combinações de sentido, já que é possível ler o poema da esquerda para a direita, da forma convencional, mas também na vertical (por exemplo, "mitos/ meia-luas/ de setas..."). A possibilidade de ler em zigue-zague, através das palavras dispostas na página, é um dos recursos concretistas, no entanto, é possível interpretar essa possibilidade como a pluralidade de direções representadas pelo signo da "seta", conforme sugerem as imagens de Rubem Valentim e a composição gráfica do livro *Trívio*, de Ricardo Aleixo, cujas divisões internas são feitas por setas que indicam várias direções de leitura. A propósito desses aspectos, é pertinente o comentário de Mário Pedrosa inserido no catálogo da exposição individual de Valentim, que ocorreu no Rio de Janeiro em 1967:

> Há algo de antropofágico na sua arte, no sentido oswaldiano – ser produto de deglutições culturais. Ao transmudar fetiches em imagens e signos litúrgicos em signos abstratos plásticos, Valentim os desenraiza de seu terreiro e, carregando-os de mais a mais de uma semântica própria, os leva ao campo da representação por assim dizer emblemática, ou duma heráldica [...]. Nessa representação, os signos ganham em universalidade significativa o que perdem em carga original mágico-mítica. O artista projeta mesmo abandonando também a fatalidade da tela, organiza seus signos no espaço, talhados como emblemas, brasões, broquéis, estandartes, barandões de uma insólita procis-

são, talvez de um misticismo religioso sem igreja, sem dogmas [...] (PEDROSA *apud* ARAÚJO, 1995).

As análises sobre a poética de Ricardo Aleixo que fizemos até agora caminham na direção das reflexões de Mário Pedrosa, principalmente no que diz respeito à descrição do processo de "desenraizamento" dos orikis, apresentado no Capítulo 2, e na conseguinte ressemantização destes em contexto profano, urbano, contemporâneo, como demonstramos na leitura crítica do poema "Cine-olho". Em função disso, podemos afirmar que o poema "Emblema para Rubem Valentim" se oferece como um conjunto de signos talhados na página para formarem um emblema, da mesma forma como acontece com os signos de Valentim. Vejamos, para ilustrar esses comentários e sustentar as comparações que fizemos, a reprodução de dois trabalhos de Rubem Valentim. O primeiro se intitula *Templo de Oxalá*,[80] e o segundo, *Altar sacral*.[81]

A ordem contida, estruturada, geométrica dos traços de Rubem Valentim afina com a contenção, a estruturação e a plasticidade da poética de Aleixo, inclusive na apresentação gráfica dos objetos-livros que reúnem os seus poemas. De fato, *Festim* e *Trívio* apresentam capas que remetem a esse universo plástico visual: a primeira, graças a um desenho do artista plástico mineiro Jorge dos Anjos, que trabalha na li-

[80] Representação parcial, escultura em madeira pintada, Brasília, 1977, 220 cm de altura.

[81] 1968, madeira pintada, 206 cm de altura.

nha imagética e simbólica semelhante, em alguns aspectos, à de RubemValentim, ou seja, inspirando-se no universo religioso afro-brasileiro, principalmente nos orikis; a segunda, graças a uma montagem feita pelo próprio Ricardo Aleixo, utilizando a computação gráfica, e que se assemelha ao trabalho de Rubem Valentim pelo uso das cores vermelha e preta para representar três setas superpostas, que compõem as três direções, o trívio, como se pode ver a seguir:

É possível identificar, pela aproximação entre as imagens reproduzidas, uma concepção plástica visual comum ao poeta e ao escultor. Para melhor demonstrar a familiaridade de linguagens entre os dois, valemo-nos de outro exemplo. No citado *Manifesto*, Rubem Valentim afirma que o seu trabalho "tem um sentido monumental intrínseco. Vem do rito, da festa [...]. É a mesma monumentalidade dos totens [...]. Meus relevos e objetos pedem fundamentalmente o espaço [...] Atualmente minha arte busca o Espaço: a rua, a estrada, a Praça – os conjuntos arquitetônico-urbanísticos" (*apud* ARAÚJO, 1995). No caso do poeta mineiro, salientamos o interesse que as questões urbanísticas lhe despertam para realizar uma leitura da estratificação social brasileira, assim como a cidade, em particular, representa para ele uma superfície instigante na qual muitos signos se cruzam diariamente. Portanto, se para Aleixo a casa é "uma máquina de signos" (ALEIXO, 2001, p. 54), o que será então a cidade, se não um enorme mundo semiótico?

Em outro poema visual de *Trívio*, Ricardo Aleixo compõe um "Totem para Smetak" (2001, p. 37), indicando o seu entendimento do totem como uma imagem significante, aberta ao diálogo com diversos referentes, sejam eles os das culturas africanas, ou os totens que artistas afro-brasileiros como Emanuel Araújo e Jorge dos Anjos esculpiram na madeira ou no ferro. A esse propósito, é muito significativo o trabalho formal executado pelo poeta que, à maneira de um escultor, esculpiu em letras brancas a figura de um totem sobre um fundo preto. Há que se ressaltar os pontos comuns entre as obras de Ricardo Aleixo e Jorge dos Anjos, por exemplo, no que diz respeito ao processo de elaboração de um poema ou de uma escultura. Vejamos o depoimento do escultor, recolhido no segundo número da revista *RODA*, da Fundação Municipal de Cultura de Belo Horizonte, que revela a sua filiação estética ao concretismo, no qual ele encontra a ideia da estrutura elementar a partir da qual elabora a sua própria linguagem estética. De modo análogo ao procedimento de Aleixo, Jorge dos Anjos também absorve as lições concretistas e as aplica em textos e formas que trazem as referências do universo cultural afrodescendente:

> Quando começo a elaborar um trabalho, parto sempre de uma estrutura que tem suas origens nas experiências do concretismo e do neoconcretismo. Nesse processo, aproximo-me de artistas como Franz Weissmann e Amílcar de Castro, porque a estrutura é quase a mesma, coisas simples que acabam apontando para esse caminho. Porém, é somente no momento em que o trabalho toma uma outra direção, um novo caminho que me leva à matriz africana, é que dou continuidade à experiência (*apud* ALEIXO, 2006, p. 26).

Seguindo a linha comparativa que adotamos, podemos identificar um diálogo entre a forma e o conteúdo das duas peças, e Ricardo Aleixo, por meio do poema visual, tangencia a materialidade do totem tridimensional do escultor. Se o totem de Aleixo "perde", de fato, em tridimensionalidade, por ser impresso em duas dimensões no papel, ele ganha em acréscimo semântico, uma vez que é construído com palavras e existe, portanto, além do aspecto formal, outro nível de construção, que remete a outro contexto – aquele do qual fala o poema –, aspecto que não se apresenta na peça do escultor.

Sob esse ângulo, o "Totem para Smetak" contém um elemento que o diferencia dos totens representados pelos artistas plásticos mencionados, porque não se refere a um orixá, como no caso das esculturas, e sim a uma pessoa que não pertence ao universo sagrado afro-brasileiro. Dessa maneira, o poeta amplia o campo de abrangência do totem para um referencial que, mesmo tendo em vista o contexto da cultura africana ou afrodescendente, pode ser ressemantizado dependendo do interesse do sujeito que o maneja. Neste caso específico, a alusão a Smetak nos conduz ao músico suíço que viveu por muitos anos na Bahia e inventou vários tipos de instrumentos musicais a partir de objetos comuns. Como o universo sonoro é de suma importância para o poeta, entende-se aqui que o totem homenageia um deus-humano, presumivelmente admirado por Aleixo por saber criar sons inusitados de objetos comuns e por saber fazer desses objetos instrumentos de apelo estético. Vejamos agora, para efeito de comparação, os totens em madeira esculpidos por Jorge dos Anjos e o "totem em palavras" composto por Ricardo Aleixo:

Nossa análise nos leva a considerar as investigações realizadas pela pesquisadora brasileira Ísis McElroy, desenvolvidas em sua tese de doutoramento em Literatura Comparada pela New York University. No artigo "Afro Brazilian Altar Poetry: The Poetic Text of Pontos Riscados", que condensa algumas das ideias desenvolvidas na tese de doutorado e foi apresentado pela primeira vez no Congresso da Abralic de 2006 no Rio de Janeiro, a autora propõe um desafio teórico ao ler e analisar os pontos-riscados da Umbanda como se fossem "poemas-altar",[82] isto é, imagens visuais poéticas de conteúdo sagrado, que se portam como signos cuja significação é passível de ser interpretada como um poema visual. Vejamos o fragmento da análise (McELROY, 2006, s/p):

> Os poemas-altar fazem parte de um gênero literário ocidental que estende o repertório visual poético em que o código abstrato do texto se relaciona com a tridimensionalidade de objetos do mundo concreto. O caráter devoto e místico dos poemas-altar circunscreve o conteúdo e forma desses textos poéticos num universo litúrgico em que o poeta e o leitor parecem ativar um processo mágico de invocação e reflexão metafísica. Assim como os poemas-altar, os pontos-riscados fazem parte de uma tradição poética que situa o leitor e o texto num universo estético sagrado. Enquanto os poemas-altar têm uma função essencialmente estética e literária, os pontos-riscados têm uma função primordialmente ritualística.

Nessa perspectiva, podemos avançar a ideia de que o totem é lido, por Aleixo, como um poema-altar, embora possa também ser extraído do contexto sagrado e transferido para o profano, seguindo o propósito demonstrado na relação com Exu no poema "Cine-olho".

Diversas características presentes na poética visual de Ricardo Aleixo, bem como na de Ronald Augusto, não representam uma significativa novidade, em termos formais, quando relacionadas aos propósitos expressos pelo Manifesto da Poesia Concreta, o *Plano-piloto para a poesia concreta*. No entanto, para além do domínio dos recursos do concretismo, entendemos que a maior inovação agenciada pelos dois autores se exprime na reelaboração das referências culturais africanas ou afrodescendentes, que deixam de ser pano de fundo das obras legitimadas para serem apresentadas como veículos de um profícuo diálogo entre a tradição e a modernidade.

Os poemas de Ronald Augusto, principalmente os do livro *Puya* (1992), dialogam com a poesia concreta em função do seu aspecto sintético e da rarefação da sintaxe, assim como pela exploração dos espaços em branco que, pelo seu caráter significante, pedem a participação do leitor que pretende interpretá-los. Os poemas de

---

[82] McELROY, 2006.

Puya apresentam um enigma na medida em que estão impregnados por elementos (ou indícios) que remetem à cultura afro-brasileira, mas cuja decodificação desafia a competência do leitor. No entanto, o leitor que se aventurar na interpretação do livro encontrará, pouco a pouco, portas de entrada para uma compreensão das camadas profundas dos textos. Para que esse fato se concretize, é necessário desvendar o repertório léxico-semântico utilizado pelo poeta e que se relaciona ao mundo afro-brasileiro, conforme assinala, no prefácio, o crítico Van Hingo (*apud* AUGUSTO, 1992, p. 10):

> Embora os poemas não sejam antropomórficos, embora a palavra seja o centro, há um homem que atravessa quase todos os poemas. É o "suspeito negro" ou um negro revoltado e revolto, um Sísifo inscrito no inferno dos buanas brancaranos. Às vezes, irado, esse homem abandona a discreta posição de terceira pessoa e fala na primeira pessoa [...] Mas a censura principal ainda se dirige aos brancos, à família branca, e ao estado branco.

Vejamos um exemplo de como a palavra atua como centro do processo criativo, e de como ela se converte em portadora de signos relacionados ao universo negro. O poema que abre o livro é emblemático, a esse respeito, por ser enxuto e, ao mesmo tempo, conter inúmeras referências às questões culturais africanas e afrodescendentes, principalmente aquelas relacionadas ao período escravista:

> Zum zum zum golo logo
> Rum rum rum golo louvo
>
> Cá na eira larga ira
> Capo um um é pouco
> (AUGUSTO, 1992, p. 13)

Observamos que no poema alguns signos ajudam a identificar o contexto do período escravista, tais como o "rum", bebida extraída da cana-de-açúcar, e ao mesmo tempo a "eira", lugar onde se deixavam as canas recolhidas na lavoura. Além disso, conforme indica Zélia Maria Neves Vaz, no verbete dedicado ao poeta presente no *site Literafro* da Universidade Federal de Minas Gerais,[83] as palavras "golo" e "louvo" podem ser associadas aos cultos afro-brasileiros, uma vez que a bebida (o rum em Cuba, e a cachaça no Brasil) é utilizada nas oferendas aos orixás.

No período escravista brasileiro, são inúmeros os registros de revoltas de escravos que, em atitudes coletivas ou individuais, colocaram em xeque a autoridade dos grandes fazendeiros e de seus capatazes. Por vezes, a rebeldia se expressava na ação

[83] <http://www.letras.ufmg.br/literafro>.

direta de um escravo contra o capataz, braço do opressor. Por isso, o crime costumava ocorrer no próprio local de trabalho, ou seja, nos labirintos da plantação. Ronald Augusto alude de maneira fragmentária a esses eventos, na medida em que "a larga ira", ou a reação do cativo explode no ato de violência ("capo um") contra o opressor.

No *blog* mantido pelo próprio Ronald Augusto,[84] no qual são divulgados artigos de interesse do poeta, encontramos um depoimento de Haroldo de Campos relativo àquilo que, na sua opinião, define a comunicação poética. Nesse texto, o poeta paulista considera alguns dos elementos envolvidos na cena da criação poética e observa que,

> para o leitor, o poema se apresenta, numa primeira aproximação, como que vertido em língua estranha, mas ao mesmo tempo remotamente familiar [...]. A comunicação poética pressupõe certa dose de intraduzibilidade, dilema que, por outro lado, se resolve no momento em que o leitor-poeta assume a responsabilidade pela coautoria daquele texto, por meio de um gesto de interpretação livre.

O que nos interessa particularmente, no depoimento acima, é o fato de ele descrever com propriedade o fenômeno gerado pelos poemas de Ronald Augusto, que num primeiro momento parecem escritos em "língua estranha", tão truncada é a sintaxe e tão difícil a identificação de seus conteúdos e referenciais. No entanto, algo familiar se insinua no nível lexical e no semântico, quando relacionamos o título do livro ao contexto. De fato, o título antecipa e apresenta o enigma em que se converte o próprio livro, uma vez que não há indicação que nos guie pelo seu labirinto de signos. Ao desvelar o significado da palavra "puya", que remete ao universo afro-cubano e significa "canto de provocação", torna-se mais explícita a crítica aos valores vigentes numa sociedade na qual o preconceito torna o negro "suspeito" – tal como lemos nesses versos, em que ele é vítima de preconceito: "cinzentos cotovelos canelas num encarne/ atocaiado de supetão por fulados caiados/ (muda de duna película calada)/ o suspeito negro aqui [...]" (AUGUSTO, 1992, p. 17).

Uma leitura atenta dos poemas revela que a provocação, anunciada no título, atua também na linguagem, motivando a rarefação da sintaxe, os cortes abruptos e uma aparente sensação de que o sentido está em outro lugar. Diante desse recorte estético, não é possível relacionar com precisão os poemas de Ronald Augusto ao projeto concretista, que prezava a objetividade e o uso de um discurso direto. Existe, portanto, um distanciamento entre o trabalho realizado pelo poeta e a filiação concretista deste.

Ronald Augusto constrói, em *Puya*, um universo emblemático, no qual a ideia do desafio está implícita, partindo do próprio título que, se lido sob a perspectiva das

[84] <http://www.poesia-pau.zip.net>.

religiões afro-brasileiras, nos remete aos "desafios" lançados, como porfia ou provocação, pelos jongueiros e pelos candombeiros, isto é, os pontos puxados pelos capitães-*performers* do Jongo e do Candombe. Nesse universo, o ritual é tecido por meio do canto de desafio que, uma vez enunciado pelo devoto, exige resposta dos demais participantes. Tal resposta é necessária para que a teia dos enunciados sagrados possa se estender, unindo os antepassados e seus descendentes e assegurando os laços de família social (ou de sangue) e de família ritual (ou do sagrado).[85]

Da mesma forma, o livro *Puya* lança o desafio, ao qual o leitor responde com respostas múltiplas, isto é, como afirma Haroldo de Campos, assumindo a responsabilidade e o risco da interpretação. A aceitação do leitor, assim como a dos participantes do Jongo e do Candombe nos rituais, contribui para a composição do livro, mas pressupõe a aceitação do risco de se atuar de modo coerente ou não diante do enigma que espera para ser decifrado. Em decorrência disso, podemos dizer que *Puya* se estabelece como um livro de cumplicidades, pois funciona na medida em que o leitor aceita os seus desafios.

O volume está dividido em cinco partes. Se a segunda tem como título a palavra banto "noma" que, segundo o *Dicionário Banto* de Nei Lopes, significa "tambor", a última, intitulada "emere", remete ao universo iorubá, e significa "criança com poderes sobrenaturais". Os poemas que integram a segunda parte do livro soam como batidas de tambores, isto é, são curtos, secos e repetidos, estabelecendo uma relação mimética com o ritmo dos instrumentos.[86] No entanto, nos concentraremos na quinta parte, na qual se situam quatro poemas visuais. Não é surpresa, dado o título da seção, que esses poemas se inspirem nos orixás, apesar de o livro não oferecer pistas evidentes sobre esses referenciais. Prova desse jogo, ou desafio lançado ao leitor, é a ausência de títulos dos poemas, que reforça o caráter enigmático do livro.

Neste momento, é importante informar que, em conversa direta com o autor, obtivemos as explicações sobre os títulos dos poemas. Isto é, os poemas aparecem sem título no livro, embora Ronald Augusto tenha guardado para si os títulos que lhes atribuiu. Com esse procedimento, o autor confirmou sua intenção de esconder as marcas do livro. Acreditamos que, do ponto de vista teórico, essa atitude ultrapassa um gesto pessoal para inscrever-se como um procedimento caracterizador de determinado processo criativo. Ou seja, Ronald Augusto rasura a lógica do poema que pretende explicitar o mundo e as sensações criando, assim, um vínculo de empatia com

[85] Ver, a esse respeito, o livro de Edimilson de Almeida Pereira (2005), no qual é realizada uma descrição detalhada das diversas partes que compõem o Candombe. Ver, principalmente, o tópico "Sobre a natureza dos pontos" (p. 74-76).

[86] Para uma análise detalhada dos poemas que compõem essa divisão do livro, remetemos ao ensaio de Zélia Maria de N. Neves Vaz, no *site* <http://www.letras.ufmg.br/literafro>.

o leitor que espera esse tipo de revelação. Ao contrário disso, o poeta gaúcho expõe para o leitor o problema da relatividade dos significados, instigando-o a construir, mediante uma situação provocadora, os campos de significado importantes para que ele se sinta sujeito no mundo e sujeito diante do próprio poema. Portanto, informados acerca do enigma dos títulos, vejamos o poema que, segundo Ronald Augusto, intitula-se "Xangô" (AUGUSTO, 1992, p. 41):

Para o leitor que não teve acesso aos comentários do poeta, esse poema se insere no livro de forma enigmática, pois não fornece elementos reveladores da relação entre o título e a imagem. Numa observação atenta, e comparando as características de Xangô com a sua representação no poema, é possível vislumbrar convergências entre o título e a imagem. No panteão das divindades iorubás, Xangô é considerado o patrono das religiões dos orixás no Brasil, conforme assinala Reginaldo Prandi (2001, p. 22). Suas características principais se vinculam ao fato de ser o dono do trovão, o conhecedor dos caminhos do poder secular e o governador da justiça. O símbolo característico de Xangô é o duplo machado, que reproduzimos acima ao lado do poema. Com esses elementos, torna-se possível elaborar uma leitura mais aprofundada da imagem, pois esta reproduz, dentro do quadrado, o desenho de um duplo machado.

Observando o desenho gráfico horizontal, reparamos nele elementos que aludem a uma espécie de escrita do nome "Xangô". Se partirmos da cruz que está no centro, e virarmos a folha de papel verticalmente, veremos que os signos gráficos parecem reproduzir as letras do alfabeto que compõem a palavra "Xangô", considerando que o acento circunflexo sobre o "o" final está virado para fora do desenho. Essa mesma estrutura se repete duas vezes, espelhadas, seja fazendo a leitura de cima para baixo, seja de baixo para cima.

A extremada estilização dos signos, inclusive os verbais, que remetem a Xangô, não impede a evidência do fato de que o poeta é um conhecedor dos vários aspectos da cultura afro-brasileira. Os poemas visuais de Ronald Augusto implicam um trabalho prévio de pesquisa e revelam o percurso "antropológico" feito pelo autor, que lhe permite criar a partir do contexto cultural afro-brasileiro sem, no entanto, fazer disso um motivo meramente exótico ou um interesse passageiro.

Voltando ao poema, percebe-se que ele consiste numa interpretação pessoal de Xangô, elaborada pelo poeta, na qual o orixá é transmudado em traços ou signos visuais. Essa síntese de alguns atributos do orixá na poesia visual é uma operação complexa na medida em que apresenta um deslizamento semiótico do verbo para a imagem, da fala (campo original do oriki) para o papel. A esse propósito, é válido citar um fragmento do texto de Antônio Risério, *Oriki orixá* (1996), no qual o autor aprofunda a descrição de Xangô, sustentada pela "tradução criativa" de fragmentos de orikis a partir do original, em iorubá:

> A dimensão semiótica, extraverbal, é fortemente acentuada em Xangô. Em termos vestuais, a roupa rubra pontilhada de búzios brancos. E gestuais: Xangô é o orixá que fala com o corpo todo [...] Mas Xangô é também o orixá da palavra e do discurso [...] Esta oratória contundente está assentada num conhecimento íntimo das estruturas linguísticas e dos jogos de linguagem. É o que nos ensinam os seus orikis [...] Xangô pode entender/ atender qualquer mensagem, venha ela veiculada em fala plana ou de modo cifrado, críptico. Indo um pouco além, podemos dizer que [...] o orixá é capaz de captar o inteligível tanto quanto o aparentemente ininteligível. Ele desemaranha o código (RISÉRIO, 1996, p. 32-33).

Esse trecho mostra que o trabalho semiótico operado por Augusto a partir de Xangô é particularmente pertinente se pensado como uma das características que definem o orixá. Isso pressupõe, como já dissemos, um embasamento cultural por parte do poeta, que transfigura e sintetiza os elementos do orixá em imagem. O mesmo processo ocorre com o terceiro poema da sequência, "Ogum" (AUGUSTO, 1992, p. 45):

Também nesse caso, Ronald Augusto compõe um oriki em imagem. Se, no capítulo em que analisamos a presença do sagrado nas poéticas dos autores reunidos neste livro, trabalhamos com um poema de Ronald Augusto intitulado "Ogum", assistimos agora à retomada do orixá em linguagem visual. Aqui, a dimensão do sagrado torna-se outra, imagética, transitando do verbo para a imagem. No primeiro caso, as palavras caracterizam ou descrevem alguns aspectos do orixá, mesmo que deixando ocultas no texto ambiguidades relativas a ele. Isso ocorre graças ao emprego de uma linguagem cujos referentes estão camuflados e que, como vimos, exige do leitor o trabalho de desvelamento dos signos e de recomposição do sentido, uma vez que o poema apresenta um ritmo elíptico. No segundo caso, "Ogum" é representado como imagem, como ícone, havendo uma abstração total das palavras, pois para entendermos a carga semântica que o poema veicula temos à disposição apenas a linguagem visual.

Em vista disso, é válido retomarmos o comentário do crítico Cândido Rolim sobre a poética de Ronald Augusto. Se, como citamos anteriormente, o crítico destaca que Ronald Augusto experimenta "quase todas as possibilidades da síntese", e que com esse procedimento ele "eleva o significante a um ponto onde o significado se rarefaz",[87] podemos dizer que com o poema "Ogum" o poeta atinge o nível mais alto de síntese, fazendo uma abstração absoluta da linguagem verbal. Augusto atua no campo no qual a poesia migra do poema-verbo para o poema-escultura, embora sempre sujeito à bidimensionalidade da folha impressa.

A observação minuciosa do poema revela a presença, sempre sintetizada, de alguns instrumentos de trabalho em ferro. De fato, como Ogum é o orixá do ferro e da metalurgia, o campo semântico relativo ao ferro e aos instrumentos forjados neste metal remete às suas características. Não é causal que os escultores brasileiros que trabalham com o ferro tenham uma ligação peculiar com Ogum, conforme indica o depoimento do artista Jorge dos Anjos:

> No material que uso para construir as esculturas, essa ancestralidade (africana) está presente. Quando trabalho com a pedra, tenho comigo Xangô, que é orixá da pedreira, vive na pedreira. O ferro está ligado a Ogum. Os instrumentos de guerra são todos feitos de ferro e os negros que vieram para o Brasil eram de uma região da África de excelentes ferreiros. Tenho toda uma ligação espiritual, de origem, quando uso esse material (*apud* ALEIXO, 2006, p. 25).

O aspecto enigmático do poema se transforma na medida em que desvendamos esses elementos relacionados a Ogum. O leitor, no entanto, precisa conhecer o contexto cultural iorubá para apreender os vários sentidos que se ocultam e se

[87] Ver: ROLIM, 2005.

desdobram nas camadas profundas do poema. Por conta disso, o trabalho de Ronald Augusto representa um nível de experimentalismo e de conceitualismo refinado, que supõe, tanto para ele quanto para o leitor, o reconhecimento desses signos que circulam nas culturas do Atlântico negro.

A seguir, propomos a leitura de quatro poemas visuais, ou melhor, "caligramas visuais", de autoria de Ronald Augusto, não mais pertencentes ao livro *Puya*.[88] Em relação ao seu processo de criação, que toma os caligramas como referência, comenta o próprio Ronald Augusto: "Minha poesia não verbal se prende ao caligrama como escrita defectiva, ou seja, tento ser um calígrafo ideográfico que descobre na imprecisão da escrita de punho uma pulsão para o desenho, para o visual" (TOLEDO, 2006). Os caligramas visuais – que formam a suíte "kanhamo 1, 2 e 3", reproduzida a seguir – realizam aquilo que preconizava o *Plano-piloto para a poesia concreta*, ou seja, atualizam a "coincidência e simultaneidade da comunicação verbal e não verbal, com a nota de que se trata de uma comunicação de formas, de uma estrutura-conteúdo, não da usual comunicação de mensagens" (*apud* TELES, 1983, p. 404).

[88] Para a análise dos caligramas visuais, utilizamos como fonte de informação o próprio autor que, muito gentilmente, enviou-nos os poemas e, com eles, algumas explicações filológicas que nos ajudaram a elaborar a interpretação aqui proposta.

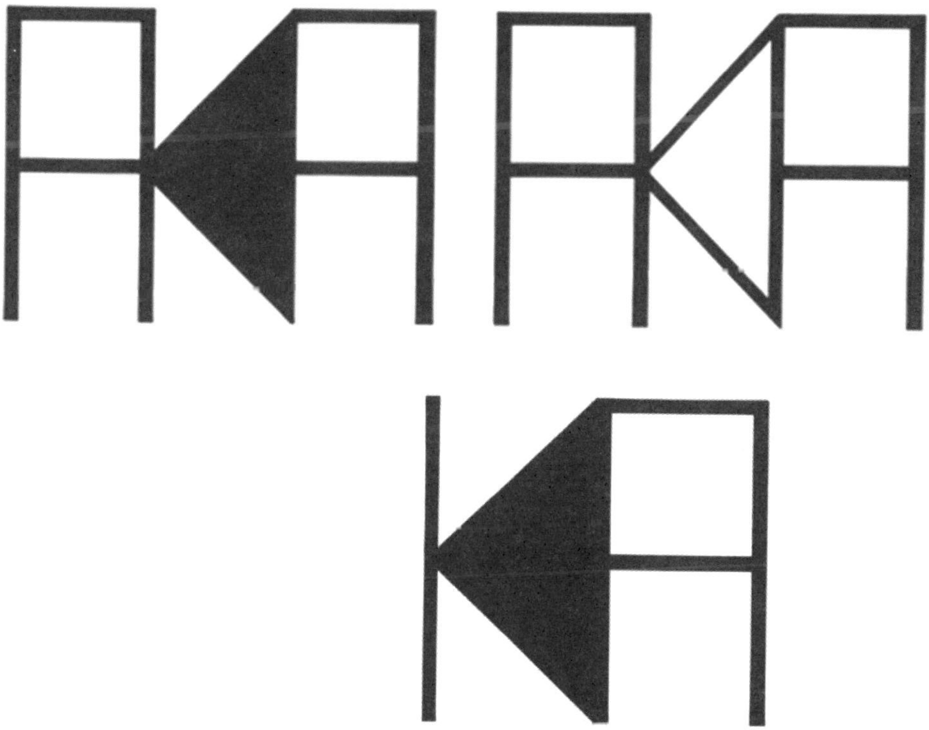

Como podemos observar, o *design* das fontes – letras – e o contraste das cores preto e branco das formas triangulares imbricam os fonemas /c/ e /k/. Isso dificulta a identificação das palavras que estão contidas no caligrama. Em contrapartida, a escolha das fontes e a maneira como estão distribuídas visualmente compõem flechas ou setas nos poemas, uma característica que estará presente também no próximo poema visual, e que se encontra com frequência nos trabalhos de artistas que se inspiram no movimento concretista ou neoconcreto, tais como Rubem Valentim e Jorge dos Anjos.

Assim, em "Kanhamo 1", identificamos na imagem a palavra "ka", cuja área semântica remete às noções espirituais dos egípcios. De fato, para os egiptógolos mais antigos, a palavra expressa "o ser, a pessoa, a individualidade". Já em "Kanhamo 2", estão disfarçadas a palavra "aca", que significa "cachaça ruim", e logo em seguida a palavra "aka", do quimbundo, uma interjeição indicadora de surpresa, espanto. O jogo visual que substitui apenas uma letra (o "k" pelo "c"), mas que modifica completamente a semântica, aliado à aproximação de uma "palavra brasileira" a uma palavra do quimbundo revela o tipo de interferência sígnica privilegiada pelo poeta, ou seja, o de aproximar referenciais pertencentes a culturas diferentes como a brasileira e a africana de origem banto sem, no entanto, enfatizar o fato de estar lidando com o trânsito de signos da diáspora negra.

No último caligrama da suíte, temos outra junção visual dessas palavras, com uma diferença relevante: o acréscimo da cor vermelha associada ao preto e ao branco, que, no universo da cultura iorubá, frequentemente remete às cores de Exu. É justo frisar que essa associação entre as cores do caligrama e Exu é uma leitura nossa, que se sustenta em elementos previamente identificados na poética de Ronald Augusto e que convertem essa solução de leitura em uma solução entre outras possíveis.

Por fim, gostaríamos de apresentar um último poema visual realizado por Ronald Augusto, que nos ajuda a entender o modo como ele estabelece um diálogo entre signos decorrentes de matrizes culturais plurais, tal como ocorreu nos poemas anteriores nos quais encontramos matrizes culturais bantos e egípcias, por exemplo. No poema "Olodum", a seguir, esse diálogo se desenvolve a partir de elementos das culturas grega e iorubá:

A provocação do poema decorre do fato de o alfabeto grego ser utilizado para formar o compósito "olimpolodum", um neologismo criado pelo autor que remete a um imaginário híbrido em termos de referências culturais, na medida em que faz alusão ao universo grego, por meio da palavra "Olimpo", lugar onde residem as divindades, e ao universo iorubá, pela referência ao vocábulo "olodum", diminutivo de "olódùmarè" cujo significado iorubano é "o senhor dos céus infinitos".[89]

No poema, o universo grego e o universo negro são colocados em situação de diálogo, mostrando que a matriz cultural grega – representada pela língua que está na raiz de várias línguas europeias e pelo seu universo simbólico – relaciona-se à palavra "olodum", indicando que essa outra matriz cultural, não ocidental, desdobra-se plasticamente para o diálogo com várias matrizes culturais. Sob outro ângulo, considerando a palavra "olodum" e, portanto, a matriz cultural iorubá como referência

[89] Devemos a informação sobre o significado da palavra à professora doutora Florentina de Souza, da Universidade Federal da Bahia, que, por sua vez, consultou o professor nigeriano Félix Ayoh' Omidire. Registramos aqui nossos agradecimentos a ambos pela disponibilidade e pela ajuda prestada.

inicial de leitura, pode-se dizer que ela, por sua vez, relaciona-se à matriz cultural grega, indicando o quanto esta também se desdobra plasticamente para o diálogo intercultural.

Outro detalhe expressivo no poema são as setas – passíveis de serem interpretadas como signos-setas – destacadas nas cores preta e rosa. Em se tratando de signos, portanto grávidos de apelos imagéticos e semânticos, os signos-setas se permitem ler também como estilizações dos raios, elementos importantes na simbologia das culturas grega e iorubá. A partir disso, "olimpolodum" criado por Ronald Augusto nos coloca diante de uma situação de relações culturais complexas, pois ao mesmo tempo que distinguimos separadamente os raios de Zeus e os raios de Xangô, subjacentes à imagem dos signos-setas, de igual maneira não podemos deixar de pensar que esses mesmos signos não remetem exclusivamente nem a Zeus, nem a Xangô.

Em outros termos, o "olimpolodum" representa um entrelugar cultural, forjado em condições estéticas e sociais em que duas matrizes culturais não só exprimem suas diferenças como também suas competências para estabelecer negociações. O poeta, nesse caso, atua como mediador dos embates e das negociações e, demonstrando que um signo não existe por si mesmo ou isolado dos contatos com outros signos, recupera os cenários culturais grego e iorubá que lhes conferem sentido. A partir desses cenários, Ronald Augusto explora dialeticamente os contatos entre os signos, ou seja, da oposição entre as matrizes culturais grega e iorubá (tese: Olimpo *versus* Olodum) o poeta extrai os possíveis pontos de interseção entre estas matrizes (antítese: tanto o Olimpo, morada dos deuses, quanto o Olodum, senhor dos céus, remetem às instâncias do sagrado que vão além do limite humano) para, enfim, gerar uma outra referência (síntese: olimpolodum), que tem muito de Olimpo e de Olodum, sem, no entanto, ser nenhuma das duas matrizes culturais antes mencionadas. Essa outra referência (olimpolodum), híbrida e plural ao que tudo indica, não é o final de um processo e, sim, uma nova tese, que se abre para um novo processo dialético, no qual podem incidir signos de outras matrizes culturais, como veremos mais adiante, na análise do poema "Orikai", de Arnaldo Xavier, que se nutre do diálogo entre o modelo literário iorubá (oriki) e o modelo literário oriental (haikai).

Antes de passarmos a outro tópico, é oportuno lembrar o que já comentamos a propósito da presença da seta como signo que aponta várias direções no trabalho de artistas como Rubem Valentim – que se inspira, de alguma forma, nas concepções concretistas – e Ricardo Aleixo – que, na mesma tendência, explorou este signo em seu livro *Trívio*. Retomamos esse aspecto, pois ele indica a possibilidade de outra leitura do poema de Olodum, de Ronald Augusto. Ou seja, o poeta é também um conhecedor da estética e das propostas que nortearam a poesia concreta e pós-concreta e, por essa razão, tanto quanto Valentim e Aleixo, tem acesso às provocações, sínteses e experimentações que lhe permitem colocar em diálogo as heranças africanas e os recursos do concretismo e do pós-concretismo. Sob esse ângulo, os signos-setas têm no poema de Ronald Augusto apelos semelhantes àqueles das esculturas de Valentim e do *Trívio*, de Aleixo, fato esse que demonstra a versatilidade dos signos e dos sujeitos que ousam fazer dela o eixo dos seus processos de criação.

Os poemas visuais aqui analisados indicam que o elemento diferenciador da poética de Ronald Augusto está representado pela reapropriação dos signos da diáspora negra, que são explorados, fagocitados e reaproveitados nos poemas, às vezes, pelo seu valor semântico, às vezes, pelo seu valor ideogramático. Se o concretismo recorreu aos ideogramas da cultura chinesa, Ronald Augusto recorre aos signos que transitam pelo Atlântico negro para perturbar e provocar o contexto da poesia experimental brasileira. Nesse sentido, firma-se como uma voz inovadora no panorama da poesia em língua portuguesa, tendo como parceiros de diálogo estético o poeta Arnaldo Xavier, que, conforme assinala Antonio Risério em *Oriki orixá* (1996), realiza uma original aproximação entre o iorubá e o japonês (ambas línguas tonais), corporificando o sintagma iorubano (*t'emi fé* = eu te amo) numa paródia que se serve da semelhança com a imagem da escrita chinesa. O poema "Orikai", reproduzido a seguir, representa uma tentativa de mistura sígnica e semântica entre duas matrizes culturais diferentes, como o são a oriental e a iorubana.[90]

[90] Vale citar que o poeta Ronald Augusto tem se dedicado ao estudo crítico da obra de Arnaldo Xavier, com a publicação de diversos artigos, como "Transnegressão" (SEFFNER *et al.*, 1995).

O poema de Arnaldo Xavier nos ajuda a entender e a explicitar o fato de que Ricardo Aleixo e Ronald Augusto não foram os únicos poetas brasileiros a realizarem experimentos visuais, aproveitando os signos relacionados à cultura afrodescendente. Detivemo-nos mais em seus trabalhos, pois, em nossa opinião, são eles que apresentam um senso mais agudo de inovação, que os impulsiona para algumas das atitudes poéticas mais ousadas no cenário da poesia visual brasileira. No entanto, é fundamental dizer que outros autores brasileiros trabalharam na mesma linha de exploração dos recursos gráfico-visuais paralelamente às referências aos signos da diáspora negra. Por exemplo, Oliveira Silveira, outro relevante poeta gaúcho, em *Roteiro dos tantãs* (1981), livro cuja dicção percorre a trilha da poesia negrista hispânica escrita durante a primeira metade do século XX, realiza dois poemas visuais que reproduzem, formalmente, a figura do banjo (p. 9) e a figura de três tambores, no poema "Atabaques" (p. 15):

ATABAQUES

r u m p i
r u m
e l é
c a n
d o m
b l é

tilim de adjá
i a l o r i x á
negro no rum
é por Ogum
negro no lé
O x u m a r é
bate rumpi
baixou aqui
um santo
a x é

r u m p i
r u m
e l é
c a n
d o m
b l é

As palavras recriam, no espaço da página, a forma dos três tambores e, ao mesmo tempo, tecem uma trilha sonora onomatopeica, à maneira dos poetas negristas, imitando as batidas dos tambores, privilegiando as aliterações de fonemas que ressoam como próximas às palavras do universo religioso afro-brasileiro. O tambor do meio, em especial, está composto por um texto poético no qual é possível reconhecer a referência ao Candomblé, por reencenar situações nas quais o sujeito negro se relaciona com um orixá, seja ele Ogum ("negro no rum/ é por Ogum"), seja ele Oxumaré ("negro no lê/ Oxumaré"). Além disso, nota-se a referência à incorporação, na expressão "baixou aqui/ um santo". Esses aspectos demonstram que Oliveira Silveira relacionou a forma do poema ao seu conteúdo, na intenção de não desvincular o seu aspecto visual de um determinado contexto sociocultural, ou seja, o das populações afrodescendentes.

Posteriormente, Oliveira Silveira dialoga com o artista plástico Pedro Homero, numa iniciativa poética que resultou no livro *Orixás* (1995). Nessa obra são evidenciados vários modos de aproximação aos orixás, na medida em que são apresentados, em cada uma das páginas, os poemas escritos por Silveira (por meio da criação inspirada nos mitos iorubás), a reprodução das pinturas (uma recriação plástica desses mesmos mitos) e uma descrição antropológica das características que definem os orixás. Essa tríplice abordagem das divindades gera uma polifonia de signos sobre um único suporte, o livro, e se assemelha ao trabalho realizado por Ruy Duarte de Carvalho nos livros *Hábito da terra* e *Da lavra alheia* (2005), nos quais, como vimos no capítulo anterior, superpõem-se vários níveis de aproximação às culturas representadas. Outro detalhe de relevo no livro de Oliveira Silveira consiste no diálogo que o texto criativo (poemas) e o texto analítico (notas antropológicas no rodapé) estabelecem com as pinturas de Pedro Homero estas, por sua vez, portadoras de uma reinterpretação ou reelaboração das imagens dos orixás.

Ruy Duarte de Carvalho também explora a potencialidade do diálogo entre poesia e imagem, com a reprodução de desenhos em preto e branco, especialmente no livro *Sinais misteriosos... já se vê*. A esse respeito, é possível apontar alguns aspectos de destaque relativos a esse diálogo. Vale sublinhar, inicialmente, que os desenhos fixados junto dos poemas são de autoria do próprio poeta, fato que dá margens a especulações: Ruy Duarte procede dessa maneira numa tentativa de se desdobrar nas linguagens para melhor representar os signos das culturas evocadas na obra? Ou, já apresentando esses desenhos como uma interpretação dos referidos signos, tende mais a camuflá-los do que, propriamente, revelá-los para o leitor?

A ideia da camuflagem é sugerida pelo título do livro (*Sinais misteriosos... já se vê*) e, à medida que o percorremos, percebemos a representação desses "sinais misteriosos" preanunciados pelo poeta na abertura da obra (CARVALHO, 2005, p. 133). Aliás, a estrutura e o conteúdo dos poemas orientam-se no sentido de valorizar a ideia de deslocamento, ou seja, a noção de viagem, não só física, mas também metafórica, funciona como meio de acesso às diferentes matrizes culturais com as quais o poeta entra em contato. Os versos a seguir ilustram a abordagem dessa questão (CARVALHO, 2005, p. 133):

– num espelho a ciência muda. A noite no vidro:
uma imagem recriada:
o mar seria ali, a oriente,
e àquela rua ocorre outro sentido.
o impalpável corpo da paisagem.
presente mas distante: inacessível.
a mesma geografia:
e no entanto é muda.

A recriação da imagem sugere o processo de reconversão cultural, no qual os referentes assumem outro sentido, conforme analisamos no capítulo anterior. A esse respeito, o espelho que reflete uma imagem "outra" não é um elemento que ajuda a revelar os "sinais misteriosos", ao contrário, deixa "o impalpável corpo da paisagem" mudo, e por isso, misterioso. O fragmento abaixo demonstra esse aspecto:

– um espelho é um portal de trans( )rências, as coisas invertidas [...]
um degrau de invenção, que outros espelhos haveria ainda ?
[...] usamos
lentes, sempre, para aferir sinais, mas não será do espelho que
o segredo vem?
(CARVALHO, 2005, p. 133)

A inversão das formas está presente no primeiro desenho, "Perfis" (CARVALHO, 2005, p. 136), que acompanha o livro e no qual a ideia da reduplicação da imagem, da cópia idêntica, é negada pela perspectiva invertida do reflexo. Em vez de reproduzir a cópia idêntica da imagem, o espelho se torna elemento que interfere na imagem, graças ao "degrau de invenção". Nesse sentido, o desenho "Perfis" reproduz esse reflexo modificado por uma outra perspectiva, tal como podemos observar a seguir:

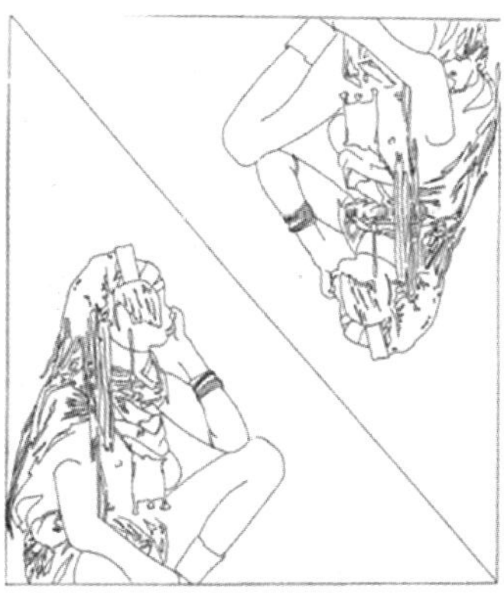

Já no poema "Estórias" (CARVALHO, 2005, p. 145), Ruy Duarte constrói "estórias" a partir de um fragmento de conto nyaneca. O poeta retoma o fio da narração a partir do ponto no qual o fragmento do conto nyaneca foi interrompido e cria a sua própria (e outra) estória. Eis porque o poema – na parte relativa a Ruy Duarte – reinicia-se com a expressão "era então", que funciona como um elo comunicativo para demarcar a continuação de narrativa entre a epígrafe (o conto nyaneha) e a "reinvenção" da estória sob a perspectiva do poeta. Vejamos o poema:

etyi tykahi pane — era então por volta da
kovinthiki, tyino atelele — meia-noite. ao relancear
os olhos
apa akapelele omeva — para o sítio onde havia ido
à água.
patundilila omatemba — vê que de lá saem carros de
bois:
ehen'etyi atyinda. — Vazios.[91]

então parou, sentou-se a cozinhar, depois deu tempo ao corpo
para pensar. a fome, assim:
sobre o esqueleto dos bois
sobre o esqueleto dos cães
na luz cerce de secura
no branco geral da sede.

partir. partir e procurar uma estação de alívio
ou de frescura.
antes das águas haverá sinais.
o vento denuncia as humidades e algum chacal
há-de beber por perto.
um rei viveu aqui. as mulebeiras estão,
contemporâneas.
já não recordo o nome de ninguém.
ajeitou-se então para dormir.
era um ruído fora da memória. para lá, talvez
da lembrança dos nomes. anterior, quem sabe,
a todas as viagens. no verde, ainda,

[91] De um conto nyaneka fixado e traduzido por Carlos Estermann, a partir de narração feita por António Constantino Tyikwa.

das correntes gritantes.
no horizonte das rezas,
e das festas,
e dos dias pontuados de afazeres.
em tempo de litanias
e de luas de surpresa.
na era inigualável das esperas.

e levantou-se e viu:
a noite a defecar carros de bois.

Como alertamos, a parte do poema escrita por Ruy Duarte começa onde termina o conto nyaneka, dando a entender que se trata de uma mesma peça. No entanto, o que chama a atenção é a maneira como o poema se desdobra, uma vez que dez histórias se encadeiam, devidamente numeradas, a partir do seu final. Nesses textos, o tipo gráfico usado para a letra se torna menor, como se estivéssemos diante de outra voz lírica, diferente da anterior. Tem-se a impressão de que o poema inicial ("era então por volta da meia-noite") constitui o marco criado pelo poeta a partir do conto nyaneka, e que as dez histórias que se seguem provêm de vozes diferentes, como se estivéssemos em face de outros narradores. Outro ponto instigante dessa peça é a relação que as "estórias" tecem com o desenho, cujo título é "A noite a defecar carros de bois" (CARVALHO, 2005, p. 144):

Observando a imagem, reparamos que a silhueta da figura agachada, que corta a linha do horizonte, está composta por um encaixe de figuras em escala menor, numa construção de *mise-en-abîme*. Essa estrutura de encaixes, analisada no capítulo anterior, remete de outro modo, ou seja, por meio dos recursos da imagem, ao processo de construção textual do poeta. Nesse processo os fragmentos de natureza e vozes diferentes se encaixam na composição poética sem considerar uma ordem hierárquica preestabelecida. Nessa linha de interpretação, pode-se associar a estrutura do poema, com suas "estórias" e vozes encaixadas, à estrutura do "poema visual", na qual a mesma imagem é apresentada sob diferentes perspectivas, isto é, com uma imagem contendo outra e, ao mesmo tempo, sendo incluída dentro de outra imagem. A relação entre texto e imagem se estabelece, portanto, como um possível roteiro de interpretação ou caminho pautado pela pluralidade de pontos de vista a partir dos quais se contemplam as referências culturais abordadas pelo poeta.

Conclusão

A investigação proposta no presente livro inclinou o nosso olhar em direção às reapropriações e às reelaborações que alguns poetas contemporâneos – cuja expressão ocorre em língua portuguesa – fizeram dos signos decorrentes da diáspora negra e que se espalharam pelo mundo através do Atlântico. Por sua vez, consideramos o Atlântico não só como um espaço geográfico no qual se processou a travessia dos escravos que chegaram às Américas, mas também como um lugar metonímico desse trânsito.

O levantamento dos signos diaspóricos presentes nas poéticas de Edimilson de Almeida Pereira, Ricardo Aleixo, Ronald Augusto, Paula Tavares, Ruy Duarte de Carvalho e Luís Carlos Patraquim realizou-se não apenas nos aspectos que, de modo explícito, dizem respeito às matrizes africanas e às suas transformações. A esse propósito, as vivências do sagrado constituem um tema privilegiado no qual os elementos diaspóricos parecem mais evidentes por expressarem com convicção, do ponto de vista antropológico (que os poetas, por sua vez, reinterpretam de um ponto de vista estético), a cosmologia iorubá, por exemplo; ou por apresentarem uma concepção simbólica da realidade na qual a natureza se impõe como força vital e mediadora entre o mundo dos homens e mundo dos deuses. É oportuno ressaltar que outros traços presentes na linguagem e na construção textual dessas poéticas (tais como as rupturas sintáticas e a exploração de recursos verbivocovisuais) revelaram, por parte dos autores, diferentes estratégias de integração e reapropriação dos signos da diáspora negra.

Em se tratando de uma temática abrangente (a do levantamento dos signos da diáspora negra nas poéticas desses poetas), optamos por abordá-la a partir de alguns recortes que, segundo nosso entendimento, destacavam de maneira mais eficaz a originalidade e a diversidade das dicções poéticas aqui analisadas. À medida que avançamos nas leituras das obras poéticas, desenhou-se uma linha de análise que possibilitou a abordagem do percurso de alguns dos autores a partir da prática da mineração. Em outros termos, a mineração foi considerada como metáfora de uma modalidade de criação baseada na busca de uma linguagem poética que se multiplica numa pluralidade de camadas de sentidos. Essas camadas se explicitam (e se escondem) no texto de acordo com o estilo de cada autor, gerando, assim, diferentes modos de se relacionar o poeta com a sua cultura e a sua história. Nessa modalidade foram situados, principalmente, Edimilson de Almeida Pereira e Ruy Duarte de Carvalho, na medida em que a análise demonstrou que cada um, à sua maneira, desenvolve um trabalho estético a partir de uma "leitura" antropológica da cultura popular de determinada região.

Encontramos nas poéticas de Ricardo Aleixo e de Ronald Augusto um deslizamento da palavra escrita em direção a outras esferas semióticas, sejam elas relacionadas à *performance* (na qual o corpo todo se envolve com a elaboração do poema, tal como ocorre na série *poemanto* de Aleixo), sejam explicitadas sob a forma de poesia visual, tal como na série "kânhamo" de Ronald Augusto. Essa tendência, que se vale da "encenação" dos signos, representa uma interessante vertente da poesia contemporânea, uma vez que desloca os signos tradicionalmente destinados ao suporte do livro para o corpo, para a música (embora não tenhamos analisado esse aspecto, vale lembrar que Ricardo Aleixo e Ronald Augusto são também músicos), para a experimentação gráfica, o que induz ao uso de novas ferramentas e recursos de criação. O exemplo mais imediato desse deslocamento está na poética que utiliza os recursos técnicos da informática como base para a elaboração do poema que ganha, a partir disso, novas características, tais como a interatividade na *web*, a ampliação do suporte de divulgação (que migra da edição impressa para as edições de *blogs* e revistas eletrônicas) e a simultaneidade de expressão (que traduz ao mesmo tempo o poema como imagem, som, movimento, cor e tridimensionalidade).

No decorrer de nossa análise, as poéticas de Ricardo Aleixo, Edimilson de Almeida Pereira, Ruy Duarte de Carvalho e Paula Tavares foram alcançando maior destaque, ao passo que outros poetas ficaram menos em evidência. Não se trata de uma hierarquização da importância das obras ou dos autores, mas, sim, de um recorte crítico que nos permitiu fazer a travessia de um vasto oceano poético. Além disso, tal fato deveu-se à maior ou menor capacidade que tivemos de lidar com as diferentes poéticas a fim de extrair delas os elementos pertinentes para estabelecer um diálogo com a linha analítica que nos propusemos.

Nesse sentido, as poéticas de Luís Carlos Patraquim e Ronald Augusto tiveram, em relação a Aleixo, Pereira, Carvalho e Tavares, uma abordagem mais restrita, mas, nem por isso, menos relevante. Isto porque essas poéticas, ao mesmo tempo que dialogavam com nossa linha de interpretação, sugeriam outros modos de lidar com a diáspora negra. Sem dúvida, há que se aguardar novos trabalhos que, mergulhando nas poéticas de Patraquim e Augusto, ocupem-se da descrição e da interpretação desses outros modos de reelaboração dos signos diaspóricos.

Esse fato indica que a compreensão do desdobramento desses signos se apresenta como um largo desafio à crítica literária e à investigação acadêmica. Dada a velocidade com que se processam os contatos, as influências e as disjunções estéticas no mundo contemporâneo, há que se esperar da crítica o desprendimento para gerar e acolher novos conceitos que, tal como tentamos demonstrar por meio da metáfora da mineração, apresentem rigor e flexibilidade suficientes para abarcarem as novas tendências poéticas vinculadas à diáspora negra. Em outros termos, o dinamismo no exercício da crítica literária tem muito a contribuir para que possamos apreender as provocações de poéticas que, à maneira das que aqui citamos, agitam os mares da língua portuguesa, gerando realidades culturais em que se destacam as forças do trânsito, da travessia e da transferência dos signos.

Uma das dificuldades enfrentadas ao longo de nossa pesquisa – de certo modo decorrente das questões que apontamos acima – diz respeito ao *corpus* selecionado, ou seja, diante de um quadro social, cultural e estético tão amplo, optamos por uma abordagem panorâmica das questões relacionadas aos signos do Atlântico negro nas poéticas dos vários autores. O fato de lidarmos com poetas pertencentes a países e contextos socioculturais diferentes – como o são Brasil, Angola e Moçambique, embora os aproxime o denominador comum da língua portuguesa e do passado colonial – tornou o exercício de análise mais complexo, pois foi preciso lidar de maneira cautelosa com referenciais que podiam variar de acordo com os contextos mencionados. Dessa dificuldade, no entanto, nasceu a expectativa de estabelecermos pontes que unem, por força do viés analítico, poéticas de autores angolanos, moçambicanos e brasileiros, considerando um prisma cultural variado e múltiplo, tal como é aquele articulado a partir dos signos da diáspora negra.

É importante ressaltar que as obras aqui analisadas estão em processo de elaboração, sendo afetadas por constantes efeitos de renovação, uma vez que os poetas escrevem e publicam na atualidade, exceto Adão Ventura, falecido em 2004. Esse aspecto representa um desafio a mais para o pesquisador, pois este não lida com obras "fechadas", mas com obras em processo, o que acentua os obstáculos para a apreensão de seus possíveis significados. Entretanto, isso se converte num estímulo para lidarmos com os poetas contemporâneos e, por meio de contatos imediatos com eles, apreendermos determinados apelos e intenções das obras consideradas a partir de suas perspectivas específicas. De maneira informal, no decorrer de nossa pesquisa, tecemos esse contato com os poetas Ricardo Aleixo, Ronald Augusto, Edimilson de Almeida Pereira e Luís Carlos Patraquim, utilizando, para tanto, os recursos da correspondência eletrônica, das conversas telefônicas e das entrevistas *vis-à-vis*.

Nesse sentido, acreditamos que um dos desdobramentos deste trabalho poderia considerar a possibilidade de se recolherem os depoimentos dos poetas com o objetivo de analisar, por exemplo, questões relativas à circulação dos signos da diáspora negra nos meios de comunicação de massa e à maneira como os poetas se comportam diante desse fenômeno. Outro tema de interesse para futuras investigações reside na análise crítica sobre a leitura que esses poetas fazem uns dos outros, e de que modo a crítica poderia mediar uma aproximação entre eles. Essa análise poderia responder ou tomar como ponto de partida as seguintes indagações: será que os poetas brasileiros aqui analisados leem a obra dos africanos? Se isso ocorre, qual a frequência e a intensidade desse intercâmbio? E os africanos, por sua vez, leem os poetas brasileiros?

A constatação do conhecimento mútuo nos permitiria considerar os possíveis diálogos estabelecidos entre poetas brasileiros e africanos da atualidade ou, sob outra perspectiva, situar-nos-ia ante um quadro poético ainda mais diversificado, decorrente dos contatos que os poetas brasileiros e africanos já mantêm com outras tendências poéticas do Ocidente.

Entre os resultados dessa pesquisa, constatamos, inicialmente, que as vozes aqui reunidas apresentam um diálogo tensionado quando se trata de abordar as questões relacionadas à diáspora negra, ou seja, muitas vezes os autores tecem linhas poéticas que dialogam e se entrelaçam com determinados signos reconhecidos como específicos dessa diáspora. Esses poetas dialogam também com tendências estéticas que se aproximam do Surrealismo ou do Concretismo (como vimos no caso de Adão Ventura e Ronald Augusto, respectivamente) ou, ainda, das poéticas urbanas e *high-tech* (como no caso do poeta e *performer* Ricardo Aleixo), fazendo com que esse diálogo projete a poética de cada autor no cerne da contemporaneidade, incluindo e ultrapassando a problemática da diáspora negra.

Ao analisarmos a presença de signos da diáspora negra na poesia africana e na brasileira, não procuramos desvendar uma cultura negra pura e intocada nos versos dos poetas, mas – corroborando a afirmação de Emanoel Araújo, na introdução ao livro *Os herdeiros da noite* (1995) – "construir um referencial de acesso ao imaginário que contém [...] influências de origem africana" (s/p). Ao refletir sobre a presença de matrizes relativas à diáspora negra na iconografia brasileira, Emanoel Araújo se refere a "representações mais contemporâneas do conhecimento" (1995, s/p), algo semelhante ao procedimento que adotamos para identificar essas matrizes em poéticas experimentais como as de Ricardo Aleixo e de Ronald Augusto, por exemplo.

Embora não sejamos indiferentes à sedução representada por outros temas subjacentes às poéticas analisadas (tais como a relação entre poesia e ciências humanas, entre poesia e cinema, entre o corpo da diáspora e a afirmação de nacionalidades com base nas heranças afrodescendentes), recordamos que nosso principal objetivo foi aproximar e fazer dialogar, a partir do mesmo foco analítico, poéticas africanas contemporâneas de língua portuguesa e determinada poesia brasileira contemporânea. A realização desse objetivo pretende ser uma contribuição aos esforços de outros pesquisadores empenhados em diminuir a distância que separa o Brasil do continente africano (aqui representado pelas vozes poéticas de Angola e Moçambique) e que impede, ainda hoje, a formulação de um diálogo artístico mais fecundo entre sociedades com várias interseções históricas e culturais.

Ao mesmo tempo, procuramos colaborar com o aprofundamento dos debates acerca de questões relevantes, tais como a formação de uma literatura que, sob a perspectiva da teoria literária, é frequentemente catalogada como "híbrida", por mesclar diferentes registros linguísticos e culturais. Por conta disso, tornou-se significativa a avaliação, ainda que parcial, dos modos de atuação do poeta e do *performer* nas sociedades pós-colonias. Na medida em que se ampliarem as abordagens desse aspecto, virão à tona outros quesitos importantes, tais como a redefinição do público receptor das *performances* poéticas, a diluição das fronteiras entre os gêneros literários e o questionamento da linguagem poética como agenciadora de identidades nacionais ou individuais.

Outro resultado de nossa análise foi a confirmação de que ainda persiste a tensão entre o cânone literário, legitimado como parâmetro estético predominante, e a produção de textos que escapam no todo ou em parte deste modelo e estabelecem relações com outros modelos e matrizes culturais. Este é, por exemplo, o caso dos poetas que consideram a diáspora africana como uma referência, entre outras, para o seu processo de criação. Por isso, sob uma perspectiva comparativista, procuramos identificar na poética de cada autor as iniciativas que estes tomaram para ultrapassar as fronteiras do cânone literário e linguístico no próprio país de referência.

Essas iniciativas nos permitiram reconhecer, por um lado, algumas afinidades entre os poetas no tocante ao processo de construção textual ou à maneira de reler as heranças de matriz africana mediante representações cifradas ou abertas, que colocam em cena questões relativas à identidade pessoal e coletiva.

Por outro lado, detectamos divergências consideráveis entre as poéticas mencionadas, surgidas em função do modo como os poetas se posicionam, individualmente, diante das questões diaspóricas. Por exemplo, os modos como Ricardo Aleixo e Paula Tavares se reapropriam do sagrado africano e do afro-brasileiro, respectivamente, diferenciam-se não tanto pelo conteúdo (ou seja, os poetas reapresentam o sagrado fora de um contexto ritual, situação que lhes permite realçar o sentido estético de celebrações ancestrais), mas, sobretudo, pela forma. Ou seja, enquanto Paula Tavares explora a linguagem verbal forjando, dentro dela, novas combinações semânticas, Ricardo Aleixo, por seu turno, além de explorar essa mesma linguagem, expande sua linha de criação para as linguagens visual, sonora e performática (dialogando, neste caso, com DJs, VJs, bailarinos, cantores etc.). Tal fenômeno, vale destacar, alimenta a tensão que coloca os poetas aqui considerados numa espécie de concordância em discordância, pois ao mesmo tempo que navegam nas águas de uma irmandade decorrente da diáspora africana, afastam-se dela, na medida em que se abrem para outras experiências culturais e estéticas.

Para terminar, acreditamos que a contribuição mais valiosa que esta obra possa trazer consiste na tentativa de forjar uma avaliação de possíveis novos rumos apontados por essas poéticas dentro de um cenário literário que não se define apenas pelo rótulo "poesia negra" ou "poesia afrodescendente", ou "poesia pós-independência" (no caso da poesia produzida por autores africanos), mas sim considerando um cenário mais amplo, que transcende essas delimitações e que, no entanto, faz com que essas poéticas se tangenciem e dialoguem, levadas pelos ventos que cruzam o Atlântico negro.

Referências Bibliográficas

ABDALA JÚNIOR, Benjamin. Fronteiras múltiplas e hibridismo cultural: novas perspectivas ibero-afro-americanas. In: ABDALA JÚNIOR, Benjamin. *De voos e ilhas. literatura e comunitarismos*. São Paulo: Ateliê, 2003. p. 77-102.

AGUESSY, Honorat. Visões e percepções tradicionais. In: SOW, Alpha I. *et al*. *Introdução à cultura africana*. Lisboa: Edições 70, 1977.

ALEIXO, Ricardo (aos cuidados de). *RODA - Arte e Cultura do Atlântico Negro*. Belo Horizonte, Fundação Municipal de Cultura, n. 2, jun. 2006.

ALEIXO, Ricardo. *Festim*. Belo Horizonte: Ed. Oriki, 1992.

ALEIXO, Ricardo. *Máquina zero*. Belo Horizonte: Scriptum, 2003.

ALEIXO, Ricardo. Na encruzilhada, no meio do redemoinho. In: PEDROSA, Celia (Org.). *Mais poesia hoje*. Rio de Janeiro: 7 Letras, 2000. p. 150-157.

ALEIXO, Ricardo. *Trívio*. Belo Horizonte: Scriptum, 2001.

ALEIXO, Ricardo; PEREIRA, Edimilson de Almeida. *A roda do mundo*. 2. ed. Belo Horizonte: Objeto Livro, 2004.

ANDERSON, Benedict. *Nação e consciência nacional*. São Paulo: Ática, 1989.

ANTUNES, Arnaldo. *Nome*. São Paulo: BMG, 1993.

ARAÚJO, Emanoel (Org.). *A mão afro-brasileira*. São Paulo: Tenenge, 1988.

ARAÚJO, Emanoel (Org.). *Os herdeiros da noite*: fragmentos do imaginário negro. São Paulo: Pinacoteca do Estado de São Paulo, 1995.

AUGEL, Moema Parente. Angústia, revolta, agressão e denúncia: a poesia negra de Oswaldo de Camargo e de Cuti. In: BREMER, Thomas; RIVERO, Julio Peñate (Ed.). *Literatura más allá de la marginalidad*. Neuchâtel: AELSAL, 1987 [1986].

AUGUSTO, Ronald Tutuca. *Homem ao rubro*. Porto Alegre: Grupo Pró-Texto, 1983.

AUGUSTO, Ronald Tutuca. *Puya*. 2. ed. Porto Alegre: Biblos, 1992.

AUGUSTO, Ronald. *Confissões aplicadas*. Porto Alegre: AMEOP, 2004.

AUGUSTO, Ronald. Disponível em: <http://poesia-pau.zip.net/index.html>.

AUGUSTO, Ronald. Disponível em: <http://www.palmares.gov.br>.

AUGUSTO, Ronald. Poesia brasileira em Callaloo. *Porto & Vírgula*, Porto Alegre, n. 36, p. 38-41, 1998.

AUGUSTO, Ronald. Transnegressão. In: SEFFNER, Fernando *et al. Presença negra no Rio Grande do Sul*. Porto Alegre: UE, 1995. p. 47-55. (Cadernos Ponto & Vírgula, 11).

AZEVEDO, Elciene. *Orfeu de Carapinha*: trajetória de Luiz Gama na Imperial cidade de São Paulo. Campinas: Ed. UNICAMP, 1999.

AZEVEDO, Paulo César; LISSOVSKY, Maurício (Org.). *Escravos brasileiros do século XIX na fotografia de Christiano Jr*. São Paulo: Ex Libris, 1988.

AZOUGARH, Abdeslam. *Juan Francisco Manzano*: esclavo poeta en la isla de Cuba. Valencia: Ediciones Episteme, 2000.

BARBOSA, Frederico; DANIEL, Cláudio (Org.). *Na virada do século*: poesia de invenção do Brasil. São Paulo: Landy, 2002.

BARBOSA, Márcio. Questões sobre a literatura negra. In: *Reflexões sobre literatura afro-brasileira*. São Paulo: Quilombhoje; Conselho de Participação e Desenvolvimento da Comunidade Negra do Estado de São Paulo, 1985.

BARBOSA, Maria José Somerlate. Edimilson de Almeida Pereira: com modos e truques de ouvir. Entrevista. *Brasil Brazil - Revista de Literatura Brasileira*, Porto Alegre, n. 19, ano 11, p. 98-13, 1998.

BARBOSA, Maria José Somerlate. Exu: verbo devoluto. In: FONSECA, Maria Nazareth Soares (Org.). *Brasil afro-brasileiro*. Belo Horizonte: Autêntica, 2000.

BARTHES, Roland. A guerra das linguagens. In: BARTHES, Roland. *O rumor da língua*. Tradução de António Gonçalves. Lisboa: Edições 70, 1984.

BASTIDE, Roger. Sociologia do teatro brasileiro. In: *Sociologia*. São Paulo: Ática, 1983.

BENÍTEZ-ROJO, António. *La isla que se repite*. Barcelona: Casiopea, 1998.

BERND, Zilá. *Introdução à literatura negra*. São Paulo: Brasiliense, 1988.

BERND, Zilá. *Literatura e identidade nacional*. 2. ed. Porto Alegre: Ed. UFRGS, 2003.

BHABHA, Homi K. *O local da cultura*. Belo Horizonte: Ed. UFMG, 1998.

BROOKSHAW, David. *Raça e cor na literatura brasileira*. Porto Alegre: Mercado Aberto, 1983.

BUENO, Salvador. *El negro en la novela hispanoamericana*. La Habana: Letras Cubanas, 1986.

CALAME-GRIAULE, Geneviève. *Ethnologie et Langage*. Paris: Gallimard, 1965.

CAMPOS, Augusto de. *Verso, reverso, controverso*. 2. ed. rev. São Paulo: Perspectiva, 1978.

CANCLINI, Néstor García. *Culturas híbridas*. São Paulo: Edusp, 2003.

CANCLINI, Néstor García. Narrar o multiculturalismo. In: CANCLINI, Néstor García. *Consumidores e cidadãos*: conflitos multiculturais de Globalização. Rio de Janeiro: Ed. UFRJ, 1996. p. 119-136.

CANNEVACCI, Massimo. *Sincretismos*: uma exploração das hibridações culturais. São Paulo: Studio Nobel, 1996.

CARPENTIER, Alejo. *La música en Cuba*. La Habana: Letras Cubanas, 1988.

CARVALHO, Ruy Duarte de. *Lavra*: poesia reunida 1970/2000. Lisboa: Cotovia, 2005.

CARVALHO, Ruy Duarte de. Tradições orais, experiência poética e dados da existência. In: ENCONTRO DE PROFESSORES DE LITERATURAS AFRICANAS DE LÍNGUA PORTUGUESA, 1. *Anais*: Repensando a africanidade. Organização de Laura Padilha. Niterói: Imprensa Universitária da UFF, 1995. p. 69-76.

CASTRO, Yeda Pessoa de. *A língua mina-jeje no Brasil*: um falar africano em Ouro Preto do século XVIII. Belo Horizonte: Fundação João Pinheiro; Secretaria do Estado de Cultura, 2002.

CASTRO, Yeda Pessoa de. *Falares africanos na Bahia*: um vocabulário afro-brasileiro. Rio de Janeiro: Academia Brasileira de Letras; Topbooks, 2001.

CHARLES, Jean-Claude. L'enracinerrance. *Boutures*, v. 1, n. 4, p. 37-41, mar./ago. 2001.

CHAVES, Rita. A palavra enraizada de Ana Paula Tavares. *Revista Via Atlântica*, São Paulo, n. 4, p. 158-167, 2000.

CHAVES, Rita. *Angola e Moçambique:* experiência colonial e territórios literários. São Paulo: Ateliê Editorial, 2005.

COLOMBRES, Adolfo. La mediatización de la oralidad. *Casa de las Américas*, La Habana, n. 208, p. 3-9, jul./sept. 1997.

CUTI *et al. Reflexões sobre literatura afro-brasileira*. São Paulo: Quilombhoje; Conselho de Participação e Desenvolvimento da Comunidade Negra, 1985.

DAMASCENO, Benedita Gouveia. *Poesia negra no modernismo brasileiro*. Campinas: Pontes, 1988.

DAVIDSON, Basil. *Os africanos*: uma introdução à sua história cultural. Lisboa: Edições 70, 1969.

DELEUZE, Gilles; GUATTARI, Félix. Rizoma. In: *Mil platôs*: capitalismo e esquizofrenia. Rio de Janeiro: Ed. 34, 1995. p. 11-37.

DEPESTRE, René. *Bonjour et adieu à la négritude.* Paris: Robert Laffont, 1980.

DERRIDA, Jacques. *Le monolinguisme de l'autre.* Paris: Galilée, 1996.

ELIADE, Mircea. *Le Sacré et le Profane.* Paris: Gallimard, 1965.

FERRETI, Sérgio Figueiredo. *Repensando o sincretismo*: estudo sobre a Casa das Minas. São Paulo: Ed. USP; São Luís: FAPEMA, 1995.

FIGUEIREDO, Maria do Carmo Lanna; FONSECA, Maria Nazareth Soares (Org.). *Poéticas afro-brasileiras.* Belo Horizonte: Mazza; Ed. PUC Minas, 2002.

FLORENTINO, Manolo. *Em costas negras*: uma história do tráfico de escravos entre a África e o Rio de Janeiro (séculos XVIII e XIX). São Paulo: Companhia das Letras, 1997.

FONSECA, Maria Nazareth Soares (Org.). *Brasil afro-brasileiro.* Belo Horizonte: Autêntica, 2000.

FONSECA, Maria Nazareth Soares. *Impurezas e hibridações*: textos em transformação. *Aletria - Revista de Estudos Literários*, Belo Horizonte, n. 9, p. 9-22, dez. 2002. (Alteridades em questão).

FRASCA, Gabriele. Dopo la tipografia: la scrittura nell'età multimediale. In: BORSELLINO, Nino; PEDULLÀ, Walter (a cura di). *Storia generale della letteratura italiana*: XVI: Il novecento sperimentalismo e tradizione del nuovo, seconda parte. Federico Motta Editore; Gruppo Editoriale L'Espresso, 2004. p. 728-765.

FREYRE, Gilberto. *O escravo nos anúncios de jornais brasileiros do século XIX.* São Paulo: Companhia Ed. Nacional, 1979.

FRIEDRICH, Hugo. *Estrutura da lírica moderna.* São Paulo: Livraria Duas Cidades, 1991.

GILROY, Paul. *O atlântico negro.* São Paulo: Ed. 34; Rio de Janeiro: Ucam, 2001.

GIORDANI, Mário Curtis. *História da África anterior aos descobrimentos*: idade moderna 1. Petrópolis: Vozes, 1985.

GLISSANT, Édouard. *Introdução a uma poética da diversidade.* Tradução de Enilce Albergaria Rocha. Juiz de Fora: UFJF, 2005.

GLISSANT, Édouard. *Le discours antillais.* Paris: Seuil, 1981.

GLISSANT, Édouard. Propos recueillis par Dany Lafarrière. *Étincelles*, Montréal, 4 avr./maio, 1983.

GOMES, Núbia Pereira de M.; PEREIRA, Edimilson de A. *Ardis da imagem*: Exclusão étnica e violência nos discursos da cultura brasileira. Belo Horizonte: PUC Minas; Mazza, 2001.

GOMES, Núbia Pereira de M.; PEREIRA, Edimilson de A. *Assim se benze em Minas Gerais.* 2. ed. Belo Horizonte: Mazza, 2004.

GOMES, Núbia Pereira de M.; PEREIRA, Edimilson de A. *Do presépio à balança.* Belo Horizonte: Mazza, 1995.

GOMES, Núbia Pereira de M.; PEREIRA, Edimilson de A. *Mundo encaixado*: significação da cultura popular. Belo Horizonte: Mazza, 1992.

GOMES, Núbia Pereira de M.; PEREIRA, Edimilson de A. *Ouro Preto da palavra*: narrativas de preceito do Congado em Minas Gerais. Belo Horizonte: PUC Minas, 2003.

GRUZINSKI, Serge. *O pensamento mestiço.* São Paulo: Companhia das Letras, 2001.

GUILLÉN, Nicolás. *Prosa de prisa.* La Habana: Editorial Letras Cubanas, 1987.

HALL, Stuart. *A identidade cultural na pós-modernidade.* Tradução de Tomaz Tadeu da Silva e Guacira Lopes Louro. Rio de Janeiro: DP&A, 2002.

HALL, Stuart. Pensando a diáspora. Reflexões sobre a terra no exterior. In: HALL, Stuart. *Da diáspora*: identidades e mediações culturais. Belo Horizonte: Ed. UFMG, 2003. p. 25-50.

HALL, Stuart. Que "negro" é esse na cultura negra?. In: HALL, Stuart. *Da diáspora*: identidades e mediações culturais. Belo Horizonte: Ed. UFMG, 2003.

HANCIAU, Nubia Jacques. Entre-lugar. In: FIGUEIREDO, Eurídice (Org.). *Conceitos de Literatura e Cultura.* Niterói: EdUFF; Juiz de Fora: Ed. UFJF, 2005. p. 125-141.

HARAWAY, Donna. Manifesto ciborgue: ciência, tecnologia e femminismo socialista no final do século XX. In: SILVA, Tomaz Tadeu da (Org.). *Antropologia do ciborque*: as vertigens do pós-humano. Belo Horizonte: Autêntica, 2000. p. 37-130.

HARRISON, Charles; FRASCINA, Francis; PERRY, Gillian. *Primitivismo, cubismo, abstração*: começo do século XX. São Paulo: Cosac & Naify, 1998.

HOLLANDA, Heloísa Buarque de (Org.) *Esses poetas*: uma antologia dos anos 90. Rio de Janeiro: Aeroplano, 1998.

JACKSON, Shirley. *La novela negrista en Hispanoamerica.* Madrid: Editorial Pliegos, 1986.

JAHN, Janheinz. *Las literaturas neo-africanas.* Madrid: Ediciones Guadarrama, 1971. p. 311.

LABAN, Michel. *Angola*: encontro com escritores. Porto: Fundação Eng. António de Almeida, 1991. v. 2.

LAROCHE, Maximilien. *Le patriarche, le marron et la dossa*. Sainte-Poy: GRELCA, 1988.

LEITE, Ana Mafalda. Empréstimos da oralidade na produção e crítica literárias africanas. In: *Oralidades e escitas nas literaturas africanas*. Lisboa: Edições Colibrí, 1998. p. 11-36.

LIENHARD, Martin. Etnografia e ficção na América Latina. *Literatura e Sociedade - Revista do Departamento de Teoría Literária e Literatura Comparada da USP*, São Paulo, n. 4, p. 103-115, 1999.

LIMA, Isabel Pires de (Coord.). *Vozes e olhares no feminino*. Porto: Afrontamento, 2001.

LOPES, Nei. *Novo dicionário banto do Brasil*. Rio de Janeiro: Pallas, 2003.

LUIS, William. Literary Bondage: Slavery in Cuban narrative: Aust. *University of Texas Press*, 1990.

MACHADO FILHO, Aires da Mata. *O negro e o garimpo em Minas Gerais*. São Paulo: Itatiaia, 1985.

MAFFESOLI, Michel. *Du nomadisme*: vagabondages iniciatiques. Paris: Le Livre de Poche, 1997.

MANZANO, Juan Francisco. Autobiografía. In: AZOUGARH, Abdeslam. *Juan Francisco Manzano*: Esclavo poeta en la isla de Cuba. Valencia: Ediciones Episteme, 2000.

MARQUES, Fabrício (Org.). *Dez conversas*: diálogos com poetas contemporâneos. Belo Horizonte: Gutemberg, 2004.

MARTÍ, José. *Nuestra América*. Caracas: Biblioteca Ayacucho, 1990. p. 26-33.

MARTINS, Leda Maria. *A cena em sombras*. São Paulo: Perspectiva, 1995.

MARTINS, Leda Maria. A oralitura da memória. In: FONSECA, Maria Nazareth Soares (Org.). *Brasil afro-brasileiro*. Belo Horizonte: Autêntica, 2000.

MASSI, Augusto (Org.). *Poesia completa de Raul Bopp*. Rio de Janeiro: José Olympio; São Paulo: Edusp, 1998.

McELROY, Ísis. *Afro Brazilian Altar Poetry*: the Poetic Text of Pontos Riscados. 2006. Mimeografado.

MENDONÇA, Renato. *A influência africana no português do Brasil*. 4. ed. Rio de Janeiro: Civilização Brasileira, 1973.

MENEZES, Adélia Bezerra de. Scherazade ou do poder da palavra. In: *Do poder da palavra; ensaios de literatura e psicanálise*. São Paulo: Duas Cidades, 1995. p. 39-56.

MONTEJO, Adolfo (Ed.). *Correspondencia celeste*: Nueva poesía brasileña (1960-2000). Madrid: Ediciones Árdora, 2001.

MUGGIATI, Roberto. *Blues*: da lama à fama. São Paulo: Ed. 34, 1995.

OITICICA. Disponível em: <http://www.mac.usp.br/projetos/seculoxx/modulo3/neo-concreto/oiticica/index.html>.

ORNELLAS, Sandro. A festa da fala. Disponível em: <http://www.ailha.com.br/ameopoema/aut_ronald.htm>.

ORTIZ, Fernando. Del fenómeno social de la transculturación y de su importancia en Cuba. In: ORTIZ, Fernando. *Contrapunteo cubano del tabaco y del azúcar*. Caracas: Biblioteca Ayacucho, 1978. p. 92-97.

PADILHA, Laura Cavalcante. Como uma segunda pele ou poesia feminina africana, em expansão. In: *Gênero e representação nas literaturas de Portugal e África*. Belo Horizonte: UFMG, 2002. p. 13-20. (Coleção Mulher e Literatura).

PADILHA, Laura Cavalcante. *Entre voz e letra*: o lugar da ancestralidade na ficção angolana do século XX. Niterói: EDUFF, 1995.

PADILHA, Laura Cavalcante. *Novos pactos, outras ficções*: ensaios sobre literaturas afro-luso-brasileiras. Porto Alegre: EDIPUCRS, 2002.

PADILHA, Laura Cavalcante. Paula Tavares e a semeadura das palavras. In: CAMPOS, Maria do Carmo Sepúlveda; SALGADO, Maria Teresa (Org.). *África e Brasil*: Letras em laços. São Paulo: Atlântica, 2000. p. 287-302.

PALMER, Robert. Griots of West Africa. In: KUNDA, Jali. *Griots of West Africa*: Book and Compact Disc. New York: Ellipsis Arts, 1996.

PATRAQUIM, Luís Carlos. *O osso côncavo e outros poemas*. Lisboa: Caminho, 2004.

PEDROSA, Mário. Arte ambiental, arte pós-moderna, Hélio Oiticica. *Correio da Manhã*, Rio de Janeiro, 26 jun. 1966.

PEREDA-VALDÉS, Ildefonso (Org.). *Antología de la poesía negra americana*. 2.ed. Montevideu: Organización Medina, 1953.

PEREIRA, Edimilson de Almeida. *Zeosório Blues*. Belo Horizonte: Mazza, 2003a. (Obra poética, 1).

PEREIRA, Edimilson de Almeida. *Lugares ares*. Belo Horizonte: Mazza, 2003b. (Obra Poética, 2).

PEREIRA, Edimilson de Almeida. *Casa da palavra*. Belo Horizonte: Mazza, 2003c. (Obra Poética, 3).

PEREIRA, Edimilson de Almeida. *As coisas arcas*. Belo Horizonte: Mazza; Juiz de Fora: Funalfa, 2003d. (Obra Poética, 4).

PEREIRA, Edimilson de Almeida. *Os tambores estão frios*: herança cultural e sincretismo religioso no ritual de Candombe. Juiz de Fora: FUNALFA; Belo Horizonte: Mazza, 2005.

PEREIRA, Edimilson de Almeida. *Signo cimarrón*. Belo Horizonte: Mazza, 2005.

PEREIRA, Édimo de Almeida. *Metamorfoses do abutre*: a diversidade como eixo na poética de Adão Ventura. Belo Horizonte: Nandyala, 2010. (Coleção Afro-pensamentos, v. 1).

PRANDI, Reginaldo (Org.). *Mitologia dos Orixás*. São Paulo: Companhia das Letras, 2001.

QUINTERO-RIVERA, Mareia. *A cor e o som da nação*: a ideia de mestiçagem na crítica musical do caribe hispânico e do Brasil (1928-1948). São Paulo: Annablume, 2000.

RAMA, Ángel. *La ciudad letrada*. Hanover: Ediciones del Norte, 1984.

REIS, João José; GOMES, Flávio dos Santos (Org.). *Liberdade por um fio*: história dos quilombos no Brasil. São Paulo: Companhia das Letras, 1996.

REIS, Sérgio Rodrigo. A cor da alma. *Estado de Minas*, Belo Horizonte, sábado 19 jun. 2004. Caderno Pensar, p. 5.

RISÉRIO, Antonio. *Oriki Orixá*. São Paulo: Perspectiva, 1996.

RISÉRIO, Antonio. *Textos e tribos*: poéticas extraocidentais nos trópicos brasileiros. Rio de Janeiro: Imago, 1993.

ROCHA, Izaura. Plataforma dos caminhos literários. *Jornal Panorama*, Juiz de Fora, 10 dez. 2003. Caderno ETC, p. 1.

ROLIM, Cândido. Ronald Augusto e as fissuras de linguagem. 2005. Disponível em: <http://www.cronopios.com.br>.

SANTIAGO, Silviano. O entre-lugar do discurso latino-americano. In: *Uma literatura nos trópicos*. Rio de Janeiro: Rocco, 2000. p. 9-26.

SCHELER, Max. Ordo amoris. In: *Six essais de philosophie et de religion*. Suíça: Ed. Univ. Fribourg, 1996. p. 70.

SELIGMANN-SILVA, Márcio. Haroldo de Campos: tradução como formação e "abandono" da identidade. In: *Revista USP*, São Paulo (36) : 158-171, dezembro/fevereiro 1997-98.

SILVEIRA, Oliveira. *Roteiro dos tantãs*. Porto Alegre: [s.n.], 1981.

SILVEIRA, Oliveira; HOMERO, Pedro. *Orixás*: pinturas e poesias. Porto Alegre: Unidade Editorial Porto Alegre, 1995.

SLENES, Robert W. *Na senzala uma flor*: esperanças e recordações na formação da família escrava: Brasil, Sudeste, século XIX. Rio de Janeiro: Nova Fronteira, 1999.

STAMM, Anne. *La parole et un monde*: sagesses africaines. Paris: Seuil, 1999.

TABORDA, Terezinha. O intertexto proverbial: a força determinante da experiência enunciada. In: LEÃO, Ângela Vaz (Org.). *Contatos e ressonâncias*: literaturas africanas de língua portuguesa. Belo Horizonte: Ed. PUC Minas, 2003. p. 169-184.

TAVARES, Paula. *Dizes-me coisas amargas como os frutos*. Lisboa: Caminho, 2001.

TAVARES, Paula. *Ex-votos*. Lisboa: Caminho, 2003.

TAVARES, Paula. *O lago da lua*. Lisboa: Caminho, 1999.

TAVARES, Paula. *O sangue da buganvília*: crônicas. Praia; Mindelo: Centro Cultural Português, 1998.

TAVARES, Paula. *Ritos de passagem*. Luanda: União dos escritores angolanos, 1985.

TELES, Gilberto Mendonça. *Vanguarda europeia e modernismo brasileiro*. Petrópolis: Vozes, 1983.

TODOROV, Tzvetan. *A conquista da América*: a questão do outro. São Paulo: Martins Fontes, 1983.

TOLEDO, Paulo de. Entrevista com Ronald Augusto. Disponível em: <http://www.revistabula.com>.

TRINDADE, Solano. *O poeta do povo*. São Paulo: Cantos e Prantos, 1999.

VAZ, Zélia Maria de N. Neves. A poética do estranhamento e a afro-brasilidade na produção de Ronald Augusto. *Literafro*. Disponível em: <http://www.letras.ufmg.br\literafro>.

VENTURA, Adão. *Abrir-se um abutre ou mesmo depois de deduzir dele o azul*. Belo Horizonte: Edições Oficina, 1969.

VENTURA, Adão. *As musculaturas do Arco do Triunfo*. Belo Horizonte: Ed. Comunicação, 1972.

VENTURA, Adão. *Jequitinhonha*: poemas do vale. Belo Horizonte: Imprensa Oficial do Estado de Minas Gerais, 1980.

VENTURA, Adão. *Litanias de cão*. Belo Horizonte: [s.n.], 2002.

WHITE, Steven (Ed.). Edimilson de Almeida Pereira: African Brazilian Poet: A Special Section. *Callaloo: A Journal of African-American and African Arts and Letters*, Baltimore, v. 19, n. 1, p. 31-54, 1996.

WHITE, Steven. A reinvenção de um passado sagrado na poesia afro-brasileira. *Estudos Afro-Asiáticos*, n. 35, p. 97-110, 1999.

ZUMTHOR, Paul. *A letra e a voz.* São Paulo: Companhia das Letras, 1993.

ZUMTHOR, Paul. *Introdução à poesia oral.* São Paulo: Hucitec, 1997.

Este livro foi composto em tipologia Minion Pro e impresso em papel Offset 90g/m^2 (miolo) e Cartão 250g/m^2 (capa), no mês de agosto de dois mil e treze.